KLAAS HUIZING

Mein Süßkind

EIN JESUS-ROMAN

GÜTERSLOHER VERLAGSHAUS

Bibliografische Information der Deutschen Nationalbibliothek

Die Deutsche Nationalbibliothek verzeichnet diese Publikation in der Deutschen Nationalbibliografie; detaillierte bibliografische Daten sind im Internet über https://portal.dnb.de abrufbar.

Verlagsgruppe Random House FSC-DEU-0100
Das für dieses Buch verwendete FSC®-zertifizierte
Papier *Munken Premium Cream* liefert
Arctic Paper Munkedals AB, Schweden.

1. Auflage
Copyright © 2012 by Gütersloher Verlagshaus, Gütersloh,
in der Verlagsgruppe Random House GmbH, München

Dieses Werk einschließlich aller seiner Teile ist urheberrechtlich geschützt.
Jede Verwertung außerhalb der engen Grenzen des Urheberrechtsgesetzes ist ohne Zustimmung des Verlages unzulässig und strafbar. Das gilt insbesondere für Vervielfältigungen, Übersetzungen, Mikroverfilmungen und die Einspeicherung und Verarbeitung in elektronischen Systemen.

Coverfoto: © Andrea Nowak, Rheda-Wiedenbrück
Druck und Einband: CPI – Ebner & Spiegel, Ulm
Printed in Germany
ISBN 978-3-579-06579-3

www.gtvh.de

INHALT

Der Gesprenkelte   8

Falsch gewickelt   12

Schönheitshungrig   16

Augenlächler   20

Der Räderesel   21

Jakobus und seine Brüder   23

Mater dolorosa   25

Jüdisch Brot   26

Buchstabentausch   31

Erster Auftritt   35

Mater dolorosa   40

Unter Gelehrten   41

Wutstau   44

Arche now   47

Huckepack   49

Die Saulskrankheit   50

Mirjam hilf   54

Höhlengleichnis   56

Töpferglaube   59

Eingemauert   60

Adamsklumpen   63

Honigmond   65

Nazarener Dachsturz   70

Mirjam hilf   75

Augenfieber   76

Mater dolorosa   77

Boxbeutel 79
Dreschschlittenfahrt 82
Bewerbungsgespräch 86
Nusscreme 88
Jonathans Fransen 90
Nachspielzeit 94
Trittbrettfahrer 95
Das Trinkergelübde 97
Mirjam hilf 101
Vorhof-Flimmern 102
Mater dolorosa 108
Pausenclown 110
Stütze 113
Gesellenprüfung 117
Neue Welt 119
Alles auf Honig 123
Barmherziger Römer 129
Mater dolorosa 133
Mirjam hilf 135
Wolkenkuckucksheim 136
Hosea redivivus 140
Jeschua hat den Blues 143
Mirjam hilf 146
Schiffschaukel 147
Mater dolorosa 152
Der Stein der Weisen 154
Der Säulenheilige 157
Wasserspiele in Sepphoris 160

Der Rucksackphilosoph   164
Spätheimkehrer   168
Hiebfest   173
Mirjam hilf   177
Herzschule   178
Leiharbeiter   180
Sprüche Jesu   184
Magda Carta   185
Nischenwissen   189
Bella Martha   194
Kleiner Mann   197
Blitzgescheit   199
Mater dolorosa   202
Mirjam hilf   204
Essen auf Rädern   205
In Gestalt eines Ebers   208
Sprüche Jesu   211
Bocksgesang   212
Abschiedsspiel   216
Mutterkorn   221
Johannesmonat   224
Sprüche und Gleichnisse Jesu   228
Mirjam hilf   230
Mater dolorosa   232

Dank   237

DER GESPRENKELTE

Ein mühsam unterdrückter Schrei.
So fing alles an.
Wahrscheinlich schlang ihre Mutter die Arme um sich, was sie immer tat, wenn sie den Schmerz aus sich herauspressen wollte, Blut stieg ihr dann ins Gesicht als würde sie sich schämen, ihre Zehen verkrampften – ihre schönen geraden Zehen, um die sie alle Frauen des Dorfes beneideten.
Versündige dich nicht! Nicht den Gesprenkelten! So erhör doch mein Flehen!
Mirjam, die nah an die Fensteröffnung geschlichen war, spürte wie ihr Pulsschlag so laut wurde, als könne sie damit das ganze Dorf aufwecken. Sie war ganz Puls. Ein panischer Puls. Wie sehnte sie sich danach, dass ihre Mutter ihren Kopf in ihre Hände nähme und ihre Haare küsste.
Die Stimme ihres Vaters hatte etwas mühsam Beherrschtes, einen schwarzen Unterton: Ich werde zum Gespött des ganzen Dorfes, alle werden mich scheel anschauen. Und man wird dich scheel anschauen. Und den Gesprenkelten wird man auch scheel anschauen, weil er die Nähe unseres Töchterleins sucht, um sie herumscharwenzelt, sobald sie sich auf dem Markt mit ihrer Freundin blicken lässt.
In Mirjams linker Wade fing ein Nerv an zu zittern. Wie unzuverlässig ihr Leib seit Wochen war. Sie hörte, wie ihre Mutter versuchte den Vater zu besänftigen, der nach Luft rang, aber unbeirrbar war: Es zählte zu deinen Pflichten, sie im Alltag zu beschützen, Weib. Erinnere dich, wie ich dir ansagte, unser Täubchen möge nicht ohne dich nach draußen gehen! Der Engel wegen. Wer vermag es, unserem Täubchen in die Augen zu sehen, ohne daran Wohlgefallen zu empfinden? Auch den Himmlischen wird dieses so reine Antlitz nicht verborgen geblieben sein. Auch den Himmlischen nicht!
Jetzt konnte ihr Vater seine Stimme kaum mäßigen. Eine Röte flackerte über Mirjams Gesicht, eine Erinnerung an die zarte Berührung des Fremden überfiel sie. Sie kniff sich in den Ober-

arm, damit die Erinnerung verblasste. *Gesegnet bist du unter den Frauen.* Dieser Satz gehörte jetzt ihr. Den konnte ihr niemand mehr rauben.

Kurzatmig, den Tränen nahe, sprach jetzt ihr Vater: Meine Mirjam tanzte vor den Himmlischen auf dem Erdenrund und war ihnen angenehm. Wer von uns Sterblichen will es ihnen verdenken! Wessen Herz bleibt unberührt, dem unsere Mirjam einen scheuen Blick gönnt? Mein Täubchen, mein kleines, unschuldiges Täubchen. Auf dich mussten Engel aufmerken! Warum konnte ich nicht in deiner Nähe sein, warum gab ich dich in die schlechte Obhut deiner unverständigen Mutter? Wo warst du, Weib, als sie daselbst deines Schutzes bedurfte? Sag an, damit dich der Grimm meines Zornes nicht länger trifft!

Mirjam hörte ein leises Wimmern. Dann ein flehentliches Flüstern, das über den Erdboden zu ihr kroch: Aber der Gesprenkelte ist die Frucht eines Götzenanbeters. Er ist verflucht vom Mutterleibe an. Verrate unser Töchterchen nicht an den Gesprenkelten. Ich flehe dich an! Versündige dich nicht.

Ihr Vater räusperte sich, schaffte Platz und verstaute seinen Schmerz.

Es wird viel Unnützes geredet, Weib. Ich will dir die wahre Geschichte erzählen, damit du wieder aufrecht gehen kannst und dem Gesprenkelten fürderhin mehr Recht widerfahren lässt.

Mirjam schlug jetzt auch die Arme um sich. Eine heftige Erinnerung an die Umarmung des Fremden durchfuhr sie. Schnell ließ sie ihre Arme wieder sinken.

Gesegnet bist du unter den Frauen.

Ihr Vater hob an zu erzählen: Höre, Weib, Eliezer, der Vater des Gesprenkelten, war ein oft zu Späßen aufgelegter Schafhirte, der sich mit meinem Vater die kargen Weiden teilte. Kam er zu Besuch, dann konnten wir Jungen es gar nicht erwarten, bis er endlich anhob zu erzählen. Er war prall mit Geschichten gefüllt. So fett wie sein Wanst, so triefend vor Fett war seine Erzählstimme, die alle in den Bann schlug. Ich entsinne mich aber, wie er einmal ganz verstört bei uns erschien, seltsam missgelaunt und missmutig. Nichts erinnerte an den Geschichtenerzähler Eliezer. Er habe, einer kleinen Wette mit einem anderen Schafhirt wegen, den alten Hirtentrick nachgestellt, den einst Jakob so klug eingesetzt hatte. Du erinnerst doch die Geschichte, wie Jakob, fern von zu Hause, seinem Onkel Laban, der ihn hintergangen hatte, das Versprechen abrang, alle gesprenkelten Schafe aus einer reinweißen Herde sollten künftig ihm gehören?

Mirjam nickte, so wie wahrscheinlich auch ihre Mutter nickte. Wer kannte diese Jakob-Geschichten nicht! Mit ihrem Leib ging eine kleine Verwandlung vor, nur in ihrer linken Handfläche zuckte ganz vereinzelt noch ein Nerv, ihr Leib kam durch die Erzählstimme ihres Vaters langsam zur Ruhe.

Also, so hob der Vater wieder an, Jakob, groß ist der Ruhm dieses Mannes, wandte einen Trick an, nahm Äste von Pappeln, schälte weiße Streifen, legte die gestreiften Äste in die Tränken, und wenn dann die Tiere zum Trinken kamen, wo sie sich mit Vorliebe begatteten, dann warfen diese reinweißen Muttertiere später gesprenkelte Lämmer. Welch köstlicher Trick!

Mirjam hörte, wie ihr Vater kurz auflachte, dann schnell das Lachen kassierte: Dieser Eliezer also wollte den Hirtentrick nachstellen und wettete auf den Allmächtigen, aber wie er es auch anpackte, es misslang ihm. Er nahm Pappeln, probierte Haselsträucher, nichts glückte. Er verlor also die Wette, zahlte seine Wettschulden, übergab seinen besten Widder an den anderen Schäfer, der heimlich fremden Göttern opferte. Eliezer, der trickreiche Eliezer, schien am Höchsten zu zweifeln. Ein anderer in unserer Runde, der fromme Naphtal, gab ihm, vielleicht zum Scherz, wer kann es wissen, den Rat, den Allmächtigen noch einmal zu prüfen. Er möge doch eine gestreifte Pappelstange am Rande seiner Schlafstatt platzieren und darauf starren, wenn er seiner Frau beiwohne, dann werde er wahrlich die Macht des Allmächtigen erleben. Wir hielten uns die Seiten vor Lachen. Oft kreiste an diesem Abend der Weinbecher. Am Ende der Nacht war auch der Lautenspieler zu betrunken, um noch aufzuspielen.

Mirjam rückte mit dem Ohr noch näher an die Fensteröffnung, weil ihr Vater gluckste und dabei Silben verschluckte.

Erneut räusperte sich ihr Vater: Wir hatten die Geschichte bereits vergessen, bis wir am Tag der Beschneidung des jüngsten Sprosses des Eliezer dieses gesprenkelten Knaben ansichtig wurden, ein am ganzen Körper mit weißen Flecken geschecktes Menschenkind. Der Allmächtige hatte sein Urteil gesprochen. Nie kam darauf in geselliger Runde jemals die Rede. Naphtal wurde ein frommer Einsiedler, mein Vater löschte die Geschichte aus seinem Gedächtnis, Eliezer aber verstummte, schenkte seinem Sohn nie den Segen, schämte sich ob seines Aussehens, verstarb im nächsten Frühjahr. Wir aber gewöhnten uns an den Gescheckten. Und auch ich schwieg, wenn wieder einmal die Rede ging, der Gescheckte büße mit seinem Aussehen für die Sünden, die er bereits im Mutterleib begangen habe. Die Weiber erzählten sich, als Ungeborener habe der Gesprenkelte gegen den Bauch getreten, wenn seine Mutter in Kana an einem heidnischen Heiligtum vorbeiging, als wolle er sich dort verneigen. Weibergeschwätz. Woher sollten auch die törichten Weiber wissen, welche Bewandtnis sein Aussehen hatte? Höre, Weib: Ist der Gescheckte nicht vielmehr ein Zeichen dafür, dass dem Allmächtigen alles möglich ist und wir seinen Namen nicht unnütz im Munde führen sollen? Ist der Gesprenkelte nicht Unterpfand für die große Macht des Höchsten? Und ist der Gesprenkelte vom Allmächtigen vielleicht sogar einzig dazu geschaffen worden unsere, deine und auch meine Schmach zu lindern?

Mirjam fuhr mit ihrer Zunge über ihre gesprungenen Lippen. Der Gesprenkelte. Der Gesprenkelte würde es sein. Sie würde ihm gehören.

Höre, Weib, der Gesprenkelte muss unser Täubchen zum Weib erwählen, damit niemand die Scham unserer Familie aufdeckt. Ein schmaler Brautpreis wird den Argwohn mildern, warum er so plötzlich in der Gunst unserer Mirjam gestiegen ist. Beeilen wir uns, damit er schnell das Täubchen erkennt und die Schande von uns ferngehalten wird. Du aber trage künftig besser Sorge um unsere anderen Töchter.

Ihre Mutter?

Nur ein leises Murmeln war zu hören.

Mirjam nickte. Der Gescheckte würde ihr Mann werden. Aber was bedeutete das schon! Sie trug Jeschua unter ihrem Herzen.

Du bist gesegnet unter den Frauen, flüsterte Mirjam.

FALSCH GEWICKELT

Du bist gesegnet unter den Frauen.
Sie hatte sich eine Rosenmalve ins Haar geflochten. So übermütig fühlte sie sich. Später würde sie eine kräftige Suppe kochen und die gesammelten Malvenblätter untermischen. Und etwas Zwergzichorie beifügen. Der Gesprenkelte mochte den leicht bitteren Geschmack. Vielleicht würde sie aus Koriander und Honig eine Nachspeise zubereiten, so süß wie Honigkuchen.

Manna, Weib, so muss das himmlische Manna unseren Vorfahren in der Wüste geschmeckt haben, wird der Gesprenkelte dann ausrufen, wird versuchen seinem Gesicht einen Ausdruck von Zufriedenheit zu entlocken, seine schweren Lider schließen und sich für Augenblicke in ein glückliches Kind zurück verwandeln.

Dieses Bild ließ Mirjam zum Weidenkorb eilen, in dem Jeschua schlief. Aber dann duckte sich die gute Laune weg. Jeschua lag in seinem Körbchen, hatte sich freigestrampelt, die Wickelbänder lagen am Fußende, er schlug die Augen auf, streckte seine Arme aus und lächelte sie an.

Jeschua, stammelte Mirjam, rieb sich über das Gesicht: Was tust du? Wie geschieht mir! Ich habe die Enden der Bänder doch ganz fest verknotet!

Sie öffnete ihre Arme, um ihn aufzunehmen, zögerte kurz, hob ihn dann hoch, legte seinen Kopf unter ihr Kinn und herzte ihn, als wolle sie ihn für alle künftigen Leiden, die die Welt für ihn bereit hielt, vorab trösten, und als würde sie selbst den Schmerz proben, den sie wegen dieses Knaben würde ertragen müssen.

Gestern noch war sie ihre Freundin Deborah um Rat angegangen, hatte ihr zugesehen, wie sie ihren Sohn, nachdem er gebadet worden war, die Wickelbänder anlegte, um Verkrümmungen vorzubeugen.

Deborah, die Schultern leicht schaukelnd, hatte mit verstellter Stimme gesagt: Der Allmächtige hat uns als seine Ebenbilder geschaffen, deshalb müssen wir Menschenkinder demütig, aber doch aufrecht gehen, und dürfen nicht wie die Tiere mit dem Kopf am Erdboden verbleiben.

Dann hatte sich ihr Lächeln durch ihr Gesicht gearbeitet, Mirjam hatte auf die starken Oberzähne gestarrt, als müsse sie den Text dort ablesen: Wir wollen doch starke und gerade Söhne aufziehen. Mein Elias ist offenbar falsch gewickelt worden, oft läuft er krumm wie eine Zeder, die sich ächzend im Nordwind biegt. Mein Gesprenkelter gleicht einem gescheckten Jakob-Lamm, aber er ist wenigstens lotrecht.

Mirjam umarmte Deborah. Deborah rieb ihr den Rücken, legte ihr dann beide Hände auf die Schulter: Gib acht, du darfst die Wickelbänder nicht zu stark festzurren, sonst läuft dein Jeschua wohlmöglich noch blau an, erntet blaue Flecken und wird der blau Gesprenkelte. Ein Gesprenkelter im Dorf reicht hin.

Mirjam spreizte ihre Zehen in ihren Sandalen, so kräftig schüttelte sie das Lachen: Und wie prüfst du die Festigkeit der Wickelbänder?

Ich nehme einen Löffel und fahre behutsam mit dem Stiel unter die Wickelbänder. Mein Jonathan ballt dann immer die Fäustchen und gickert und gluckst, dass es eine Freude ist ihm zuzuschauen. Wenn dein Jeschua sich frei strampelt, dann hast du ihn vielleicht nicht straff genug gewickelt. Oder binde in der nächsten Nacht einen festen Knoten. Den kann auch dein Jeschua nicht überlisten.

Doch. Ihr Jeschua konnte offenbar auch einen Knoten überlisten. Mirjam prüfte die Wickelbänder. Sie waren unbeschädigt, sahen wie unbenutzt aus. Sie legte, um sich selbst zu beruhigen, Jeschua an die Brust, genoss nur fahrig das Gefühl, wenn er die Milch aus ihr heraussaugte. Sie hatte offenbar fette Milch, denn Jeschua meldete sich in den Nächten nie. Sogar der Gesprenkelte hatte einen Satz gesagt, den man als Lob deuten konnte. Und Milchschorf, mit dem Jonathan zu kämpfen hatte, entdeckte Mirjam an keiner Stelle seines Kopfes. Leise sang sie Jeschua ein Lied vor, wiegte ihn minutenlang. Dann legte sie ihn wieder in sein Körbchen, küsste ihn auf die Stirn, warf sich einen Schleier um und rannte zu ihrer Freundin.

Noch bevor Mirjam etwas sagen konnte, erkannte Deborah

den Schrecken in ihrem Gesicht. Sie wartete, bis sich Mirjams Atem beruhigte, entriss ihr dann die ersten Wörter. Knoten. Jeschua. Wickelbänder. Grau die Worte. Mit beinahe unmerklichen Lippenbewegungen presste sie hervor: Ich tauge nicht als Mutter.

Dabei schaute sie an Deborahs Gesicht vorbei und senkte den Blick.

Deborah hob mit zwei Fingern langsam Mirjams Kinn: Was schämst du dich, meine Freundin, ich kenne keine Mutter, mich eingeschlossen, die so innig mit ihrem eigenen Sohn verkehrt. Die Farbe deiner Mutterliebe ist um so viel kräftiger als bei uns Gewöhnlichen. Komm, wir werden den kleinen Jeschua überlisten.

Deborah zog Mirjam lachend nach draußen, sie passierten auf halbem Weg den Gesprenkelten, der ihnen kopfschüttelnd nachblickte.

Nadel und Faden, Mirjam!

Leicht verschwitzt stand Deborah vor dem Weidenkörbchen.

Mirjam spürte, wie die mühsam erkämpfte Fassung ins Wanken geriet. Nadel und Faden? Stets beneidete sie die Ordnung, die Deborah in ihrem Haus hielt. Drei Körbe musste sie durchwühlen, bis sie endlich Nadel und Faden fand. Sie nahm sich in diesem Augenblick vor, eine noch bessere Mutter zu werden und noch sorgfältiger den Haushalt zu führen.

Hier, hier hast du Nadel und Faden.

Dann legten sie gemeinsam Jeschua die Wickelbänder an, prüften mit einem Löffelstiel die Festigkeit der Bänder. Auch Jeschua gickerte und gluckste und ballte die Fäustchen. Mit gedämpfter Stimme sagte Deborah: Jetzt werden wir die Enden der Bänder vernähen, so wie wir es immer bei einem Leichnam machen.

Mirjam erschrak über das Wort Leichnam sichtbar, traute sich aber nicht etwas einzuwenden. Ihr Magen verkrampfte sich augenblicklich. Sie nickte nur.

Fertig. Morgen in der Frühe werden wir wissen, ob dein Sohn sich auch aus diesen vernähten Binden zu befreien versteht. Sollte das der Fall sein, dann müssen wir den Rabbi um Rat angehen, dann ist dein Sohn Jeschua anders als unsere Söhne.

Ein plötzlicher Reizhusten überfiel Mirjam und zerstörte jeden vernünftigen Satz, den sie eigentlich hätte sagen wollen. Kurzatmig verabschiedete sie Deborah. Mirjams Nerven hielten es kaum aus, so ersehnte sie den nächsten Morgen. Sie kämpfte sich durch das Kochen, immer nach Jeschua schielend, strich den Nachtisch, tastete sich durch die Gespräche mit dem Gesprenkelten, der mit einem Freund einen neuen Bauauftrag gefeiert hatte, ließ auch das Körbchen nicht aus dem Blick als der Gesprenkelte sie verwohnte, blieb wach, nachdem der Gesprenkelte schon nach dem ersten Krächzen eingeschlafen war. Sie setzte sich neben das Körbchen und hielt mit aller Kraft Wache. Stunde um Stunde behütete sie den Schlaf ihres Erstgeborenen. Dann glaubte sie zu spüren, wie jemand ihr ganz sacht Fingerspitzen auf die Augenlider legte. Ein leichter Geruch nach Rossminze, der ihr wunderbar vertraut erschien.

Als sie mit dem ersten Hahnschrei erschrocken erwachte, fiel ihr erster Blick auf Jeschua, der in seinem Körbchen mit den gelösten Wickelbändern glücklich spielte.

Jeschua hatte sich frei gestrampelt. Hatte den Leichensack aufgetrennt. Hatte Deborah und ihr eine Lehre erteilt.

Mirjam nahm die Wickelbänder. Ein Hauch von Rossminze. Sie nickte, stand auf, machte Feuer, übergab die Wickelbänder den Flammen.

Als am Morgen Deborah erschien, hatte Mirjam eine Ausrede ersonnen: Auch Jeschua wird, das zeigt diese Nacht, ein lotrechter Mensch werden. Kein Grund, sich Sorgen zu machen. Mein Jeschua ist wie alle anderen Kinder auch. Den Rabbi müssen wir also nicht behelligen.

Mehr sagte sie nicht, um nicht gegen das Gebot der Lüge zu verstoßen.

Lotrecht. Sie nahm Deborah in den Arm.
Alles in schöner Ordnung!
Sie glaubte fest daran.
Alles in Ordnung.

SCHÖNHEITSHUNGRIG

Endlich Ordnung in allen Körben.
Den Brotofen geputzt.
Die Schilfmatte ausgebessert.
Alle Räume gefegt.
Die Lampen mit Öl aufgefüllt.
Das Fußwaschbecken gereinigt.
Jetzt noch die Truhe.
Ein heftiger Drang zu weinen packte Mirjam, als sie in der äußersten Ecke ihrer großen Truhe ein kleines Leinsäckchen entdeckte. Ihre Finger ertasteten einen Armreif, Glasperlen, einen Ring mit einer Gemme. Alle Energie floh aus ihrem Körper, sie sank neben der Truhe auf ihre Knie, fühlte ein scharfes Stechen in ihren Nieren.
Vater, stammelte sie.
Wer durfte solch einen Vater sein eigen nennen! Wie oft hatte sie auf seinem Schoß gesessen, wenn ihr Vater von seinen Geschäften zurückkam: Schau doch, Weib, wie kräftig die Augen unser Mirjam leuchten, wie das Auge eines teuren Metalls. An dich, Kind, muss der Dichter gedacht haben, als er schrieb: Dein Haar ist wie eine Ziegenherde, die vom Gileadgebirge herabstürmt.
Dann hatte er sie gestreichelt, auf den Schenkeln geschaukelt und geherzt, bis die Mutter zum Essen rief. Ihr Vater kitzelte sie noch einmal ganz ausgelassen, als sei der Ruf gar nicht an sein Ohr gedrungen, küsste sie mit hochrotem Kopf, denn das Toben forderte seinen Tribut, dann hockten sie sich zum Essen hin. Sofort kehrten die Sorgen in sein Gesicht zurück.
Häufig brachte er ihr Glasperlen von seinen Reisen mit, einmal sogar einen Armreif, den ihre Mutter ihr verbot zu tragen, sichtbar erzürnt, sie sei zu jung, Menschen seien missliebig, mit dem Armreif herausgeputzt wirke sie aufreizend wie eine Hure, die sich schamlos den Blicken darbiete. Offenbar sei ein böser Geist in ihren Vater gefahren, der ihn veranlasse solch verderbliche Geschenke mitzubringen. Es sei besser, ihr Vater würde sich ein Auge ausreißen, als auf diesem Weg fortzufahren: Der All-

mächtige gebe, dass er künftig seinen unreinen Mund geschlossen hält und das falsche Lob wegsperrt. Und du, Tochter, verschließe du künftig deine Ohren, wenn ein böser Dämon deinen Vater heimsucht. Schätze dich glücklich, dass ich so acht auf dich gebe! Mäßige also deinen Mutwillen!

Mirjam, sie erinnerte sich genau, hatte die Worte ihrer Mutter damals nicht richtig deuten können, hatte sich gefügt, sich ein Leinsäckchen genäht und den Armreif und die Glasperlen darin verwahrt.

Noch immer lag das Leinsäckchen auf ihrem Schoß. Als ihr Zeigefinger die Gemme ertastete, drängten sich andere Bilder nach vorn.

Als einmal ihre Mutter einen der seltenen Besuche bei einer Schwägerin in Bethsaida machte und sie mit ihrem Vater allein war, fielen alle Nöte von ihm ab, er summte ausgelassen ein Lied, hörte gar nicht auf sie zu schaukeln und zu kitzeln, küsste sie auf die Augen, biss ihr in die Ohrläppchen, nannte sie auserkoren aus den Menschenkindern, steckte ihr sogar einen Ring mit einer Gemme an den Finger, hieß sie vor ihm zu tanzen, damit er sich entspanne, und sie hatte sich gedreht und gedreht, war ausgelassen dem Schwung ihres Körpers gefolgt, ihr Vater hatte hörbar geschnauft und laut gerufen: Es freut sich mein Herz, es jauchzt meine Leber, dann war er ganz plötzlich aufgestanden und war mit schnellen Schritten in den Innenhof verschwunden und zur Latrine geeilt. Sie aber hatte den Ring geküsst, dann in ihrem Leinsäckchen verschwinden lassen.

Mirjam lehnte den Kopf an die Wand. Zwei Tage, waren es zwei Tage oder ein Tag gewesen? Zwei, es waren zwei Tage später, ganz sicher, also zwei Tage später brach ihr Vater, den sie kaum mehr gesprochen hatte, zu einer längeren Reise auf. Ihre Mutter war noch nicht zurück. Sie legte sich den Armreif an, flocht sich Glasperlen in die Haare, streifte sich den Ring mit der Gemme über, nahm etwas Nardenöl aus der Alabasterflasche ihrer Mutter. Wie viel schöner erschien ihr der Dorfplatz, als sie ihn erreichte. Sie spürte, wie die Blicke der Männer sie abtasteten. Sie ging etwas schneller, senkte den Kopf. Wenn nur der Gesprenkelte mit dem sauren Atem sie unbehelligt ließ und sie nicht ansprach. Was der sich nur einbildete! Nein, sie war doch nicht dazu verurteilt, mit einem Gescheckten künftig das Lager zu teilen!

Sie hatte den Dorfplatz bereits beinahe ganz passiert, ihre Füße suchten den Weg zu ihrer Freundin, als sie eine hohe Stimme hörte: Du bist gesegnet. Zweimal drehte sie sich um ihre eigene Achse. Dann entdeckte sie einen Fremden, der sich am Eingang der Synagoge aufhielt. Ein seltsames Strahlen ging von ihm aus. Dieses Strahlen zog sie ganz sacht in seine Richtung. Sie hielt sich eine Hand schützend vor die Augen, als sie sich ihm näherte. Seine Haut schien weißer als Ziegenmilch zu sein. Du bist gesegnet! Er sagte es in einem seltsamen Tonfall, wie ein Römer, dessen Lippen sich an das Aramäische nur schwer gewöhnten. Als er zwei Schritte auf sie zuging, vernahm sie kein Geräusch wie bei einem römischen Soldaten, dessen Schuhsohlen mit Nägeln zusammengehalten wurden. Das fehlende Geräusch nahm ihr die Angst. Ein Geruch nach Rossminze hüllte sie ein. Sie sah, wie seine Hand ihre Hand nahm und sie in den Schatten des Badehauses führte.

Sei gegrüßt, du Anmutige, der Höchste ist mit dir. Fürchte dich nicht. Mächtiges wird mit dir geschehen.

Jetzt. Jetzt hatten seine Lippen das Aramäische erobert. Der Ton seiner Stimme erinnerte sie an Kinderlieder, überdeckte alle Geräusche des Dorfplatzes, das dumpfe Lachen und Gejohle der Männer, das Malmen und Schmatzen der Esel, das nervöse Kläffen eines Hundes. Sie schmiegte sich in den Singsang seiner Worte.

Du Anmutige, du Schönste unter den Menschenkindern, fasse Zutrauen, dann wirst du einen Sohn gebären, dem sollst du den Namen Jeschua geben. Großes hat der Allmächtige mit dir und deinem Kind vor.

Wie weich und zärtlich seine linke Hand ihren Hals umfasst hielt! Hatte ihr Vater nicht ihren Hals als Turm aus Elfenbein gefeiert?

Du Anmutige bist auserkoren. Du bist gesegnet unter den Frauen!

Ich bin die Magd des Herrn, flüsterte sie, ihr wurde schwindelig und sie ließ sich in seine Arme fallen. Behutsam und leise summend legte der Fremde sie auf den Fußboden, der ihr weicher als ihre Bettstatt erschien.

Auserkoren! Ja. Wie fest und doch achtsam der Fremde sie umgriff und sich um sie sorgte. Sie schloss die Augen, überließ sich dem Geruch nach Minze. Sie glaubte ein ungewohntes, aber angenehmes Kitzeln und Schaben in sich zu spüren. Irgendetwas in ihr gerann, als würde Milch ausflocken. Das Schlafzimmer ihres Bauches schien ihr besucht.

Sie war die Magd des Herrn.

Als sie die Augen öffnete, war der Fremde verschwunden. Sie schaute sich suchend um. Nirgends. Die Geräusche des Dorfplatzes waren zurück. Sie spürte eine plötzliche Kälte an den Stellen, wo der Fremde sie berührt und umsorgt hatte. Vorsichtig stand sie auf, klopfte sich den Staub vom Rock, zog ihr Kopftuch tief ins Gesicht. Ihre Füße trugen sie. Trugen sie über den Dorfplatz. Trugen sie durch den Lärm. Trugen sie in ihres Vaters Haus.

Noch immer saß Mirjam neben der Truhe. Als das hüpfende Gefühl in ihrem Innern damals allen Zweifel beiseite räumte, war sie zu ihrem Vater gegangen: Ein Engel hat mich besucht.

Ihr Vater hatte sie lange angesehen mit zitternden Augen, dann hatte er seinen Kopf in den Händen verborgen, dabei den Kopf geschüttelt, sie wieder angeschaut, mit Schmerz in der Stimme geflüstert: Mirjam, Mirjam, mein Töchterlein, mein Täubchen. Ich werde Sorge für dich tragen, jetzt, da die Kammern deines Leibes bewohnt sind.

Ihr Vater.

Ihr weiser Vater. Die Geburt seines Enkels hatte er nicht erleben dürfen, war auf einer Reise in das ferne Samaria an einem Stickhusten gestorben. Wenn er doch nur einmal in die Augen von Jeschua hätte blicken können! Nur ein einziges Mal! Und auch ihre Mutter war dem Vater noch vor der Regenzeit in den Scheol gefolgt. Auch ihre Mutter hatte sich nicht am Anblick von Jeschua wärmen dürfen.

Sie sprang plötzlich auf, wischte sich mit der Hand über die Brust als wolle sie das Gefühl der Umarmung abwischen. Dann bückte sie sich und versteckte das Leinsäckchen ganz unten in der Truhe.

AUGENLÄCHLER

Sie stand immer leicht gebückt, wenn sie mit Jeschua redete. Als würde sie sich über Geschriebenes beugen. Drei Mal atmete sie scharf ein. Das verschaffte ihr Befriedigung. Ihre Stimme, die im Alltag oft verengt wirkte, löste sich, gewann Weite. Vor Glück drückte sie ihre Fersen aneinander. Wenn sein Lächeln sie streifte, spürte sie eine angenehme Wärme.

Niemand wird dich aus meinem Herzen vertreiben, kleiner Jeschua. Sei unbesorgt. Der Allmächtige hat Großes mit dir vor, deshalb müssen sich alle Brüder, die nach dir kommen, nach dir richten! Du gehst voran!

Sie drückte erneut ihre Fersen aneinander, verdrängte den Schmerz der ersten Wehen. Jakobus würde sie ihren zweiten Sohn nennen. Ach, wenn er doch auch so zu lächeln lernte wie Jeschua.

Dieses Lächeln. Wie grob das Lachen ihres Vaters gewesen war. Und das oft zotige Lachen ihres Mannes. Deborah. Ihre Freundin. Die verstand auch zu lächeln. Ja. Aber es war ein Lächeln von unten. Sie zeigte dann ihre starken, geraden Oberzähne, von dort aus arbeitete sich das Lächeln nach oben, befeuchtete die kleinen Kanäle um die Augen, die dann dankbar und satt strahlten.

Ihr Jeschua lächelte von oben. Seine Augen überfluteten das ganze Gesicht. Er war ein Augenlächler. Kein Mundlächler.

Noch so ein Zeichen.

DER RÄDERESEL

Jeschuas Bruder Jakobus verstand das Zeichen nicht, das der Gesprenkelte ihm gab.
Sein Bruder Jakobus.
Sein Bruder Jakobus trug seinen Rock, den er bis vor zwei Jahren noch selbst getragen hatte, die Wolle war an einigen Stellen ganz dünn geworden, und doch hing noch sein eigener Geruch darin, er roch sich selbst, wenn er neben seinem Bruder stand.
Der Blick seiner Mutter ruhte jetzt auf Jakobus. Seine Sehnsucht blieb ungestillt. Jeschua rang sich ein Lächeln ab, als sein Bruder vor Freude in die Hände klatschte und hüpfte. Der Rest seiner eigenen guten Laune hüpfte davon. Die Kontrolle über seine Hände entglitt ihm, zu einem Klatschen wollten die Hände sich nicht fügen. Sein Mund weigerte sich, in das Kreischen seines Bruders lauthals einzustimmen.
Seines Bruders linkes Augenlid, das im Alltag das Auge immer halb verschattete, war jetzt weit aufgerissen. Der verkrustete Schorf an seinem Unterarm schien ihn nicht länger zu stören.
Jeschuas Nasenflügel zuckten. Jetzt spürte er auch keine Kraft mehr, um ein schmales Lächeln zu verschenken. Seine Mutter stand neben ihm mit angewinkelten Armen, die leicht zitterten, aber heute zitterten sie vor Aufregung.
Jakobus, mein Kindchen, nun tu, was dein Vater dich zu tun heißt. Geh zu ihm, gib deinem Vater einen Schmatz und zeig uns allen, wie du dich freust.
So rief die Mutter. Und so hallte es in Jeschuas Kopf. Er würde jetzt gerne seine Hände in kaltes Wasser tauchen.
Der Gesprenkelte hatte noch immer die Hände auf dem Rücken verschränkt, wogte mit dem Oberkörper hin und her, drehte sich ganz leicht nach links. Jeschuas Körper bewegte sich leicht nach rechts um zu erspähen, welches Geschenk auf Jakobus wartete, rief dann seinen Körper zur Ordnung.
Jakobus, mein Söhnchen, nun rate doch, was ich hinter meinem Rücken vor dir verberge.
Ein Singsang in der Stimme des Gesprenkelten, den Jeschua

nur kannte, wenn der Gesprenkelte sich zu einem Ziegenschmaus hinhockte. Genau an der Stelle, an dem der Schorf seines Bruders blühte, juckte es jetzt Jeschua. Er boxte sich vorsichtig in die Nieren, um vom Jucken abzulenken.

Jakobus lief kreischend zu seinem Vater, wollte hinter seinem Rücken nachsehen, aber der Gesprenkelte drehte sich langsam. Jetzt erkannte Jeschua das Geschenk. Seine Kniekehlen fingen plötzlich an zu schwitzen. Ein Räderesel! Der Gesprenkelte hatte einen Esel geschnitzt und auf ein Brett mit Rädern geschraubt!

Hier, mein Söhnchen, dein Anblick, wie du so früh auf eigenen Beinen rennst, viel früher als alle anderen hier im Dorf, erfreut mein Herz und erquickt mich. Nimm und behüte das Geschenk deines Vaters getreulich wie einen Augapfel.

So feierlich die Stimme des Gesprenkelten, als würde er seinen Segen austeilen.

Ganz vorsichtig stellte Jakobus den Räderesel auf den Fußboden, wankte etwas, seine Mutter führte vor Schreck die Handfläche zum Mund, dann nahm er das Tau und zog ganz langsam den Räderesel hinter sich her. Seine Mutter applaudierte mit hochrotem Gesicht. Der Gesprenkelte strich sich über den Magen, schloss kurz die Augen.

Sieben Mal ging Jakobus mit seinem Räderesel im Kreis herum, stolperte nicht ein einziges Mal, aber die Mauern, die Jeschua umschlossen, fielen nicht. In seiner Lunge sammelte sich die Luft für einen Jubel, aber seine Kehle blieb zugeschnürt.

Als alle bereits schliefen, kroch Jeschua sehr leise zur Schlafstatt seines Bruders. Direkt neben seinem Kopf stand der Räderesel. Jeschua nahm ihn vorsichtig in die Hände. Daumen und Zeigefinger umfassten eine Achse und prüften die Festigkeit. Sie widerstand ohne Schaden dem kräftigen Druck.

Der Gesprenkelte hatte tadelose Arbeit geleistet.

JAKOBUS UND SEINE BRÜDER

Gute Arbeit.
Seine Augen waren eigensinnig.
Sie ließen sich nicht gängeln.
Kein Raum in der Herberge.
Am liebsten wäre er in den eine Elle tiefer liegenden Vorraum geschlichen, hätte sich zur Ziege, den Hühnern und dem Esel in die Futterkrippe gelegt. Dort wäre er in Sicherheit gewesen.
Er glitt wieder und wieder aus dem Schlaf heraus.
Und seine Augen tasteten immer wieder die zwei Schatten ab, die sich übereinander schoben.
Scharfe Atemstöße des Gesprenkelten zerschnitten den Raum.
Sein eigener Atem war wehrlos. Er roch den vergorenen Wein, den der Gesprenkelte mit jedem Atemstoß sehr freigiebig verteilte. Ein Würgen ließ sich nur mit aller Kraft unterdrücken.
Du verstehst zu feilschen, hatte seine Mutter an diesem Abend gesagt, so ein herrlich weicher Stoff, und dieses leise Lob machte den Gesprenkelten wehrlos. Prompt rührte sich sein Fleisch, nachdem seine Mutter die drei Öllämpchen im Raum gelöscht hatte.
Feilschen.
Kein Seufzen. Kein Krächzen. Ja. Es war ein leises Feilschen.
Wie auf dem Marktplatz.
Eine Kordel, die achtlos zur Seite gelegt wurde. Das Raffen von Stoff. Guter, satt blau gefärbter Wollstoff mit breiter Bordüre. Für einen Spottpreis auf dem Markt erstanden.
Du verstehst zu feilschen. Wie angenehm weich der Stoff ist.
Er glaubte das Gewicht des Gesprenkelten auf sich zu spüren. Das Gewicht zerquetschte beinahe sein Fleisch. Er wälzte sich mit aller Macht auf die andere Seite, schob die Bilder angeekelt von sich.
Weiche von mir.
Wieder dieses Feilschen, das jetzt an seinem Rücken abprallte.
Du verstehst zu feilschen.
Du verstehst zu feilschen.
Du verstehst zu feilschen.

Seine Ohren sollten dieses Feilschen nicht in sich aufnehmen. Er verschloss mit beiden Zeigefingern seine Ohreingänge.

Jeschua glaubte eine Hand auf seinem Rücken zu spüren, die ihn tätschelte. Deshalb drehte er sich noch einmal um. Er biss sich auf die Zunge, um sich abzulenken.

Aber seine Augen waren eigensinnig. Sie konnten vom Schattenspiel nicht lassen.

Und das wurden die Brüder Jeschuas: Jakobus, Judas, Joseph, Simon.

Und das wurden die Schwestern Jeschuas: Esther, Michal, Atalja.

Keines der Kinder war an irgendeiner Stelle am Körper gesprenkelt.

Mater dolorosa

Nicht gesprenkelt.
Manchmal, wenn die Tage sie geschüttelt hatten, täuschte sie Unreinheit vor, damit der Gesprenkelte sich nicht auf sie hockte.
Sein Atem roch oft nach Bitterkraut. Mischte sich darunter der Geruch von Wein, war es der Vorgeruch der Erkenntnis: Sobald sie die Öllämpchen löschte, würde er an ihr nesteln, unwirsch ihre Hilfe einfordern, sie grob auf die Knie zwingen, ihren Kopf zwischen seinen Händen gefangen halten, sie würde willfährig sein, und ihr Herz würde sich abwenden. Sie spürte dann den Berührungen des Fremden nach, die die Haut noch immer erinnerte. Ihre Haut hatte ein starkes Gedächtnis.

War der Gesprenkelte eingeschlafen, dann kroch sie leise unter ihm hervor, wusch ihn von sich ab, holte, ohne Lärm zu machen, eine Büchse mit stark duftenden Kräutern hervor, an denen immer alle rochen, wenn der Sabbath zu Ende ging, um den Einstieg in die neue Woche zu erleichtern.

Mirjam hatte die Bessamin-Büchse mit viel Rossminze gefüllt.
Ein Wohlgeruch der Erkenntnis.
Dann freute sie sich auf den neuen Tag.
Sie würde Linsen zubereiten.
Ja. Linsen.

JÜDISCH BROT

Jeschua hockte vor einem Linsenteppich. Mirjam lächelte Jeschua über ihre linke Schulter zu. Wässerte die anderen Linsen in ihrem Topf für ein Linsengericht. Lächelte noch einmal, spritze mit etwas Wasser, bis Jeschua aus seiner Versunkenheit auftauchte und kurz auflachte, dabei die Linke wie zur Abwehr hochhielt, aber seine Augen waren längst wieder auf den Linsenteppich, den seine Mutter vor ihm ausgelegt hatte, ausgerichtet. Er malte mit dem Finger die hebräischen Buchstaben nach:

Aleph, Beth, Gimel, Daleth, He, Waw, Zajin, Chet.

Wenn er die Buchstaben aussprach, dann spürte Mirjam, wie in ihren Gedanken, die oft unaufgeräumt in ihrem Kopf lagen, eine Klarheit Einzug hielt, wie alte Sätze ihres Vaters aufmarschierten, wie er sie, obwohl sie eine Tochter war, die hebräischen Buchstaben gelehrt hatte und viele Psalmen: *Prüfst du mein Herz, suchst du mich heim in der Nacht und erprobst mich, dann findest du an mir kein Unrecht. Mein Mund verging sich nicht, trotz allem, was die Menschen auch treiben; ich halte mich an das Wort deiner Lippen.*

Ach, Vater.

Sie fühlte sich plötzlich hochgehoben, so wie sie ihr Vater manchmal hochgehoben hatte mit seinen starken, warmen Händen und dem festen, aber fürsorglichen Griff.

Jeschua wischte die Buchstaben weg und malte schnell und konzentriert neue Buchstaben:

Tet, Jod, Kaph, Lamed, Mem, Nun, Samech, Ajin.

Ihre Sorgen standen still. Wagten nicht sich zu rühren. Könnte ihr Jeschua doch immer weiter die Buchstaben aufsagen. Stunde um Stunde. Dieser Sohn gehörte ihr. Ganz allein ihr. Sie wollte ihn mit niemandem teilen. *Du bist gesegnet.*

Pe, Tzade, Qoph, Resch, Sin, Schin, Taw.

Taw, wiederholte Jeschua und schaute hoch. Wollte gelobt werden. Sie kroch zu ihm, drückte ihm einen Kuss auf die Haare. Wie geschmeidig ihre Wünsche waren: Mein Kleiner, mein Augäpfelchen, mein Süßkind, verständig hast du es getan, aber sage und schreibe es ein weiteres Mal auf, damit du es sicher erwirbst und ein Liebling des Rabbis bleibst.

Und wieder drückte sie ihm einen Kuss auf das Haar, sog den Duft nach Rossminze, der sich mit dem Geruch von Sandelholz – woher stammte dieser Geruch? – verbunden hatte, tief in sich ein.

Aber dieses Mal will ich die Richtung ändern. Er sagte es mit großer Bestimmtheit.

Taw, Sin, Schin, Resch, Qoph, Tzade, Pe, Ajin, Samech, Nun, Mem, Lamed, Kaph, Jod, Tet, Chet, Zajin, Waw, He, Daleth, Gimel, Beth, Aleph.

Er sagte es so schnell auf, als seien die Buchstaben zu einem Wort vermählt worden. Weil er nicht stockte, war sie sicher, dass Jeschua sich nicht ein einziges Mal vertan hatte. Augenblicklich kippte der Stolz in die Angst um, wie sie, Mirjam, diesem Sohn gerecht werden könne. Ihre Gefühle hatten den Gipfel überschritten, fielen mit einem lauten Getöse in die Senke. War sie nicht viel zu einfach und zu unwissend, um diesen Sohn zu behüten? Sie hatte bereits jetzt das Gefühl, er wisse zu viel, lerne zu schnell, wachse in alle Richtungen. Wie lange würde sie ihn behüten können? Gehörte er ihr doch nicht ganz allein? War er ihr nur auf eine kurze Zeit geliehen? Sie rückte unmerklich etwas von ihm ab, als wolle sie sich bereits an den Abstand gewöhnen.

Der innere Druck war plötzlich so groß, dass sie beinahe vornüber gefallen wäre. Sie musste sich mit den Händen abfangen.

Und deshalb verschluckte sie ein Lob.

Und der Gesprenkelte verschluckte ein Lob, als Jeschua nach dem Abendgebet, schüchtern zunächst, dann aber mit großer Selbstverständlichkeit und erhobenem Angesicht das Alphabet vorwärts und rückwärts aufsagte.

Und wie viele Buchstaben hat mein Sohn Jakobus bereits erworben?

Der Satz kam beinahe tonlos.

Und die Antwort auch.

Zwei Jahre nach deinem Bruder kamst du aus dem Schoß deiner Mutter gekrochen und kannst noch nicht einen einzigen Buchstaben aufsagen? So sprich!

Jakobus schüttelte kaum sichtbar mit geschlossenen Augen den Kopf. Deshalb sah er auch nicht den Blick, den der Gesprenkelte seiner Frau zuwarf. Einen Blick wie ein Schlag, denn sofort bedeckten rote Flecken den Hals der Mutter. Ein hervorgestoßenes Krächzen, das seine Frau beinahe umstieß. Finger, die knackten, und die Knochen aller am Tisch spröde werden ließ. Aber die Hände des Gesprenkelten blieben heute, wo sie waren.

Dann also ist es wohl an mir, dass ich Abhilfe schaffe, wenn offenbar auch der Rabbi keine Zeit findet, das, was ihm aufgetragen ist, auszuführen. Dann also liegt es wohl an mir.

Und wieder dieses Krächzen.

Niemand verstand genau, was der Gesprenkelte meinte, und alle glaubten die Geschichte bereits vergessen, als der Gesprenkelte drei Abende später, mit einer Stimme, die immer ein wenig beleidigt klang, zwei geschnitzte hebräische Buchstaben auf den Tisch legte. Er gab Jakobus einen Klaps, aber jener wusste den Klaps nicht zu deuten, schaute ängstlich zu seiner Mutter. Sie warf ihm einen aufmunternden Blick zu, der aber nicht vollständig die Unsicherheit wegwischte, weil sein Vater ihm fest ins Gesicht schaute.

Ich sehe, wie dir die Frage im Kopf herumgeht, welche Buchstaben ich vor dir ausgebreitet habe. Gib acht, mein Söhnchen, es sind jene zwei hebräischen Buchstaben, die man, wenn man noch zu den Anfängern rechnet, sehr leicht verwechselt, weil sie sich ähneln. Es sind, in dieser Reihenfolge, das Daleth und das Resch.

Erneut ein kleiner Klaps. Begleitet von einem fordernden Blick. Nur ein Mundwinkel entschied sich, ein wenig nach oben zu fahren.

Nimm nun das Daleth in die Hand und fahre mit dem Finger der anderen Hand über den Balken, gut, und jetzt herum. Jetzt spürst du den kleinen Vorsprung, als habe ein Zimmermann schlecht gearbeitet und einen kleinen Überstand stehen lassen.

Jetzt lachte der Gesprenkelte. Und alle lachten mit. Jakobus war der letzte, der in das Lachen einfiel.

Und jetzt fahren wir fort, jetzt nimm den anderen Buchstaben, das Resch in die Hand und fahre mit dem Finger den Buchstaben nach. Und ertastest du jetzt einen Vorsprung? Du schüttelst den Kopf. Sehr brav. Du ertastest eine kleine Rundung. Das ist die Rundung des Resch, mein Söhnchen. Und wie hieß noch gleich der erste Buchstabe?

Jakobus schaute auf seine Hände, als könnten die ihm sagen, wie der erste Buchstabe hieß.

Weib, nun steh geschwind auf und bringe uns Honig!

Plötzlich wieder diese Schärfe in der Stimme.

Aus den Augenwinkeln erkannte Jeschua, wie seine Mutter beinahe hinschlug, weil sie den Honigtopf mit soviel Schwung vom Schrank nahm, dass sie aus dem Gleichgewicht geriet.

Der Gesprenkelte tauchte einen Finger in den Honig und rieb damit den Balken des Daleths ein.

Jetzt darf mein Söhnchen es abschlecken und den Daleth-Vorsprung kosten.

Dieser plötzliche Eifer des Gesprenkelten.

Das nervöse Drängen in seiner Stimme.

Wie er den Erfolg nicht abwarten konnte.

Jakobus nahm den Buchstaben in die Hand, richtete sich etwas auf, fuhr dann mit seiner Zunge darüber, entließ einen wohligen Ton aus seiner Kehle.

Daleth, flüsterte er.

Und jetzt schlug sich der Gesprenkelte auf die Schenkel, sein ganzer Körper atmete auf, die Schecken auf seinem Gesicht wurden für Augenblicke blasser: Jetzt kann mein Söhnchen schmecken, wie süß die Torah des Allmächtigen ist. Wie süß es schmeckt, wenn man der Weisung des Allmächtigen Buchstabe für Buchstabe folgt!

Die Stimme des Gesprenkelten war diese Höhen nicht gewohnt.

Dann schmierte der Gesprenkelte Honig auf das Resch, damit Jakobus die Rundung des Resch abschleckte.

Noch einmal trieb er die Stimme zum Gipfel.

So köstlich schmeckt das Wort des Herrn, mein Söhnchen! Betrage dich gebührlich, wandle immer im Schutze dieser Worte und führe sie nicht unnütz im Munde, indem du etwa die Buchstaben rückwärts aufsagst. Wer die Worte unnütz im Munde führt, den wird der Allmächtige einst verstoßen.

Verstoßen.
Jeschua wiederholte leise das Wort.
Verstoßen.
Wie bitter es schmeckte.

BUCHSTABENTAUSCH

Ein Gesicht, als habe er Bitterkraut verschluckt. In seinen Fingern spürte er ein Kribbeln, aber seine Finger schnellten nicht nach oben; seine Zunge wollte die Antwort durch die Zähne pressen, aber er hielt seinen Mund krampfhaft geschlossen; seine Augen wollten dem Rabbi winken, aber Jeschua zwang sie zu Boden. Dieses Mal würde er sich nicht aufdrängen, um die erste Frage zu beantworten.

Zu wessen Nachkommen rechnet Lamech?

Diese Frage des Rabbis konnten andere beantworten. Sogar Schefatja, der jüngste im Kreis, wusste die Antwort. Seine Grillenstimme gab die richtige Auskunft.

Kain. Der Brudermörder.

Heute würde Jeschua schweigen.

Neben ihm saß Kisch, der Sohn des Schmieds. Er hielt, wenn er angestrengt zuhörte, den Mund ein wenig offen. Fing er an zu sprechen, musste er immer mit Speichelfäden kämpfen als säße in seinem Mund eine Spinne. Seine vielen Haare auf den Handflächen standen borstig ab wie bei der Bürste von Jeschuas Mutter. Seine ganze Körperhaltung verriet, dass er lieber an einem anderen Ort wäre als hier, vor der Synagoge, um mit den anderen, mit Arach, mit Schefatja, mit Haschum, mit Ruben, mit Jonathan, mit Jakobus, mit Jether, mit Sebulon und mit Jeschua Unterricht zu nehmen.

Wenn der Rabbi wegschaute, kniff er Jeschua in die Seite, weil dieser ihm seit Tagen nicht mehr vorgesagt hatte. Jeschua konnte vorsagen, obwohl niemand sah, dass er den Mund bewegte, und doch verstand Kisch ganz genau, was er sagte, als spräche Jeschua mit dem Bauch.

Dann kniff Kisch zu ungeduldig und zu heftig. Der Schmerz strahlte aus und versengte Jeschuas Geduld.

Der Rabbi kraulte sich kurz den Bart und kündigte, wie alle wussten, damit eine neue Frage an: Kisch, Sohn des Schmieds, sage uns auf das Begrüßungslied für den Sabbath, das L^{e}cha Dodi.

Licht brach sich in den Speichelfäden, aber die Zunge schien auch gebrochen, denn Kisch schwieg. Jeschua sah, wie sich Daumen und Zeigefinger von Kisch seiner Seite näherten, die von den letzten Angriffen noch mit blauen Flecken übersät war. Deshalb sagte er ihm schleppend die erste Zeile vor:
Auf mein Freund, der Braut entgegen, echote Kisch ebenso schleppend.
Der Anfang ist gemacht, nur weiter Kisch, ermunterte ihn der Rabbi.
Das Angesicht des Sabbath wollen wir empfangen.
Und weiter?
Jeschua dehnte die Zeit, dann tauschte er ein Wort aus.
Der Rute entgegen, auf, lasst uns gehen, tönte Kisch.
Arach, Schefatja, Haschum, Ruben, Jonathan, Jakobus, Jether, sogar der oft verschlafen wirkende Sebulon brachen in Gelächter aus. Auch die Mundwinkel des Rabbi zuckten mehrfach, bis er seinen leicht bebenden Körper wieder in der Gewalt hatte.
Kinder, so gebt Ruhe. Also. In großer Eilfertigkeit hast du uns an die Rute gemahnt, Kisch, und die Schrift lehrt auch: *Wer seine Rute schont, der hasst seinen Sohn; wer ihn aber liebhat, der züchtigt ihn beizeiten.* Mag dich dein Vater auch sehr liebhaben, mein Kind, magst du auch immerfort meinen an die *Rute* denken zu müssen, nicht so am Sabbath, denn dort gehst du der *Ruhe* entgegen, denn, wie der Dichter sagt, sie, die *Ruhe* ist uns des Segens Quell. Deshalb auch bedeutet der Name Noach, den wir den Gerechten nennen, Ruhe. So, Kinder, gebt also Ruhe jetzt. Und du, Jonathan, fahre fort und sage uns weiter das Lied zum Sabbath an, damit wir es später singen können.
Für den Rest der Stunde wirkte Jeschua abwesend. Seine Augen gingen spazieren, fanden aber keinen Halt. Es war die Angst, die ihm seine Ruhe stahl. Sein Freund Jonathan musste, wie Jeschua sich erinnerte, für seine Mutter noch eine Besorgung machen, er war also auf sich allein gestellt. Kisch würde sich rächen. Dessen war er sich sicher.
Jeschua verstrickte den Rabbi nach der Stunde, als die anderen bereits aufgebrochen waren, so lange wie möglich in ein Gespräch, wollte wissen, warum der Allmächtige das Opfer Abels

gnädig annahm und das Opfer Kains verschmähte, hielt sich dann noch eine Weile in der Nähe der Synagoge auf, ging erst in eine falsche Richtung, schlug einen Bogen und lief doch Kisch in die Arme.

Hat Mamas Süßkind sich vielleicht verlaufen?

Kischs Mund war frei. Es musste nicht mit Speichelfäden kämpfen. Er wirkte sehr entschlossen. Verächtlich. Hart. Unversöhnlich. So musste Kain ausgesehen haben, als er den Abel erschlug. In seinen Augen flackerte roher Hass.

Schau, wie verständig ich die Zeit genutzt habe, um eine besonders schöne Rute auszuwählen, weil ich dich so lieb habe. Eine Weidenrute entlässt die schönsten Töne, wenn man sie richtig zu benutzen weiß. Du wirst mir gleich sehr dankbar sein, Süßkind.

Jeschuas Beine schienen mit dem Weg verwachsen. Seine Hände schienen am Rock zu kleben, denn sie erhoben sich nicht zur Abwehr. Seine Angst arbeitete sich über die Wirbelsäule nach unten und zog alle Kraft aus der Zunge.

Verteidige dich, du Pisser.

Aber Jeschua schloss die Augen. Es war offenbar unvermeidbar. Es stimmte, Kisch hatte nicht gelogen, die Weidenrute machte einen sehr angenehmen, hellen Ton, bevor sie ihn traf, dort, wo Kisch bereits durch seine Finger Flecken hinterlassen hatte. Flecken und jetzt Streifen, er würde noch bunter aussehen als der Gesprenkelte.

Warum ging er jetzt nicht einfach an ihm vorbei? Warum rührte er sich nicht von der Stelle und ließ stumm auch den nächsten Schlag über sich ergehen, und den nächsten, und den übernächsten. Jeschua erwartete den Schlag. Aber keine Windorgel kündigte den Schmerz an. Er hörte einen harten Schlag, aber der Schlag traf nicht ihn. Ein Körper fiel zu Boden, aber es war nicht sein eigener Körper. In seine Ohren drang ein deutliches Heulen, aber nicht er heulte. Sein linkes Auge, sein mutiges Auge, traute sich zu blinzeln. Er hatte sich nicht verhört. Vor ihm im Staub lag Kisch, auf ihm lag Jonathan, der ihm den Arm verdrehte, die Rute entwand, aufsprang und zuschlug. Die Töne klangen noch heller als die Töne, die Kisch der Rute entlocken konnte. Kisch hielt die Hände zur Abwehr hoch, winselte, aber Jonathan schlug noch einmal mit aller Macht zu, dann zerbrach er die Rute, schleuderte sie davon und spukte vor Kisch aus, der sich aufrappelte und heulend davon rannte, sich noch einmal umdrehte und Verwünschungen herausschrie.

Erst als Jonathan ihn berührte, kehrte die Kraft in Jeschua zurück.

Kisch wird dir nicht wieder auflauern, sagte Jonathan, noch immer außer Atem.

Er sollte nicht Recht behalten.

ERSTER AUFTRITT

Sie hatten kein Recht dazu. Er hatte ihnen nichts zuleide getan.
Alle acht Hunde im Dorf bellten ihn an. Jeschua hatte alles versucht, sich in sicherer Entfernung hingehockt und mit ihnen freundlich geredet, ihnen Kosenamen hingeworfen, sie mit altem Fladenbrot bestochen, sogar einmal einen Stein nach einem Hund geworfen, dessen Lefzen vor Gier und Wut trieften, aber nichts half, kein Hund erkannte ihn offenbar wieder, keiner winselte ein einziges Mal um Brot, nie sah er, wie ein Hund mit seinem Schwanz vor Freude wedelte. Für die Hunde des Dorfes blieb Jeschua immer ein Fremder. Gehörte nicht dazu. Für die Hunde war er aussätzig. Nur wenn Jonathan an seiner Seite lief, dösten die Hunde in der Sonne weiter, nahmen ihn gar nicht wahr. Aber Jonathan war heute früh mit seinem Vater zum Markt nach Sepphoris aufgebrochen. Schutzlos quälte sich Jeschua durch das Spalier der Kläffer.

Weil seine Mutter es von ihm erwartete, spielte er den Tapferen, zwang seine Beine nicht einen winzigen Schritt zur Seite zu gehen, drehte seinen Oberkörper sogar ein wenig in die Richtung jedes Hundes, der ihn für einen Eindringling hielt, um seinen Füßen seinen Willen aufzuzwingen, verbot er sich, einen großen Umweg zu machen, beruhigte seine Angst, indem er leise das Achtzehnbittengebet murmelte. Als er das Haus erreichte, spiegelte sich noch immer der Schrecken auf seinem Gesicht.

Die Hunde haben mir dein Kommen angekündigt. Für mich klingt es wie ein Freudenchor, als würde ein Bräutigam angesagt.

Jeschua lächelte ein wenig schief, rieb sich mit der Handkante am Kinn, hockte sich dann hin, schaute seiner Mutter zu, wie sie Teigtaschen buk. Das tröstete ihn, wenn sie mit ihren langen Fingern im Teig knetete, wie der Teig mit einem leichten Schmatzen zwischen ihren Fingern hervorquoll, wie dabei immer ein kleiner Muskel in ihrer Wange zuckte, als würde sich der Mund bereits nach diesen Teigtaschen sehnen, so wie sich sein Mund nach diesen Teigtaschen sehnte. Er konnte es kaum erwarten, bis dass die Zähne sich durch die zarte Kruste Einlass in das Innere verschafften, der süßliche Geschmack der Datteln füllte dann die ganze Mundhöhle aus, die Zunge ertastete mit einem kleinen Juchzer zerkleinerte Mandeln, die halfen, alles zu zermahlen und die Süße noch zu verstärken – dann vergaß er für Augenblicke alles, die Hunde, Kisch, sogar den Gesprenkelten.

Hinter deinen geschlossenen Lidern feiert mein Süßkind bereits Purim, wie mir dein leichtes Schmatzen verrät, komm, hilf deiner Mutter, niemand außer dir versteht sich so gut darauf, dreieckige Teigtaschen zu formen, die immer gleiches Maß haben. Der Teig gehorcht deinen Händen. Gehorch du deiner Mutter.

Jeschua schlug die Augen auf, grinste, weil er sich ertappt wusste, rückte näher an seine Mutter heran.

Süßkind.

Sie buken fünfzehn Teigtaschen in perfektem Ebenmaß. Das brachte Ordnung in ihre Welt.

Lege die Teigtaschen in die große steinerne Schüssel, gehe dann geschwind zu Deborah, denn unsere Freundin hortet alle Teigtaschen für die Purimsfeier. Geschwind. Auf.

Nur fünf Häuser entfernt stand das Haus des Töpfers. Aber dorthin stellte sich Kisch ihm in den Weg.

Rennst du wieder feige vor den Kläffern davon hin zu deinem Beschützer Jonathan, um ihm Kuchen zu bringen? Zeig her, du feiger Pisser, was du in der Schüssel vor mir verbirgst.

Er trat einen Schritt auf Jeschua zu. Deutete einen Schubser an. Jeschua wich einen Schritt zurück. Seine beiden Armen umfassten die große Schüssel. Er konnte sich nicht wehren.

Kisch lächelte verschlagen.

Küchelchen, duftende Küchelchen, lass mich daran riechen, lecker, sehr lecker, von denen werde ich gerne eines naschen, es bleiben dann noch genug für deinen Beschützer übrig. Du schenkst mir doch ein Küchelchen, Pisser?

Seine Hand fuhr bereits aus.

Aber die Teigtaschen sind doch für Purim! Das weißt du doch, wir haben mit dem Rabbi darüber geredet. Der schüttelt andernfalls seinen Zorn über dich. Finger weg!

Panik ergriff Jeschua. Er versuchte sich an Kisch vorbei zu drängen, aber der schubste ihn zurück.

Mein Mund feiert heute bereits Purim, du Pisser. Auf mich ist offenbar das Los gefallen, die erste Teigtasche zu naschen. Also gib her!

Kischs Hand berührte bereits eine Teigtasche. Jeschuas Herz ballte sich zur Faust. Jeschua presste mit einem einzigen Satz seine Angst und Wut aus sich heraus.

Deine Hand soll verdorren!

Noch bevor Kischs Hand die Teigtaschen berührten, verkrampften sich die Finger, die mächtige Hand schrumpfte sichtbar, als wollte sie so klein werden wie die silberne Hand am Ende des Zeigestabs, die der Rabbi benutzte, wenn er seine Schüler im Lesen der Torah unterrichtete.

Kisch starrte auf seine Hand, sackte ins Greinen, schaute Jeschua ungläubig an, machte den Weg frei, starrte immer noch auf seine Hand: Was ist mit mir?

Auch Jeschua konnte den Blick nicht von der verdorrten Hand lösen. Die Teigtaschen in der Schüssel hüpften leicht, weil seine Arme so stark zitterten. Dreimal schluckte er, damit er sich aus seiner Starre löste. Jetzt hatte das Zittern die Magengegend erreicht, jetzt die Füße. Ganz langsam trippelte Jeschua an Kisch vorbei, drehte sich dabei zweimal um die eigene Achse, dann endlich rannte er los.

Atemlos und verschwitzt erreichte er Deborah, die seine Stirn befühlte, ein Fieber heraufziehen glaubte, seine Teigtaschen lobte, ihm eine eigene Teigtasche anbot, die Jeschua stumm, aber sehr entschieden ablehnte, dann schickte sie ihn kopfschüttelnd nach Hause.

Jeschua machte einen kleinen Umweg, stellte sich absichtsvoll vor dem Hund auf, der ihn am meisten ängstigte, ließ sich minutenlang ankläffen. Erst dann schlich er nach Hause.

Zu seiner Mutter kein Wort. Mit den Armen erzählte er eine unverständliche Geschichte. Seine Mutter legte den Kopf etwas schief, ihr Blick tastete ihn ab, sie sagte aber nichts, wollte ebenfalls seine Stirn befühlen, aber Jeschua drehte sich weg, suchte sein Holzmesser und schnitzte mit abgewandtem Gesicht an einem Treidel.

Der Gesprenkelte, mürrisch von seiner Arbeit zurückgekehrt, hatte soeben seine Füße gewaschen, als der Schmied mit seinem Sohn in der Türöffnung erschien. Mit hochrotem Kopf. Mit zuckenden Kiefermuskeln. Beide Hände zu Fäusten geballt.

Grußlos schrie er den Gesprenkelten an: Sieh nur – und dabei riss er den rechten Arm seines Sohnes hoch und deutete auf die verdorrte Hand – sieh nur, was dein Sohn mit der Hand meines Sohnes gemacht hat, mit dieser Hand, die bereits sehr geschickt mit dem schweren Hammer umzugehen weiß. Mein Sohn Kisch ist deinen Sohn nur freundlich um eine Teigtasche angegangen, da hat ihn dein nichtsnutziger Sohn verwünscht und die gesunde Hand, diese starke Hand meines Sohnes, verdorren lassen.

Abwechselnd starrte der Gesprenkelte auf die verkrüppelte Hand Kischs, dann in das Gesicht des Schmieds. Ohne sich umzudrehen rief er dann: Jeschua, komm augenblicklich her.

Jeschua schlich heran, blieb aber in sicherem Abstand von allen Beteiligten stehen, sagte mit sehr leiser Stimme: Kisch ist ein Teigtaschendieb. Er hat Strafe verdient. Da habe ich ihn bestraft.

Ein abfälliges Lachen entfuhr dem Schmied: Liegt es an dir, einem achtjährigen Knaben, zu strafen? Dann strafe die Richtigen, nicht jene, die sich mit dir Naseweis einen kleinen Streich erlauben. Und du, Zimmermann, sorge du dafür, dass sich deine Brut fernhält von anderen Kindern. Und sollte ein böser Dämon in ihm wohnen, so entferne ihn aus unserer Gemeinschaft.

Dann hatte er Kisch unter die Achsel gegriffen und davon gezerrt.

Noch immer stand der Gesprenkelte in einer seltsam gebückten Haltung am Eingang seines Hauses. Ganz langsam drehte er sich zu Jeschua, umkreiste ihn und musterte ihn dabei von oben bis unten.

Schande, du bringst Schande über mein Haus und befleckst meine Ehre. Dieses Gerücht wird im Dorf die Runde machen, man wird mir Aufträge entziehen. Mein Riemen wird dich lehren, deine Zunge künftig im Zaum zu halten.

Sieben Mal schlug der Gesprenkelte zu. Sieben Mal stöhnte Mirjam leise auf. Aus Jeschuas Mund kam zunächst kein Ton.

Du hast recht gehandelt, flüsterte Jeschua, als der Gesprenkelte den Riemen zusammenrollte. Ich habe die Strafe verdient. Der Gesprenkelte stimmte zu und wiederholte die sieben Schläge.

An diesem Abend, als Jeschua bäuchlings auf seiner Matte lag, betete er inständig zum Allmächtigen, er möge Kischs Hand heil werden lassen.

Im Dorf schrieb man die nächtliche Heilung den Kräuterpflastern zu, die eine Kräuterkundige aus einem Nachbardorf aufgelegt hatte.

Mater dolorosa

Als sie aus dem Nachbardorf von einer Besorgung zurück war, schaute Jeschua sie an, als wäre sie eine Fremde, sie fühlte, wie ihre Brust zusammengedrückt und ihr Atem nach draußen gepresst wurde. Seine Augenlider waren halb geschlossen, schwer geworden vom Unglück. Seine Hände, die man eher an einem Mädchen vermuten würde, lagen wie leblos in seinem Schoß. Sprach er, oft nach minutenlangem Nachsinnen, leise zu ihr, dann schien es ihr, als müsse er gegen einen Schluckauf kämpfen. Mirjam zwang sich, Herrin über ihre Atemnot zu werden, atmete betont ruhig und in langen Zügen, weil sie hoffte, ihr Rhythmus würde auf ihn übergreifen.

Rückte sie heute näher an ihn heran, schlang er die Arme um sich, als wolle er jede Berührung abwehren.

Was ist mit mir? Warum bin ich nicht den anderen gleich? Warum bin ich so anders als die anderen Jungen?

Hilferufe, die einen giftigen Schmerz in ihren Nieren auslösten. Sie schmeckte salzigen Schweiß auf ihrer Unterlippe. Im Kopf spielte sie jede mögliche Antwort durch, ihre Zunge entschied sich dann für drei dürre Sätze, die sie flüsternd und leicht stockend wie schlecht auswendig gelernt aufsagte: Ein Engel kam vor Jahren zu mir und hat es mir geweissagt. Du bist auserkoren, denn der Allmächtige hat Großes mit dir vor. Lerne du also Geduld, bis er sich dir schließlich offenbart.

Geduld.

Dulden.

Jeschua öffnete leicht den Mund, um diese Worte in sich einzulassen: Der Allmächtige hat Großes mit dir vor.

Er musterte seine Hände, spürte die Bürde auf seinen Schultern. Seine Augen streiften sie kurz, schweiften dann ab. Er schien ihr nach innen zu weinen. Er holte angestrengt Luft, schien ein Schluchzen zu unterdrücken, schloss die Augen, nickte dann nur.

Miriams Hand hatte nur einen hilflosen und lächerlichen Klaps auf Jeschuas Schulter parat.

UNTER GELEHRTEN

Nicht einmal mehr einen Klaps konnte er ihm geben. Kisch saß nicht mehr neben ihm. Spätestens nach einer Stunde ging die Aufmerksamkeit vieler Schüler spazieren. Der Rabbi fing dann die Aufmerksamkeit wieder ein, indem er mit ihnen übte, wie man den Gebetsriemen anlegt.

Haschum, sage an, die Kapsel am Tefillin, die wir am linken Arm befestigen, wohin muss sie zeigen?

Haschum massierte sich kurz mit der Hand am Hals, sagte dann: Zum Herzen, Rabbi, denn so heißt es im Sch^{e}ma Jisrael: *Diese Worte sollen dir ins Herz geschrieben sein.*

Der Rabbi legte die Hände ineinander, klobige, schwielige Hände, die man eher an einem Bauern vermutet hätte: Wohlgesprochen, Haschum, sei jetzt deinem Bruder Arach mit dem zweiten Gebetsriemen behilflich, wohin muss diese Kapsel zeigen, Jether?

Jether, der immer kurz zusammenzuckte, wenn sein Name fiel, antwortete ganz schnell, als wolle er Nachfragen vermeiden: So steht im Sch^{e}ma Jisrael zu lesen: *Die Wortes des Herrn sollst du zum Denkzeichen auf deine Hand binden und sie als Merkzeichen auf deiner Stirn tragen.*

Der Rabbi schloss die Augen, als würde er ein saftiges Stück Zibbe verspeisen: Und was befindet sich in den Kapseln, Ruben, Sohn des Färbers? Reg dein Maul!

Jeschua hörte, wie das Herz von Ruben vor Aufregung pochte: Auf wertvollem Pergament stehen Worte der Torah, damit wir uns stets an sie erinnern, Meister.

Noch immer versteckte sich der Rabbi hinter seinen Lidern: Jakobus, lege nun dem Kisch den Tallit an und sage mir, woran uns der Gebetsmantel erinnert.

Jakobus, der seinen Bruder Jeschua bereits um eine Handbreit überragte, antwortete in seltsam gedehnten Wörtern, als seien die Wörter mitgewachsen: So wie der Tallit uns umgibt und schützt, so umsorgt und beschützt uns die Torah jeden Tag.

Mit einem Auge blinzelte der Rabbi, um zu sehen, wen er bisher verschont hatte: Sebulon, weißt du mir den Namen der Quasten am Gebetsmantel zu nennen?

Seine roten Ohren verrieten die Anspannung, die Sebulon endlich aus sich vertreiben konnte: Zizijot, Meister, sie erinnern uns an alle Barmherzigkeiten des Allmächtigen und an seine Gebote.

Jetzt, jetzt schlug der Rabbi beide Augen auf, schien erstaunt, dass alle noch da waren: Gestern noch hat uns Jonathan alle Gebote ohne zu zögern aufgesagt, er wird seit gestern nicht mit Vergesslichkeit geschlagen sein, wir können also, wenn Jeschua nicht noch eine Frage hat, die ihn gefangen hält, die Gebetsriemen und den Tallit zusammen legen und nach Hause eilen.

Drei Mal beugte Jeschua sich vor, als könne er so die Frage unterdrücken, aber dann war sie doch heraus: Meister, gestern lasen wir die Geschichte über Lot in der Stadt Sodom, die der Allmächtige wegen allen Frevels, die die Menschen dort begingen, vom Erdboden vertilgen wollte, und mich quälte gestern Nacht die Frage, warum hat Lot, der Neffe Abrahams, als die Einwohner von Sodom ihn bedrängten, seine Gäste, die Boten des Allmächtigen, herauszugeben, damit sie sich an ihnen vergingen, den bösen Menschen stattdessen seine Töchter angeboten?

Ruben, der bereits aufgestanden war, hockte sich zögerlich wieder hin. Der Rabbi schmatzte, als würde er die Antwort abschmecken: Jeschua, Sohn des Zimmermanns, gedenke der Geschichte Abrahams, wie Abraham bei den Eichen von Mambre drei Fremde gastlich aufnimmt, und weiter heißt es an anderer Stelle: *Achtet auf den Fremden, der unter euch lebt. Ihr wisst doch, wie es Fremden zumute ist. Ihr wart doch selber einmal Fremdlinge in Ägypten.* Darum also hat Lot das Gastrecht höher geschätzt als das Wohl seiner Töchter, die er, wie jeder gute Vater, von ganzem Herzen liebte und beschützte.

Wieder beugte sich Jeschua vor, dieses Mal noch tiefer, und doch sprang die nächste Frage heraus: Und warum, Meister, hat Lot sich nicht selber den Frevlern angeboten?

Jetzt wirkte der Rabbi so zögerlich wie Sebulon oft wirkte.

Weil in den Ratschlüssen des Allmächtigen offenbar Lot noch eine gewichtige Rolle zu spielen hatte, Jeschua.

Jetzt war Jeschuas Zunge freigelassen: Will der Allmächtige, dass lieber die Töchter geopfert werden, weil er mit Lot noch Wichtiges vorhat? Muss nicht ein Vater für alle seine Kinder sorgen? Wer, Meister, ist dieser Lot? Hat Lot nicht vor Zeiten, als er sich der großen Herden wegen von Abraham trennte, selbstsüchtig die fetten Weidegründe ausgewählt? Haben die frevlerischen Taten der Männer von Sodom etwa auf Lot abgefärbt, so wie blau gefärbte Wolle manchmal Farbe auf die Haut abgibt?

Alle Augen starrten jetzt auf den Rabbi. Seine Stimme war samten, als er antwortete: Der Allmächtige hat Abraham den Vater vieler Völker getauft, nicht Lot. Was aber Lot angeht: Der Allmächtige kann auf krummen Wegen geradeaus laufen. Du aber, Jeschua, lerne weiterhin fleißig und trage künftig Sorge, dass du dich nicht unter falsches Volk mischst. Und jetzt eilt alle nach Hause, eure Mütter warten auf euch.

Der Rabbi schlug in die Hände, als würde er sich selbst applaudieren.

WUTSTAU

Die Hände in die Seite gestemmt, den Mund halb offen. Der Gesprenkelte starrte ihn an wie jemand, der sich nicht entscheiden konnte, welche Worte zu seiner Wut wirklich passten, zu groß war die Wut und zu klein die Anzahl der hässlichen Worte, die ihm zur Verfügung standen. An der Schläfe schwoll eine Ader dick an, dort staute sich die Wut. Jeschua hörte, wie der Gesprenkelte tief Luft holte, wie sein Kiefer zitterte, sah, wie die Lippen sich wortlos bewegten. Noch hielt der Gesprenkelte mit der Linken seine rechte Hand fest umschlungen, als wolle er sich selbst fesseln. Sein Oberkörper beugte sich etwas vor, deshalb rutschte Jeschua noch ein Stück zurück, sein Rücken stemmte sich jetzt mit aller Macht gegen die Wand, die sich nicht bewegen wollte. Jeschua roch den sauren Atem des Gesprenkelten. Der Mund des Gesprenkelten war jetzt so nah, knapp oberhalb der Stirn, Jeschua schaute zur Seite, schaute dann erneut in die zuckenden Augen des Gesprenkelten, wand dann seinen Kopf endgültig weg. Dort, am Eingang des Hauses, stand seine Mutter, die Hände vor den Mund gepresst. Weil ihre Umrisse verschwammen, merkte Jeschua, dass er bereits weinte. Er versuchte sich zu konzentrieren, sagte sich einen Vers aus der Torah auf, ballte die Fäuste, aber offenbar war das die falsche Geste, denn sein Gesicht wurde mit aller Kraft herumgeworfen. Der Gesprenkelte schien seine Hand in Jeschuas Wange pressen zu wollen, so wie Jonathan und er oft ihre Hände in Ton drückten und dann laut lachten. Dieser Gedanke half ihm, den Schmerz zu vergessen. Er verschwand für Augenblicke in dieser Szene. Wie viel größer Jonathans Hand war! Wohl um drei Handbreit größer als seine kleinen Hände. Mit diesen Händen kannst du nichts arbeiten, hatte Jonathan lachend gesagt. Du musst ein Schreiber werden. Du musst später die Torah abschreiben mit deinen kleinen Händen! Ja. Ja. Ja. Und dabei hatte Jonathan getanzt und in die Hände geklatscht.
  Die Ziege!
  Jeschua schüttelte verwirrt den Kopf.

Wagst du es zu leugnen? Du Tölpel! Ich hatte dir aufgetragen, auf die Ziege achtzugeben.

Jetzt drückte der Gesprenkelte seine Linke in Jeschuas Wange. Auch der Gesprenkelte hatte sehr kleine Hände.

Und was machst du Träumer und Tagedieb? Du schreibst mit einem Stock im Sand, verlierst die Ziege aus den Augen, die macht sich los, springt davon und bricht sich am Bach die Vorderbeine. Brechen! Ich sollte auch dir beide Beine brechen. Du bist eine einzige Plage.

Der rechte Händeabdruck passte nicht genau in den ersten Abdruck. Keine gute Arbeit.

Schlachten! Hörst du? Schlachten musste ich die Ziege, weil du Tölpel zu dumm und zu faul bist, um auf ein einziges Tier zu achten. Ein einziges Tier. Keine Herde. Nur ein einziges Tier. Ein einziges Tier!

Zwischen zwei gekrümmte Finger nahm der Gesprenkelte Jeschuas Nase und drehte sie hin und her.

Du musst Schreiber werden, hatte Jonathan gesagt. Jeschua hatte auf seine Hände geschaut und genickt. Ja. Ein Schreiber. Ein Torahschreiber.

Zahlst du Träumer mir die Silbergroschen für eine neue Ziege? Jetzt muss ich noch härter arbeiten, dabei drückt mich die Last der Arbeit bereits jeden Tag.

Der Gesprenkelte ließ Jeschuas Nase los und holte erneut aus. Aber dann wurde seine Hand fest- und hochgehalten, so wie in der Geschichte von Mose, der im Kampf gegen die Amalekiter die Hände erhoben halten musste, damit das Volk Israel gewann und dabei von Gehilfen gestützt wurde, als seine Kräfte schwanden.

Halt ein, Mann, Jeschua ist genug gestraft. Seine Seele ist bereits wundgescheuert, weil er sich so viele Vorwürfe macht, dass er nicht achtsam war. Halt ein. Er wird den Schaden wieder gut machen.

Jeschua senkte den Kopf. Jetzt konnte der Gesprenkelte den Arm sinken lassen. Er knurrte einen unverständlichen Satz und ging hinaus.

Mirjam wartete, bis der Gesprenkelte außer Hörweite war, holte dann aus einer Schüssel ein Stück Anisbrot, schob es Jeschua in den Mund und küsste ihn auf die Haare, nahm ihn kurz in den Arm, spürte, dass sein ganzer Leib zitterte, tupfte mit einem Rockzipfel das Blut von der aufgeplatzten Lippe.

Trockne die Tränen und geh spielen, mein Süßkind. Der Gesprenkelte vergisst schnell. Ich werde dafür sorgen.

In der Nacht sah Jeschua, wie seine Mutter die Wut aus dem Gesprenkelten heraussaugte.

ARCHE NOW

Aber jetzt wohnte die Wut in Jeschua. Er hatte sich mit Jonathan, sobald der Gesprenkelte das Dorf für einen längeren Bauauftrag im nahen Sepphoris stöhnend und klagend verlassen hatte, in die Werkstatt geschlichen. Schon lange trug er sich mit dem Plan, eine Arche zu bauen. Sie suchten aus den spärlichen Holzresten, die der Gesprenkelte in vier Eimern verwahrte, alle Stücke aus, die sie benötigten. Jeschua zeichnete mit sicheren Strichen die Arche in den Sand. Schrieb Maße dazu. Er kannte alle Maße auswendig, die in der Geschichte über die Arche Noah genannt wurden. Jonathan beugte sich über die Zeichnung, sein Kopf schwankte, als würde die Arche bereits auf den Wellen schaukeln. Dann wurde Jeschua mit einem Stupser belohnt.

Als die Säge sich durch das Holz fraß, spürte Jeschua, wie seine Wut langsam schwächer wurde. Sie arbeiteten schweigend und zunehmend vergnügt. An den Nachmittagen gingen sie in die Töpferei von Jonathans Vater, erbettelten Ton und formten Tiere.

Auch zwei Holzwürmer? Müssen nicht auch zwei Holzwürmer mit auf die Arche?

Jeschua schaute verwirrt hoch, wackelte mit den Schultern, aber sein Mund sagte: Ja. Von allen Tieren ist die Rede. Der Allmächtige wird den Holzwürmern Balken angewiesen haben, die keine Lasten trugen.

Jonathan formte zwei kleine Wülste.

Und die unreinen Tiere? Müssen auch Schweine hinein?

Jeschua kniff die Augen zusammen, um sich zu konzentrieren: Ich weiß nicht, wie sie es vermochten, aber die Römer haben die Sintflut offenbar überstanden. Römer essen Schweinefleisch, also gehören auch Schweine in die Arche. Es muss sein!

Wie halten wir es mit dem Leviathan und Behemoth, den zwei riesigen Ungeheuern, von denen die Torah spricht?

Dieses Mal hielt Jeschua die Augen noch länger geschlossen: Der Allmächtige fragt nicht ohne Stolz den leidenden Hiob, wo er denn war, als er Leviathan und Behemoth schuf. Der Leviathan lebt im Wasser, spielt, wie es im Psalm 104 heißt, mit dahinfahrenden Schiffen, ihn müssen wir also nicht bedenken, aber der mächtige Behemoth lebt in den Wüsten, ihm dürfen wir den Zutritt also nicht verwehren. Wir werden ihn in einer Kammer von allen anderen absondern.

Jonathan überließ es Jeschua, den Behemoth zu formen. Als er nach vielen Versuchen mit dem Ergebnis zufrieden war, nahm er einen kleinen Stock und ritzte in die Oberfläche überall kleine Schrammen, als sei der Behemoth am ganzen Körper gesprenkelt.

Mit einem mächtigen Gewitter setzte die Regenzeit ein. An diesem Abend führten Jeschua und Jonathan alle Tiere in die Arche. Als sie am nächsten Mittag vom Rabbi zurück kamen, trugen sie die Arche, in einer Hirtentasche sicher vor den Augen der anderen Jungen verwahrt, an einen nahen Bach, der endlich wieder viel Wasser führte. Ganz sacht ließ Jonathan die Arche zu Wasser. Ihre Arche schwamm. Jeschua hatte sich nicht verrechnet. Jonathan gab ihr einen kräftigen Schubs.

Mit der Arche schwamm auch Jeschuas Wut endgültig davon.

HUCKEPACK

Jakobus schlich sich nach dem Essen seit Tagen davon, schenkte Jeschua ein halbes Lächeln, als er sich entdeckt glaubte. An einem Tag folgte ihm Jeschua geräuschlos, fand ihn, nachdem er ihn kurzzeitig aus den Augen verloren hatte, am äußeren Ende des Töpferackers. Dort hockte er, legte den Kopf schief, stand noch einmal auf und merkte sich, tief gebückt, jede kleine Unebenheit des Bodens. Weil die Sonne bereits tief stand, musste Jeschua lange seinen Blick schärfen um genau zu erkennen, was Jakobus vorhatte. Er schüttelte seinen Arm aus, als habe er lange schwer getragen, dann hockte er sich wieder hin und warf mit verhaltenem Schwung eine erste Nuss. Jakobus erhob sich, schüttelte den Kopf, stampfte mit dem Fuß auf, gab sich selbst einen Backenstreich, machte einen zweiten Versuch, der ihm offenbar besser gelang, weil er auf einem Bein hüpfend dem Weg der Nuss folgte. Als zum ersten Mal ein Klackern verriet, dass eine Nuss eine andere Nuss aus dem Weg geräumt hatte, glaubte Jeschua einen kleinen Juchzer zu hören. Jeschua, der nie Spaß an diesem Nussspiel gefunden hatte, stahl sich zurück. Drei Tage später sah er, wie Jakobus den schweren Sebulon huckepack schniefend und mit niedergeschlagenen Augen durchs Dorf trug. Offenbar hatte er beim Spiel erneut verloren. Abends konnte er niemandem in die Augen schauen, so schämte er sich.

DIE SAULSKRANKHEIT

Die Scham schien ihn verlassen zu haben. Zuerst legte er sein Obergewand ab, dann zogen sich seine Hände zurück, der Gesprenkelte presste sie zusammen, als wolle er die Schale einer Nuss knacken, dann verschloss er seinen Mund, sperrte ihn ab, er verschwand in der Faltenlandschaft seines Gesichts, schließlich löschte er das Licht seiner Augen und ließ seine Stirn mit geöffneten Augen auf den Boden niederfallen.

In der Regenzeit, immer in der Regenzeit wurden die Zustände häufiger, oft zu Beginn des Sabbaths, und lange hatte sich Mirjam in dem Glauben gewiegt, der Gesprenkelte nehme die Sabbathruhe sehr ernst, wiederhole Rituale, die ihr vielleicht unbekannt waren, pflege eine Ernsthaftigkeit, die sie bisher an ihm nicht entdeckt hatte. Aber dann traten die Zustände wahllos auch an anderen Wochentagen auf. Mehrfach hatte Mirjam sich zu ihm gehockt, hatte seine Hände getätschelt, aber der Gesprenkelte schien nichts zu bemerken, sie hatte ihm Sätze ins Ohr geflüstert, aber das Ohr blieb verschlossen, sie hatte seine Füße geknetet und liebkost, Leibspeise vor ihm hingestellt, aber abends stand der Teller weit von ihm entfernt, als sei die Leibspeise ängstlich von ihm abgerückt.

Ihr Lächeln, das zu ihrem Gesicht gehörte wie Nase, Mund und Augen, verblasste. Jeschuas Lächeln wurde grau. Beide wussten, was sie jetzt erwartete, denn nach vielen Stunden des Schweigens schlug der Gesprenkelte sich stets mit der linken Hand in den Nacken, als wolle er Ungeziefer erlegen, hob mit einem Ruck den Kopf, schaute mit funkelnden Augen in die Runde, wurde wütend, warf mit seinem linken Schuh nach Mirjam, brüllte, wie bitter es schmecke, wenn in seinem eigenen Haus überall Unrat herumliege.

Die Wände meines Herzens zittern, so erbost bin ich über die Meinen, die es an Ehrfurcht fehlen lassen, es tobt in mir, weil ihr euch zum Diener fremder Götzen macht, ihr bringt Schande über mein Haus! Schande!

Als habe die oft ungelenke Zunge des Gesprenkelten in den Stunden des Schweigens alle Verwünschungen vorgeformt, so wurden sie jetzt in schneller Folge hervorgestoßen. Beelzebuls Diener und Dienerinnen. Unzüchtige Huren und Hurensöhne. Töricht bei Tag und bei Nacht. Philisterbräute. Baalsanbeter. Niederträchtig seid ihr, Nichtsnutze und Heuchler. Kahlköpfe hausen unter meinem Dach und Otternbrut. Eselsergüsse seid ihr und Wandpisser. Kotfresser. Wegelagerer. Trunkenbolde. Lahm und taub in einem Leib. Sodoms Söhne. Verwüster des Himmels. Und an Jeschua gewandt: Du Schande der Scham deiner Mutter! Als Nachbar in deinem Grab wünsche ich dir Mörder und Ehebrecherinnen.

Schande! Immer wieder schrie er mit seltsam verrenkter Stimme dieses eine Wort: Schande!

Mirjam, Jeschua, Jakobus und die jüngeren Geschwister rückten dann näher zusammen, hielten sich oft am Eingang auf, wenn der Gesprenkelte in seinem Wüten und Toben anfing mit Töpfen und Geschirr nach ihnen zu werfen, duckten sich in Erwartung von Schlägen. Plötzlich und unerwartet verstummte der Gesprenkelte dann, die Zunge schien sich keiner Schimpfwörter mehr zu erinnern, er ging gesenkten Kopfes an ihnen vorbei, Minuten später hörte man ihn, wie er in der kleinen Werkstatt dem Holz seinen Willen aufzwang. Mirjam schlich dann zu Jeschua, legte ihm eine warme Hand auf seinen schreckkalten Unterarm, sein Mund aber blieb über Stunden angespannt. Einen halben Seufzer gönnte sie sich, dann strich sie jedem der Kinder kurz über den Kopf. Die Beschimpften schlichen in der Reihenfolge der Körpergröße nach draußen und schämten sich vor den Augen der Nachbarn, die Zeugen der lauten Verwünschungen gewesen waren.

In seiner Not rannte Jeschua zum Rabbi, der ihm mit halb geschlossenen Lidern zuhörte. Er rieb sich sehr ausführlich die Schläfen, nickte dann, flüsterte: Die Saulskrankheit, Jeschuas Vater leide an der Saulskrankheit, vielleicht sei er über viele Generationen mit dem ersten König der Juden, mit Saul, verwandt, und nicht, wie er zuweilen großspurig behaupte, mit David, dann war er aufgestanden, hatte den Raum verlassen, es hatte eine ganze Weile gedauert, dann war er mit einer Leier zurückgekommen.

Du bist doch bereits leidlich mit der Leier vertraut, Jeschua. Ich werde dich jetzt noch näher anleiten, dann kannst du aufspielen, wenn dein Vater von der Saulskrankheit heimgesucht wird, so wie weiland David vor Saul aufgespielt hat.

Es sprach so viel Zuversicht aus den Worten des Rabbi, als habe schon jetzt die Krankheit keine Kraft mehr über den Gesprenkelten.

Ohne die Lippen richtig zu öffnen sagte der Rabbi: Betrachte die Leier genauer, Jeschua, wenn du sie falsch herum hältst, wie ein Unwissender, dann erkennst du einen griechischen Buchstaben, den ich dir vor Wochenfrist beigebracht habe.

Und dieser Satz machte, dass Jeschua lächeln konnte. Ohne die Leier umzudrehen, sprang bereits die Antwort aus seinem Mund: Es ist das griechische Omega, Meister, der letzte Buchstabe des griechischen Alphabets.

Nur kurz hob der Rabbi die linke Augenbraue, aber diese kleine Bewegung erlaubte es Jeschua, seinen eigenen Kopf zu heben.

Unsere Leier oder den Kinnor nennen die Griechen Kithara.

Dann stockte er kurz, sein wackelnder Bauch deutete ein Lächeln an: Wenn der Allmächtige nicht die Sprachen verwirrt hätte, müsste ich mich nicht in fremden Sprachen üben und könnte mich besser um meine Zibben kümmern.

Der Rabbi führte Jeschua die Finger, die sich jeden Griff merken konnten. Bereits nach einer Stunde verstand Jeschua es, die Leier einfühlsamer zu spielen als noch vor Wochenfrist, ging dann, sichtbar erleichtert, in einem großen Bogen zum Haus zurück, versteckte die Leier im Vorratslager.

Sieben Wochen dauerte der Frieden im Haus, dann fiel der Gesprenkelte wieder ins Schweigen. Mirjam biss sich auf die Unterlippe, der juckende Schorf an Jakobus Unterarm blühte mit einem Schlag auf. Seine anderen Brüder hockten sich in eine Ecke und versteckten ihre Köpfe zwischen ihren Knien. Jeschua huschte ins Vorratslager und kam mit der Leier zurück. Der Raum füllte sich mit fragenden Blicken. Jeschua stellte sich zehn Fuß vor den Gesprenkelten, tauschte einen kurzen Blick mit seiner Mutter, die eine Hand an den Mund gelegt hatte, fing dann an zu spielen. Bereits beim zweiten Lied ging eine seltsame Verwandlung mit dem Gesprenkelten vor sich. Die Verkrampfung seiner Hände löste sich, er hob etwas den Kopf, ruckte dann vogelartig mit dem Kopf hin und her, seine Lippen stülpten sich aus, er schlug die Augen auf – mit einer Verwunderung im Blick. Er stellte sich hin, streckte sich, strich sich über die Oberarme als würde er frieren, seine Mundwinkel zuckten, dann ging er mit seltsam trippelnden Schritten nach draußen. Kein Fluch entfuhr seinem Mund. Jeschua spielte noch eine ganze Weile weiter, weil er nicht wusste, wie lange der Zauber hielt. Dann blieb er lauschend stehen. Seine Mutter hatte jetzt beide Hände an den Mund gelegt, starrte mit weit aufgerissenen Augen an Jeschua vorbei nach draußen.

Der Gesprenkelte kam nicht zurück.

Nach einer Weile drückte sie ihre Lippen auf Jeschuas Handrücken, dann löste sich Jeschua von ihr und hing seine Leier an eine schmucklose Wand neben einer Fensteröffnung.

Nachts, wenn der Nordwind Kühlung brachte, strich er über die Saiten und entlockte der Leier wundersame Töne. Jeschua stand dann leise auf und sagte oft bis zum Morgengrauen beinahe tonlos Stellen aus der Torah auf.

Von der Saulskrankheit blieb der Gesprenkelte auf ewig geheilt. Nie wieder fiel er ins Leid.

Besaß Jeschua so viel Macht wie David?

Er traute sich nicht, den Rabbi zu fragen.

Wozu hatte ihn der Allmächtige auserkoren?

Mirjam hilf

Auserkoren!
Die Sonne hockte auf dem Horizont und schien sich auszuruhen.
Jeschua hockte auf einem mächtigen Stein weit draußen vor dem Dorf und knetete seine Wadenmuskeln. War er so mächtig wie König David? Unglaube krallte sich an ihm fest. Das konnte doch nicht sein. Unmöglich. Wie traute er sich nur, so etwas zu denken! Welcher Dämon zwang ihm diese hochmütigen Gedanken auf! Sein ganzer Oberkörper schüttelte sich.
David. Der mächtige David, der Erwählte des Allmächtigen! Und er, Jeschua aus Nazareth.
Das konnte nicht sein. Er war geschickt darin den Kinnor zu spielen, aber er verstand sich nicht auf die Schleuder. Jeder Versuch misslang kläglich. Jonathan hatte ihn bereits damit aufgezogen. Und gegen wen sollte er antreten? Wo drohte ein Goliath? Die wenigen Römer, die er kennengelernt hatte, überragten ihn, obwohl er noch nicht ganz ausgewachsen war, kaum. Von einem Riesen, der Israel bedrohe, hatte er nichts vernommen.
Er bückte sich und malte mit dem Finger etwas in den Sand, wischte das Geschriebene dann wieder aus.
Er memorierte die ganze Geschichte Davids.
Die Bundeslade, die König David damals von den Feinden zurückerobert und in einem Festumzug zurückgebracht hatte, wurde im Tempel in Jerusalem aufbewahrt. Drohte sie erneut entweiht zu werden? Bestand darin seine Aufgabe?
Er schüttelte mehrmals so kräftig mit dem Kopf, dass die Sonne auf dem Horizont stark schwankte.
Musste er ein Heerführer werden wie König David?
Und Bathseba? Wer war seine Bathseba? Musste er jeden Abend auf das Dach des Hauses klettern um zu erkunden, ob auf einem anderen Dach eine Bathseba badete und darauf wartetet, von ihm entdeckt zu werden?

Die Sonne strahlte ihn mit letzter Kraft an, sein Kopf glühte, als würde er sich schämen. Er atmete leise, rollte den Kopf.
Ich kenne keine Bathseba, flüsterte er.
Aber Jonathan. Ja. Jonathan. Warum fiel es ihm erst jetzt auf! Sein Freund hieß Jonathan. Genauso wie der Freund Davids! Und er liebte ihn genauso stark wie König David seinen Freund Jonathan geliebt hatte. War das vielleicht doch ein Zeichen?
Kurz legte Jeschua den Kopf schief.
Aber warum konnte ihm seine Mutter keine Antworten auf seine Fragen geben? Warum vertröstete sie ihn immer wieder?
Tränen liefen ihm über die Wangen, weil er zu lange in die Sonne geblickt hatte.
Die Sonne hockte nicht länger auf dem Horizont, sondern sie ging, auf ein geheimes Kommando hin, ganz langsam unter.
Auch Jeschua hockte nicht mehr auf dem Stein. Er war aufgestanden und losgelaufen.
Sein Mut folgte ihm nur sehr langsam nach. Er drehte sich nicht nach ihm um.

HÖHLENGLEICHNIS

Erstarrt wie eine Salzsäule, als habe er sich verbotenerweise umgedreht.

Jeschua stand still, damit ihn ein Einfall, auf den er wartete und der in der Luft lag, nicht verfehlen konnte. Noch immer rang er mit der Geschichte von Sodom. Noch immer mochte er den Mann Lot nicht. Noch immer wartete er auf einen Einfall, der ihm den Sinn der Geschichte aufschloss. Manchmal half es, wenn er sich ganz still hinstellte. Als sei er selbst zur Salzsäule erstarrt. Wie die Frau Lots, die sich gegen den Willen des Allmächtigen auf der Flucht aus Sodom noch einmal umdrehte. Aber nichts regte sich. Kein Wind ging.

Jeschua wirkt oft etwas wunderlich, hatte er kürzlich Deborah flüstern hören, erst neulich habe ich ihn mitten auf dem Weg stehen sehen, mit geschlossenen Augen, er stand dort wohl eine halbe Stunde, dann erst ging er weiter, sichtbar vergnügt. Das ist harmlos, hatte seine Mutter geantwortet, wahrscheinlich lauscht er nur den Vögeln. Er kann ihren Gesang so täuschend genau nachahmen. Oft weiß ich nicht, ob es ein Vogel ist, der trällert, oder mein Jeschua. Besonders gut versteht er sich auf die Turteltaube, aber auch die Schwalbe und die Drossel fallen ihm sichtbar leicht.

Jeschua hatte einen milden Anflug von Sorgen aus der Antwort seiner Mutter herausgefiltert.

War er wunderlich?

Lot, warum mochte er den Mann Lot nicht? Hatte er etwas in der Torah übersehen? Viele Male hatte er den Text gelesen. Immer wieder laut gelesen. Er konnte ihn längst auswendig. Warum floh Lot nicht zu Abraham, seinen Onkel, der ihm bereits mehrfach geholfen hatte, warum floh er mit seinen Töchtern aus Sodom in die Einsamkeit? Schämte er sich vor Abraham? War das der Grund?

Jemand tippte ihm auf die rechte Schulter, erschreckt öffnete Jeschua die Augen, sah niemanden, fuhr herum, blickte in die feixenden Gesichter von Ruben, Kisch, Jether und Sebulon.

Hör auf im Stehen zu schlafen. Komm, wir wollen dir was zeigen, Jeschua, Jether hat nicht weit vom Dorf entfernt eine neue

Höhle entdeckt, die wollen wir jetzt erkunden. Komm mit. Sei kein Feigling, los.

Feigling? Nein. Das musste ihm Ruben nicht zwei Mal sagen. Nein. Ein Feigling war er ganz und gar nicht. Mit jedem schnellen Schritt zerstoben die Fragen, auf die er soeben noch eine Antwort gesucht hatte. Gleichzeitig rennen und denken ging offenbar nicht.

Zwei steile Abhänge mussten sie hinunterrutschen, einen stark ansteigenden Hang hochrennen, dann blieb Jether stehen, schaute sich suchend um, zeigte triumphierend mit einem Finger auf einen schmalen Eingang, der von dornigem Gestrüpp beinahe vollständig überwuchert wurde. Entschlossen traten sie mit den Füßen gemeinsam die Dornen flach. Jether, der Entdecker, kroch als erster hinein, die anderen folgten ihm.

Groß muss die Höhle sein, sonst wäre die Luft nicht so kalt, flüsterte Jether. Und dann gab er, vielleicht aus Höflichkeit, den Weg frei. Und Jeschua, der kein Feigling war, kroch weiter, kroch schnell weiter, schneller als die Augen sich an das spärliche Licht gewöhnten. Er schrie nicht einmal, als er ins Rutschen geriet und in ein sechs Ellen tiefes Loch fiel.

Alle erschraken zunächst. Jether fragte ängstlich, ob Jeschua verletzt sei.

Ein paar Schrammen, nicht mehr. Zieht mich heraus, rief Jeschua, zieht mich heraus.

Jether wollte sich bereits über den Rand beugen, als Kisch Jether rüde zurückzog: Jetzt sitzt er in der Falle. Jetzt gehört der Pisser uns. Jetzt geben wir ihn nicht wieder frei. Wenn man uns fragt, dann sagen wir, Jeschua sei von einem wilden Tier angefallen und getötet worden!

Jether beugte sich etwas vor um zu erkennen, ob Kisch vielleicht über seinen eigenen Vorschlag grinsen würde. Aber Kisch schien keinen Spaß zu machen.

So nah am Dorf gibt es keine wilden Tiere, sagte Sebulon zögerlich, man wird uns nicht glauben.

Wir wollen nicht zanken. Vertraut mir. Ich werde reden, mir wird man glauben. Dann sind wir den Schwätzer endlich los.

Kischs Stimme duldete keinen Widerspruch. Und an Jeschua gewandt: Hier in der Höhle gilt ein anderes Gesetz, Süßkind.

Hier hilft dir kein Jonathan. Das hier ist die wahre Welt. Hier musst du dir selber helfen. Komm einfach herausgekrochen, wenn du kannst. Hier hört dich dummer Schwätzer nicht einmal dein böser Dämon.

Das Wort Dämon hallte noch nach, als sich Ruben zu Wort meldete: Aber oft kommt es uns doch gut aus, wenn Jeschua immer alles weiß. So übersieht der Rabbi uns anderen. Das kommt häufig auch dir zugute, Kisch. Vor allem auch dir.

Wie einschmeichelnd Ruben reden konnte. Der Einwand verfehlte nicht seine Wirkung.

Nenn du uns selbst einen guten Grund, Süßkind, warum wird dich herausziehen sollen! Beeil dich, wir haben wenig Zeit, du Pisser.

Alle lauschten, Jeschua stand offenbar ganz still, Kisch hatte gehofft, er würde winseln, aber er schwieg zunächst, schwieg lange, als würde er mit sich selbst ringen, sagte dann in die Stille hinein: Kisch, auch du kennst die Geschichte von Joseph, der von seinen eigenen Brüdern erst in einen Brunnen geworfen und dann, weil das Gewissen sie nicht schlafen ließ, verkauft wurde. Und wenn es mit mir genauso ginge, wenn auch nur einer von euch nach Tagen hierherfände, mich befreite und an einen Händler oder Römer als Sklave verkaufte? Und wenn ich wie Joseph dann mächtig und sehr reich würde in einem fernen Land und ihr zu mir kommen müsstet, um während einer Hungersnot Korn zu erbetteln, wie ihr ehrlos greinend und sabbernd im Staube vor mir läget und mir die Füße küsst, willst du das heraufbeschwören? Hast du so wenig Ehre im Leib? Schämen wirst du dich vor deinen Kindern. Zum Gespött in deinem eigenen Dorf wirst du werden.

Wieder Stille, plötzlich lachte Kisch: Die Antwort gefällt mir. Du verstehst zu feilschen, Süßkind.

Und er beugte sich über den Rand und zog ihn mit seinen starken Armen nach oben.

Sie krochen vorsichtig zurück. Draußen klopften Jether und Sebulon Jeschuas Rock sauber.

Lachend gingen sie ins Dorf zurück.

Wie eine verschworene Gemeinschaft.

Eine Frage der Ehre.

TÖPFERGLAUBE

Dem Allmächtigen die Ehre. Jeschua schnalzte, so gut schmeckte ihm dieser Gedanke. Jonathan war auserkoren! Warum nur hatte er es solange übersehen? Der Allmächtige, so sagte die Schrift, schuf und formte Adam aus Erde. Der Allmächtige war also ein Töpfer! Würde Jonathan seinem Vater nachfolgen, dann wäre Jonathan dazu bestimmt, hierin dem Allmächtigen zu gleichen, auch wenn er, anders als der Allmächtige, seinen Töpfereien kein Leben einzuhauchen verstand. Wen wunderte es dann, dass der Allmächtige dafür Sorge trug, dass alle Töpfer ein schickliches Auskommen hatten, weil jede Familie auf Geheiß des Allmächtigen hin zwei Geschirre ihr Eigen nennen mussten, eins für das Fleisch und eins für alles, was aus Milch gemacht wurde! So stand es geschrieben: *Du sollst eine kleine Ziege nicht in der Milch ihrer Mutter kochen.* Dies war ein Zeichen, mit wie viel Liebe und Fürsorge der Allmächtige an die Töpfer dachte.

Jeschua stand bereits, um zu Jonathan zu eilen, stockte aber dann: Und warum war auf ihn das Los gefallen, Zimmermann zu werden und zu den Bauleuten zu zählen?

Worin lag hier der tiefere Sinn?

Er stand lange still, aber die Gedanken, die soeben noch so sorgfältig geordnet waren, gerieten in Streit.

EINGEMAUERT

Vielspältiger Streit.
Vor einer Woche hatten sie noch ausgelassen gemeinsam getanzt.
Hatten sich in den Armen gelegen.
Vielstimmig gesungen.
Das ganze Dorf auf den Beinen.
Das Torahfreudenfest.
Die drei Torahrollen, die der Gemeinde gehörten, hatten sie aus dem Torahschrein ausgehoben und in einem festlichen Umzug durch das Dorf getragen. Jonathan, sein Jonathan, hatte den letzten Vers der Torah vorgesagt – mit scheinbar fester Stimme, aber Jeschua hatte herausgehört, wie viel Angst darunter lauerte, die Sprache könne ausscheren und die Zunge sich verknoten. Wie viel einfacher war es für den zwei Jahre jüngeren Jakobus, den ersten Vers der Torah zu verlesen, obwohl er mehrfach stockte, klatschten alle fröhlich in die Hände, als er geendet hatte.
Auch Jeschuas Mutter hatte geklatscht und Jakobus geherzt.
So süß schmeckte die Torah des Herrn.
Und jetzt stritten alle erwachsenen Männer vor der Synagoge. Wegen drei, einige sagten fünf Buchstaben, die auf der ältesten Torahrolle nicht mehr eindeutig zu entziffern waren. Dann dürften nur die ältesten Vorleser, die die Texte doch auswendig könnten, aus der alten Torahrolle vorlesen, sagten die einen. Es breche ihnen das Herz, wenn diese Torahrolle ausscheiden müsste, mit der sie das Lesen der heiligen Schrift erlernt hätten, damals noch im engen Haus des Jehud, woran man sich doch sicherlich noch erinnere, weil sie noch kein Haus zur Synagoge umgebaut hatten. Ausgelesen sei ausgelesen, riefen die anderen, das Pergament sei brüchig, es dürfe nicht sein.
Es darf kein einziger Buchstabe fehlen, flüsterte Jeschua kaum hörbar zu Jonathan.
Die Worte schienen durch das Ohr Jonathans in das Ohr des Gerbers Japhet, den im Dorf alle den Ledernen nannten, geschlichen zu sein, denn der Lederne sagte mit einer Stimme, die

Widerspruch nicht gewohnt war: Die Frage ist der Erörterung wert, aber uns lehrte man, die Anzahl der Buchstaben, die jeder Schreiber der Torah im Herzen trägt, sei heilig. Ist also ein Buchstabe ausgelesen, dann darf diese Torah, mögen wir auch gute Erinnerungen mit ihr verbinden, in der Synagoge fortan nicht mehr gelesen werden.

So geht die Regel, antwortete der Rabbi, der bisher geschwiegen hatte.

Die Versammlung wollte sich bereits auflösen, als der Lederne nochmals die Stimme erhob: Meine Erinnerung lehrt mich, dass wir, als ich noch ein kleiner Junge war, eine ausgelesene Torahrolle mit einem feierlichen Ritual verbrannten, aber aus Unachtsamkeit des Rabbi überstand ein Buchstabe das Feuer. Der Allmächtige strafte uns für diese Unachtsamkeit mit sieben Missernten. In Kapharnaum ist es Brauch, die ausgelesenen Torahrollen zu beerdigen. Diesem Brauch sollten wir uns künftig anschließen.

Der Vater von Jonathan, einen Kopf kleiner als der Lederne, wagte zu widersprechen: Meine Brüder, lasset ab von diesem Vorschlag, denn niederträchtige Menschen können die Stätte entweihen und die Torahrolle stehlen, erst jüngst wurde ich Zeuge, wie auf dem Marktplatz in Sepphoris einem Römer von einem Fremden eine Torahrolle verschachert wurde. Mit eigenen Augen habe ich die goldene Torahkrone gesehen, die unter einem Leintuch hervorschaute, und wenn nicht römische Soldaten in großer Zahl in der Nähe gewesen wären, hätte ich diesen Frevler mit bloßen Händen zur Strecke gebracht.

Jonathan ballte unbewusst die Fäuste.

In das Schweigen hinein, das jetzt einsetzte, sagte der Gesprenkelte: Nun denn, meine Brüder, einmal war ich Zeuge, wie in einer weit entfernten Synagoge die Torahrolle in einem Hohlraum unter dem Dach aufbewahrt wurde.

Dieser Brauch ist mir auch bereits zu Ohren gekommen, erwiderte der Lederne, so soll es sein.

Welche Verwandlung durchlief der Gesprenkelte in wenigen Atemzügen! Jeschua schien es, als wäre ein ganz fremder Mann vom Vorplatz der Synagoge zurückgekehrt.

Ob Jeschua ihm zur Hand gehen wolle, fragte er.
Ob sie Dattelholz oder Wallnussholz wählen sollten.
Ob die Mutter ihnen einen feinen Feigenkuchen backen dürfe.
Ob er ihn, da er doch bereits zehn Jahre zähle, den Umgang mit dem Sehnenbohrer lehren solle.
Ob er bereits einmal einen Nagel in das Holz getrieben habe.
Ob er schwindelfrei sei.
Ob er Durst auf Dattelsirup verspüre.
Ob er bereits die ganze Torah studiert habe.
Ob er die Leiter sichere, wenn er unter dem Dach der Synagoge arbeite.

Jeschuas Augen folgten behaglich den flink arbeitenden Händen des Gesprenkelten.

ADAMSKLUMPEN

Seine Stimme war nicht mehr so flink. Seit Wochen war Jeschua seiner Stimme überdrüssig. Missmut klopfte wieder an. Seine Stimme gehorchte ihm nicht immer. Brach weg. Konnte die Höhe nicht halten. Wenn er sang, erklomm seine Stimme nicht mehr die Höhen, die er gewöhnlich ohne Anstrengung erreichte. Oft glaubte er einen Kloß im Halse zu spüren, räusperte sich wiederholt, aber seine Stimme blieb verwirrt. Als er, ein wenig verlegen, endlich seine Mutter fragte, lächelte sie ihn ohne Sorge im Blick an, legte die Handspindel beiseite, nahm ihn kurz in den Arm. Er werde jetzt ein Mann, seine Stimme bekäme die männliche Schwere, die Frauen an Männern so schätzten, und der Kloß im Hals sei der Adamsklumpen, der solle die Männer darin erinnern, dass man nicht alles verschlingen dürfe, was die Frauen anböten, er kenne doch die Geschichte vom Sündenfall, die Frucht vom Baum der Erkenntnis des Guten und Bösen stecke noch immer im Hals jeden Mannes, das sei Warnung genug.

Alle Männer sind Söhne Adams, mein Süßkind. Schau heute Abend beim Essen auf den Gesprenkelten, der hat einen besonders mächtigen Adamsklumpen, dabei hatte sie kurz aufgelacht, dann plötzlich erschrocken innegehalten, sich mit dem Kopftuch über den Mund gewischt und den Kopf weggedreht.

Unauffällig hatte Jeschua abends den Gesprenkelten gemustert. Seine Mutter hatte nicht übertrieben. Dem Gesprenkelten schien eine ganze Frucht im Halse stecken geblieben zu sein, wahrscheinlich lag es daran, dass seine Stimme zwar sehr tief war, aber häufig auch krächzte, weil der Atem nur mit Mühe sich an dem Adamsklumpen vorbeizwängen konnte.

Würde er künftig auch einen so mächtigen Adamsklumpen mit sich herumtragen müssen? Sein Bruder Jakobus schlug ganz nach dem Gesprenkelten, bereits jetzt war sein Adamsklumpen deutlich sichtbar. Auch die Füße schienen ein Abbild seines Vaters, nur bei Jakobus war die zweite Zehe kleiner als die große Zehe, und der Nagel auf dem kleinen Zeh war wie bei seinem Vater ganz eingewachsen. Jakobus Hände waren bereits jetzt denen seines Vaters zum Verwechseln ähnlich. Dazu die aufgeworfene Unterlippe und die schweren, oft halb verschlossenen Augenlider.

Unauffällig beugte sich Jeschua etwas vor. Jakobus Ohrläppchen! Ja! Seine Ohrläppchen waren genauso angewachsen wie die des Gesprenkelten. Und die Falte, die sich beim Gesprenkelten von den Nasenflügeln zu den Mundrändern grub, war bei Jakobus bereits angelegt.

Nur gesprenkelt war er nicht.

Jeschua konnte keine Spuren des Gesprenkelten bei sich entdecken. Jeden Abend schaute er heimlich in den Handspiegel seiner Mutter. Seine Stimme wurde tiefer, der Kloß im Hals verschwand. Der Adamsklumpen blieb weiterhin unsichtbar.

Er glich ganz seiner Mutter.

HONIGMOND

Er weihte seine Mutter nicht ein. Zehn Minen Angst lagen auf Jeschuas Schultern. Warum fühlte er nicht Jonathan, den starken Jonathan, an seiner Seite? Warum hatte er sich heimlich davon geschlichen, auch seiner Mutter, die an diesem Morgen seltsam abwesend immer wieder mit dem Daumennagel gegen den Rand ihrer Tonschale geklopft habe, als müsse sie ein geheimes Zeichen einüben, verschwiegen, wohin er gehen wollte? Für einen Tag wenigstens den Erzählungen nachreisen, die die Händler auf dem Dorfplatz farbenprächtig ausbreiteten! Hätte er seiner Mutter seine Sehnsucht gestanden, dann hätte sie an seinem Arm gerüttelt, als ließe sich der Wunsch abschütteln, hätte gebettelt, er möge in ihrem sicheren Schatten bleiben, hätte gefleht, er dürfe sich nicht unbekannten Gefahren und wilden Tieren aussetzen, hätte ihm, wenn dieser Wunsch übermächtig geblieben wäre, den starken Jonathan an die Seite gegeben, er ist dein Stecken, hätte sie gesagt, mit mühsam untergepflügter Furcht, aber Jeschuas Körper gierte nach Einsamkeit, seine hungrigen Füße suchten die Weite, deshalb hatte er es vermieden, seiner Mutter, die oft so besorgt und zerbrechlich aussah, seinen Plan zu gestehen, hatte heimlich den Reisestock des Gesprenkelten, der wie eine Zierde immer am Schrank mit den Töpfen angelehnt stand, an sich genommen und war losgezogen, mit schnellen Schritten, fast rennend den Hang hinab Richtung Ebene.

Als sich die Ebene zum ersten Mal öffnete, spürte er, wie das Licht aus seinen Augen über die ganze Weite ausstrahlte, die Hügel in seinem Rücken brachen in Jubel aus und die Bäume klatschten in die Hände. Er fühlte die Kraft seiner Beine. Also ging er mit mächtig ausholenden Schritten weiter, immer weiter, hielt sich dann rechts, weil er in der Ferne eine Schafherde entdeckt hatte, aber je weiter er vorankam, je kleiner wurden die Hügel in seinem Rücken und der Jubel nahm hörbar ab. Schon bald würde er den Hirten erreichen, so machte er sich Mut. Je weiter er ging, desto blasser wurden die Farben der Landschaft.

Und die Blässe der Landschaft spiegelte sich in der Blässe seines Gesichts. Er sehnte sich nach der Schwere von Jonathans Hand auf seinem Unterarm. Seine Weitenlust schrumpfte mit jedem Schritt, kippte jäh in Weitenangst um. Und welcher Hirte erwartete ihn dort in der Ferne? Er liebte den Witz dieser rauen Kerle, die wochenlang alleine bei ihren Schafen ausharren mussten. Wie aber reagierten sie, wenn plötzlich ein junger Mann auftauchte, der offenbar unbehütet herumstreunte? Zog die Einsamkeit nicht an diesen Männern, machte sie vielleicht misstrauisch und spracharm? Er würde schon von weitem freundlich rufen und winken, er habe sich verirrt, wolle spornstreichs nach Hause eilen, fände den Weg aber nicht zurück. Und vielleicht hatte der Hirte ein Stück Fladenbrot für ihn, denn sein Hunger grub riesige Löcher in seinen Magen, warum nur hatte er vergessen Brot einzupacken?

Je schneller er aber voranschritt, je weiter schienen sich die Schafe von ihm zu entfernen. Jeschua fing an zu schwitzen, in seinem Nacken kauerte ein unangenehmes Gefühl, am Rand wurde sein Gesichtsfeld unscharf, deshalb entdeckte er das Tier erst, als es nur wenige Meter vor ihm entfernt stand. Seine Hand umgriff den Reisestock des Gesprenkelten mit aller Kraft. Alle Sehnen seines Körpers spannten sich an. Das wilde Tier vor ihm tat es ihm gleich. Es bewegte sich ganz langsam. Die Luft vor ihm schien zu beben, so wütend war sein Hunger. Das Licht verstummte augenblicklich. Noch nie hatte Joschua einen Löwen gesehen, aber ihm näherte sich, daran ließ sich nicht zweifeln, ein ganz junger, hungriger Löwe, der seinen ersten Kampf bestreiten wollte. Jeschua dachte an seine Mutter, wie verletzlich sie war, wie sie ihre Kleider vor Leid zerreißen würde, wenn er nicht zurück kehrte, er hörte die kehligen Klagen seiner Mutter. Und es war dieses Geräusch, das ihm jene Kraft zuführte, die seinen Stock mit seiner Hand so fest verschmolz als wäre es sein Speer, es war diese Kraft, die diesen Speer in das offene Maul des anspringenden Löwen rammte, der röchelnd auf ihn fiel. Jeschua drehte ihn mit aller Kraft auf den Rücken, stand auf, zog den Stab aus dem Rachen und stieß ihn mit aller Kraft und mit einem lauten, die Ebene ausfüllenden Schrei in den Hals.

So blieb er minutenlang stehen, wie ein alter Mann, der sich auf einen Stab stützt, unfähig sich von seinem Stecken zu lösen, weil alle Kraft aus seinen Füßen gewichen war. Ganz langsam nur löste sich der würgende Schrecken. Erst die wieder anschwellende Melodie der Landschaft wischte die Spuren der Angst ab. Jeschuas Augen tasteten sich schleichend wieder hoch, dann fuhr er sich mit der rechten Hand über die Augen, als wäre er aus einem schlechten Traum aufgeschreckt. Vorsichtig löste er seinen Griff von dem Stecken, ging zwei Schritte zurück, schüttelte kaum merklich den Kopf, nein, der Stecken des Gesprenkelten, er durfte nicht ohne diesen Stecken zurückkehren, also überredete er seine Füße, sich noch einmal zu nähern, einen Fuß auf die Schulter des Löwen zu setzen, er schloss die Augen und zog mit einem kräftigen Ruck den Speer aus dem toten Tier. Er lief rückwärts, achtzig Ellen vielleicht, bis das Bild des toten Löwen kaum noch sichtbar war, dann drehte er sich um, suchte in seinem Körper alle Kräfte, nahm die Beine in die Hand und rannte den ganzen Weg durch die Ebene und den Berg hinauf zurück, sein Kopf sagte alle Dankgebete auf, die er finden konnte, endlich erreichte er das erste Haus, dann den Dorfplatz, dann das Haus, dann die Mutter.

Der erste Blick seiner Mutter zerstückelte den Satz, den er begonnen hatte: Mutter, ich habe… drüben in der Ebene … ein wildes Tier ... ein Löwe … ich ihn ... getötet. Ein nicht ausgesprochener Vorwurf glitt an ihm vorbei. Seine Mutter ging zwei schnelle Schritte auf ihn zu, vergrub die Hände in seinen Haaren, drückte den Kopf gegen ihre Schulter, wiegte ihn leicht: Mein Augapfel, mein blühendes Reis, mein Jeschua, meine Gedanken haben dich mit Angst und Zittern begleitet, ich bangte um dich, als du dich heute früh davonschlichst, aber ich war auch gestärkt durch das Wissen, dass eine Verheißung auf dir ruht, dass der starke Arm des Höchsten dich beschützt, aber sei künftig so klug und beschwöre nicht leichtsinnig Gefahr herauf, dann wird der Höchste seine Hand nicht von dir abziehen. Und jetzt setz dich und iss, hungrig muss mein starker Jeschua sein, mein Löwenbezwinger. Ganz hungrig.

Der Wohllaut ihrer Stimme.

Mit großem Hunger verschlang Jeschua ein großes Stück Anisbrot, das alle Hungerlöcher ausfüllte, er trank gierig Dattelsaft, seine Sprache erfand immer neue Bilder, um seiner Mutter zu erzählen, wie er den Kampf mit dem Löwen bestanden hatte. Sie lauschte ihm, schüttelte kaum wahrnehmbar den Kopf, legte ein Feigenpflaster auf einen tiefen langen Kratzer, der von der Kralle des Löwen herrühren musste, wusch vom Stecken des Gesprenkelten, der wieder ein ganz gewöhnlicher Stecken geworden war, die Geschichte ab und stellte ihn wieder an den gewohnten Ort. Nichts war geschehen. Aber alles war anders geworden. Ihr Sohn war ein Löwenbezwinger.

Und da war dieser Sog, der offenbar aus der Ebene sich nach oben stahl, der um alle anderen Dörfler einen Bogen machte, nur bei Jeschua ins Ziel kam. Sieben Mal sieben Mal widerstand Jeschua diesem Sog, er klammerte sich am Türpfosten fest, verlagerte sein Gewicht auf die Fersen, warf, wenn er ging, die Füße nach außen, um nicht zu schnell voran zu kommen, aber dann wurde der Sog zu stark, wie von einem Seil gezogen wurde er den Berg hinunter und erneut in die Ebene geschleift. Vögel flogen hoch, als würde Spreu beim Worfeln in den Himmel geworfen. Unter seiner langen Nase hatten sich Schweißperlen gebildet. Ein Pochen in einem Zahn. Er hielt sich eine Handfläche über die Augen, um besser sehen zu können. Nur ein winziges Nicken gestattete er sich. Dort lag der Kadaver des Löwen, ausgeweidet von anderen Tieren. Er hatte ihn erlegt, mit dem Stab des Gesprenkelten. Wahrhaftig. Er war ein Löwenbezwinger. Jetzt durfte er sich sicher sein. Er hatte sich nicht getäuscht. Stolz nistete in seinem Nacken.

Jeschua trat noch näher heran, beugte sich etwas vor, wedelte mit den Händen, entdeckte dann im Schädel des Löwen einen Bienenschwarm und Honig. Vorsichtig, leise schnalzend, löste er den Honig heraus, probierte ihn, wickelte ihn in sein Schweißtuch, dann rannte er den weiten Weg zurück.

Schau nur, rief er, als er seine Mutter kniend am Brotofen entdeckte, schau nur, was ich dir mitgebracht habe, einen Schatz köstlichen Honigs! So sieh doch!

Seine Mutter entblößte ihren starken weißen Zähne, beugte

sich über das Geschenk, ihr Finger fuhren in den Honig, sie schleckte ihn ab, fuhr erneut in den Honig, hielt ihn Jeschua hin, der ihn begierig ableckte, dann tauschten sie die Rollen, jetzt leckte seine Mutter den Finger sauber, und so ging es weiter, sie lachten und schleckten bis Jakobus und Jonathan erschienen.

Heute backe ich uns einen Honigkuchen, rief die Mutter, daran können sich alle laben, die diese Speise des Höchsten zu schätzen wissen. Hier ist das Land, wo Milch und Honig fließt.

Dann war sie aufgestanden, hatte sich den Mund abgewischt, alle nach draußen verbannt.

Sie schaute ihm nach.

Und sättigte sich an seiner Gestalt.

Sie war die Mutter eines Löwenbezwingers.

NAZARENER DACHSTURZ

Ein Löwenbezwinger, ja, aber Jeschua sprach so, als würde er sich für etwas schämen.
Jonathan lachte nur.
Fliegende Tonschalen.
Ihr heimliches Lieblingsspiel.
Wenn Jonathans Vater seine Waren auf dem Markt verkaufte, dann schlichen sich Jonathan und Jeschua oft heimlich in die Töpferwerkstatt, die sich in den Schatten der Synagoge duckte. In diesen Augenblicken wuchs Jonathan, der Jeschua inzwischen um einen halben Kopf überragte, nochmals um eine Handbreit. Jeschua musste dann zu ihm hochsehen. So wie er zu dem Gesprenkelten hochsehen musste. Aber in den Augen von Jonathan fühlten sich seine Augen zu Hause, sicher und behütet. Deshalb liebte Jeschua es, wenn Jonathan vorschlug, man solle in die Werkstatt seines Vaters gehen und spielen.
Letzte Woche hatten sie *Aussatz* gespielt.
Quiekend vor Freude.
Jonathan hatte seine Wangen, seinen Oberkörper, seine Arme und seine Beine mit feuchtem Lehm eingeschmiert, hatte sich in die Türöffnung gesetzt und sich kurz von der Sonne bescheinen lassen, bis sein ganzer Körper mit Lehmkrusten übersät war und sein Gesicht an den Kopf eines alten Löwen erinnerte. Dann hatte er sich stöhnend etwas aufgerichtet und eine Hand bettelnd ausgestreckt, seine Stimme um Jahrzehnte gealtert: Ein Almosen, so flehe ich dich an, hab Erbarmen mit einer armen Kreatur, die vom Allmächtigen mit Aussatz geschlagen worden ist von Kindesbeinen an, für Missetaten, derer ich mich nicht entsinne. Dich hat der Herr, der Allmächtige, auserkoren, Gutes für die Menschen zu tun. Die Pracht und der Prunk deines Kleides, das Geschmeide an deinen Füßen, der schwere Reif auf deinem Kopf lässt mich hoffen, von dir mit einem kleinen Almosen beschenkt zu werden. Meine schwachen, stumpf gewordenen Augen täuschen sich nicht, du gehörst nicht zu jenen, die sich am Leid einer armen Kreatur nicht scheren, du schenkst von

ganzem Herzen, du speist nicht aus vor mir und erhebst dich nicht über mich, hab also Erbarmen, der Allmächtige wird sich dieser Tat erinnern, wenn du in ferner Zukunft vor dem Thron des Höchsten erscheinst.

Flink formte Jeschua aus Ton zwei kleine Münzen, die er, einen gespielten Ekel unterdrückend, in die ausgestreckte Hand Jonathans legte.

Zwei Silbergroschen, gelobt sei die Mutter, aus deren Leib du hervorgekrochen bist, die dich sicher barg an ihrer Brust, gelobt sei deine Barmherzigkeit, mit der du mich arme Kreatur bedenkst, was gäbe ich dafür, wenn du mich vom Aussatz heilen könntest, damit ich dich herzen dürfte einen ganzen Tag lang.

Jonathan hatte den Kopf leicht schief gelegt und mit einem Auge geschielt, dann war ein leichtes Zittern durch seinen Leib gewandert und er hatte mit brechender Stimme wiederholt: Was gäbe ich dafür, wenn du mich vom Aussatz heilen könntest, damit ich dich herzen dürfte.

Jonathan hatte den Satz nicht zu Ende sprechen können, weil ein großer Wasserschwall ihn überspülte. Er prustete, sprang auf und blickte in den weit aufgerissenen Mund Jeschuas, in der Linken den leeren Wasserkrug haltend, der immer neben der Töpferscheibe stand.

Sieh doch, ich habe deinen Aussatz abgewaschen, du bist geheilt, geheilt, geheilt!

Jonathan hatte beide Hände gehoben, versuchte ein Kichern zu unterdrücken: Wahrhaftig, ein Wunder ist an mir geschehen, die eiternden Stellen an meinem Körper sind geschlossen, mein Fleisch gleicht wieder deinem Fleisch, die Schwären sind von mir abgefallen, meine Hände sind gestärkt, ich kann mich wieder in ein Gewand hüllen und unter Menschen gehen, o Wunder, ich darf mich wieder den Menschenkindern nähern und sie herzen. Lass dich umarmen, Freund und Retter, lass mich dich drücken.

Sie nahmen sich in den Arm, wiegten sich und drückten sich. Ein Wunder, rief Jonathan immer wieder, ein Wunder ist geschehen, bis sie vor Lachen erschöpft hinsanken und sich die Bäuche hielten.

Die Freude in Jeschuas Gesicht überstand auch noch die üble Laune, die der Gesprenkelte am Abend gleichmäßig im Wohnraum verteilte.

Heute spielten sie fliegende Tonschalen.

Jeder durfte sich aus der Ware, die Jonathans Vater zum Ausschuss rechnete, weil sie mit Rissen aus dem Brennofen gekommen waren, zwei Schalen aussuchen, dann legten sie getrocknete Dungfladen aus, um den Aufprall der Schalen zu mildern. Jonathan kletterte immer als erster auf den Sitzbalken hinter der Töpferscheibe, dann trieb er mit den Füßen die Antriebscheibe so schnell an wie er konnte, ein kurzer Blick zu Jeschua, ein Brennen im Augenwinkel, dann ließ er aus geringer Höhe die Schale auf die Töpferscheibe fallen, die sofort herauskatapultiert wurde und heute auf einem sehr weit entfernten Dungfladen landete. Jeschua applaudierte, Jonathan gröhlte: Wie auf Adlers Fittichen! So weit ist noch keine Tonschale gereist!

Diese Lebendigkeit in seiner Stimme. Jeschua umarmte ihn, sein Atem kam von Jonathans Hals zurück.

Jeschua wollte es ihm nachmachen. Natürlich. Er schwitzte, weil er die Scheibe so ausdauernd antrieb, weil er noch immer hoffte, es ginge noch schneller, seine Muskeln schmerzten bereits etwas, vielleicht ließ er deshalb die Tonschale zu einem falschen Zeitpunkt los, denn sie schoss links an ihm vorbei und streifte einen Wasserkrug.

Jeschua fuhr bereits mit dem Finger über die Wunde, die der Krug davon getragen hatte, als Jonathan sich näherte, um den Schaden zu besichtigen.

Dein Vater wird zürnen. Zürnen wird er.

Aber Jonathan lachte nur: Wir verstecken den Krug hinter den anderen Krügen, dann wird er nichts merken: Wir lügen nicht, wir schweigen nur.

Jeschua stand nur steif daneben, als Jonathan die Krüge umräumte.

Jonathan zog Jeschua am Handgelenk: Komm, ich knete uns jetzt jeder einen Vogel, die lassen wir dann vom Hausdach fliegen, sie werden auf dem Gras landen und keinen Schaden anrichten können. Dieses Mal gewinnst du.

Wie geschickt Jonathan mit dem Lehm umging, wie er aus einem kleinen Klumpen geschwind zwei kleine Vögel mit weit gespreizten Flügeln formte. Jeschua spürte, wie die Bewegung von Jonathans Fingern ihn entspannte, wie die Verkrampfung langsam nachließ, wie der Satz: Aber es ist nicht recht, ich will deinem Vater sagen, was ich getan habe, in seinem Kopf zusammenstürzte.

In dem Nest, aus zwei Handflächen gebildet, trugen sie jeder einen kleinen Vogel, als wären sie lebendig, nach draußen, rannten dann zum Haus des Gesprenkelten, nahmen zwei Stufen auf einmal und standen oben auf dem Dach des Hauses. Der gestampfte Lehmboden war vom Regen etwas aufgeweicht, deshalb gingen sie ganz vorsichtig am Rand der kleinen Mauer entlang.

Nun ist es an dir zu beginnen.

Jeschua wollte protestieren, aber sein linker Arm holte bereits aus und entließ den Vogel mit großem Schwung. Er landete in einem entfernt stehenden Kapernbusch.

Weich gelandet, Jeschua. Vielleicht nistet er bereits, wenn wir ihn gleich suchen.

Jonathan ging einige Schritte zurück, holte aus, nahm Anlauf und warf. Aber der Schwung seines Armes war so stark und seine Füße fanden auf dem nassen Lehmboden nicht genug Halt. Er stürzte mit einem spitzen schrillen Schrei vom Dach und schlug unten hart auf.

Wie versteinert stand Jeschua und spähte mit angstgeweiteten Augen in die Tiefe. Von Jonathan kein Ton. Dann endlich übernahmen die Beine die Herrschaft, Jeschua stürzte die Treppe hinunter, erreichte den seltsam verkrümmt daliegenden Jonathan. Seine Augen waren geschlossen, aus seiner Nase rann etwas Blut. Jeschua stand vor ihm mit brennenden Lungenflügeln, dann kniete er sich hin, spürte die plötzliche Einsamkeit bis in die Muskeln der Schulter. Tränen in seinen Augen nahmen ihm die Sicht. Er schlug sich mit beiden Händen gegen die Wangen. Er öffnete den Mund um Luft zu holen, aber schon sprang dieser Satz heraus: Allmächtiger, gib mir meinen Jonathan zurück!

Er stammelte den Satz mehrfach, sagte dann: Jonathan, mein geliebter Jonathan, wach auf, wach auf!

Plötzlich kam Leben in die Gestalt, die Beine zuckten, Jonathan hustete, eine Hand tastete den Kopf ab, dann schlug er die Augen auf, erhob sich langsam.

Jonathan legte einen Arm um Jeschua, sagte mit besorgtem Blick: Sag meinem Vater nicht an, was geschehen ist. Ich bin sein einziger Sohn, oft trägt er Sorge, ich könnte in meiner Wildheit meine Kräfte falsch einschätzen und Schaden nehmen an meiner Gesundheit. Diese Geschichte würde seine Gesundheit schwächen.

Jeschua forschte in seinem Kopf nach einer passenden Antwort: Wir lügen nicht, wir schweigen nur.

Jonathan lächelte schwach. Bei den ersten Schritten schwankte er, weil er seinen Beinen nicht traute, dann kniff er Jeschua in die Schulter: Dieses Mal hast du gewonnen.

In jener Nacht konnte Jeschua keine Ruhe finden. Angst warf ihn herum. Hatte er Jonathan auferweckt?

Wohin führte ihn sein Weg?

Wer führte ihn?

Mirjam hilf

Wer führte ihn?
Tagsüber schlief die Geschichte.
Sie vertrug offenbar kein Tageslicht, aber sobald das Licht gelöscht wurde, entließ der Kopf, was seine Augen aufgenommen hatten. Den blutenden Jonathan. In seinen Gedanken konnte er um den blutenden Jonathan herumgehen – wie er dalag, mit seltsam verrenkten Gliedern, mit dem starren Blick seiner Augen. Blut, das nicht nur aus der Nase, sondern, wie er jetzt sah, auch aus dem Mund sickerte. Der Geruch von rinnendem Blut. Geruch nach Kot. Nach Versehrung. Nach Tod.
Hatte der Allmächtige auf seine Bitte hin Jonathan von den Toten auferweckt?
Seine Gedanken stolperten durch die Nacht. Um ihn war Finsternis. Er achtete auf das gleichmäßige Atmen seiner Mutter. Jonathan war stark. Er war fröhlich. Er scherzte seit einigen Tagen mit seiner Schwester Esther, als habe der Dachsturz bewirkt, dass er Esther mit ganz neuen Augen sah. Erst gestern hatte Jonathan ihr eine Doppelflöte geschenkt. Mit hochrotem Kopf.
Hatte nicht auch Elija den Sohn einer Witwe zum Leben erweckt?
Erst vor Tagen hatte er die Stelle in der Torah gelesen.
Stand er mit Elija im Bunde?
Durfte er das denken? Erst David, jetzt Elija?
Und würde er einst wie Elija umherziehen und den Gesprenkelten und seine Mutter verlassen?
Wo gab es Antworten?
Plötzlich spürte er, wie die Hand seiner Mutter mit knackenden Gelenken über sein Haar strich, wie sie ihren Mund darin vergrub, wie sie leise summte, er spürte, wie die Bilder in seinem Kopf verblassten und die Panik abebbte.

AUGENFIEBER

Ein weiteres Gelenk, Jeschua!
Jonathan hockte neben ihm. Er schüttelte immer wieder den Kopf, als wolle er die Bilder auswischen, die er vor sich sah. Offenbar sah er alles vergrößert vor sich. Alles drängte auf ihn ein, er fand kaum Worte, die die neue Wirklichkeit beschreiben konnten.

Vor Tagen habe er, aus sicherer Distanz, um nicht aufdringlich zu wirken, einen Blick riskiert, wie sie mit der Handspindel arbeite. Sie arbeite so geschickt, als habe sie an jedem Finger ein weiteres Gelenk. So anmutig. So leichthändig.

Jeschua schlang die Arme um seine Beine und legte das Kinn zwischen die Knie.

Gleich der Farbe von getrockneten Feigen, Jeschua, hörst du?

Die Farbe ihrer Haut, die doch ganz unvergleichlich sei, springe ihn an, sobald er sie sehe, färbe sein Gemüt und er glaube immer den Geschmack süßer Feigen im Mund zu verspüren.

Welch Glück für dich, sie die ganze Zeit in der Nähe zu wissen, Jeschua. Dann ist dir doch sicherlich nicht entgangen, wie die Form ihrer Augen den schönsten Mandeln gleicht?

Wie fiebrig seine Stimme klang.

Jeschua konnte nicht nicken, weil sein Kinn auf den Knien lag.

Jonathan schluckte, ritzte mit dem Fingernagel in die Haut eines Granatapfels, ein Geschenk seiner Mutter Deborah für Mirjam.

Ich konnte den Blick nicht davon abwenden, Jeschua, aber neulich führten mich meine Füße hierher, und ich sah, wie sie mit einem Kamm durch ihre Haare fuhr. Ich hätte alle Schätze dafür gegeben, Esthers Kamm zu sein, Jeschua. Verstehst du mich? Bathseba.

Sein Freund Jonathan, plötzlich erwachsen, hatte seine Bathseba gefunden.

Mater dolorosa

Erwachsen.

Sie war so aufgeregt gewesen, in ihrem Bauch hatte es so stark gepocht, sie hatte während der ganzen Feier geglaubt, sie müsse sich übergeben. Ihre Hände schmerzten, weil sie sie so heftig gerieben hatte. Zwei Mal drängten sich Lacher nach draußen, erschöpfte Lacher, die jeden Augenblick ins Weinen hätten umkippen können. Nur Jeschua hatte sie daraufhin angesehen und zwei Mal die Augenlider gesenkt, als wolle er ihre aufsteigenden Tränen wegwischen.

Die Segens-Feier.

Sohn der Pflicht.

Vor diesem Tag hatte sie sich seit Jahren gefürchtet.

Würde Jeschua, ihr Jeschua, sich als Sohn bekennen? Würde er dem Gesprenkelten für die Jahre der Erziehung danken, wie es von jedem Jungen seit alters her an diesem Tag erwartet wurde?

Sie hatte Deborahs Hand ergriffen, als sie hörte, wie der Rabbi den Namen ihres Sohnes aufrief.

Jeschua.

Vor dreizehn Jahren hatte sie ihn geboren, ohne Schmerzen, mit einem kleinen Juchzer. Und jetzt wurde er vom Rabbi, mit dem er mehr Stunden gemeinsam verbracht hatte als mit dem Gesprenkelten, gesegnet und ermahnt an alle künftigen Pflichten. Wie er dort vor dem Lesepult stand, mit angelegten Tefillin und umhüllt vom Tallit! Ernst und selbstsicher seine Stimme. Als habe seine Stimme immer darauf gewartet, als Vorleser eingesetzt zu werden.

Niemandem hatte Jeschua verraten, welche Torahstelle er lesen würde, auch Jakobus nicht, der ihn angebettelt hatte, ihm einen Hinweis zu geben. Und sie hatte sich nicht zu fragen getraut. Wie geschickt er jetzt mit der Torahrolle hantierte. Wie er wartete, bis alle ruhig und aufmerksam waren.

Der Allmächtige verschafft Waisen und Witwen ihr Recht. Er liebt die Fremden und gibt ihnen Nahrung und Kleidung. Auch ihr sollt die Fremden lieben, denn ihr seid Fremde in Ägypten gewesen. Worte des Allmächtigen.

Jeschua schaute hoch. Das war das Zeichen. Alle Mädchen und Frauen standen auf und warfen Nüsse und kleine Leckereien. Wie das göttliche Manna, das vom Himmel regnete.

Wie fröhlich alle waren, als sie zuhause die Speisen auftrug! Alle Speisen, die ihrem Süßkind schmeckten. Und ihre Hände zitterten. Eine Schüssel entglitt ihren Händen. Es war Jonathan, der sie auffing.

Alle aßen mit großem Appetit. Sie bekam keinen Bissen herunter. Ihr Magen war mit sich selbst beschäftigt. Ihre Blicke tasteten jede Geste von Jeschua ab.

Dann war Jeschua aufgestanden. Sofort war Ruhe eingekehrt. Er flocht einen Kranz von Torahworten, die seine Lesung beleuchteten. Wie man mit den Witwen, den Waisen und den Fremden umgehe, darin zeige sich, ob man den Worten des Allmächtigen folge. Das lehre die Torah. Das lehre einem der Abba, Papa, hatte er gesagt, und dafür gelte ihm Dankbarkeit und Ehrfurcht.

Bei dem Wort Papa waren dem Gesprenkelten die Tränen in die Augen geschossen und alle Anwesenden hatten sichtbar gerührt genickt.

Mirjam konnte sich auf das Gespür für Worte bei ihrem Jeschua verlassen. Abba, Papa. Jeschua hatten den Allmächtigen damit gemeint, nicht den Gesprenkelten. Mit einem Kosenamen. Ihr Süßkind. Woher nahm er nur den Mut, so vom Allmächtigen zu sprechen!

Stolz und Traurigkeit mischten sich.

Jeschua.

Erst als sie neben dem Gesprenkelten auf der Matte lag, gewann der Stolz ganz knapp die Oberhand über die Traurigkeit. Ihr Magen beruhigte sich. Eine Leere blieb zurück.

BOXBEUTEL

Diese Leere.
Mit welcher Kraft sie zuschlug.
Irgendein Ärger machte sich Luft.

Jeschuas Mutter kniete vor dem mit Ziegenmilch gefüllten Ledersack, den sie zwischen drei Stöcken aufgehängt hatte, und boxte immer wieder dagegen, um daraus Butter zu machen. Jeschua wusste, wie unlieb ihr diese Arbeit war. Sie schien ihm noch verletzlicher und kleiner als sonst, ihr sanfter Gesichtsausdruck und ihr mutterwarmer Blick hatten sich seit einer Stunde verabschiedet, seitdem der Gesprenkelte mit dem Töpfer draußen im Hof feilschte. Jeschua drehte ihr den Rücken zu und lauschte dem Gespräch.

Mein Mund soll mein Ankläger werden, wenn ich falsch Zeugnis rede über Esther, mein Täubchen. So stark sind ihre Zähne, dass die Schalen der Mandeln ihnen keinen Widerstand leisten können. Ihre Zähne sind wie eine Herde zur Schur bereiter Schafe.

Jetzt boxte seine Mutter so kräftig, damit man den verächtlichen Lacher nicht hören konnte.

Jonathan hatte Jeschua eingeweiht. Heute würde sein Vater den Gesprenkelten besuchen, um den Brautpreis auszuhandeln. Seit Tagen fiebere er diesem Tag entgegen, jede wippende Blüte erinnere ihn an seine Esther, er wolle noch an Kraft zunehmen, damit er sie gegen alle Gefahren beschützen könne, er würde sie am liebsten auf dem Rücken durch das ganze Leben tragen, damit ihre Füße nie wieder den unreinen Boden betreten müssten. Seine Träume würden sich nächtens in der Farbe von Esthers Augen einfärben. Wenn er sie in Gedanken berühre, fühle sich alles gut an.

Wenn ich unbesonnen schwätze, dann soll meine Zunge auf einem Amboss geschmiedet werden, ihre Zunge, die Zunge meines Täubchens, ist ein Lebensbaum. Nie kommt Unreines über ihre Lippen, sind sie doch hell und voller Anmut.

Zwei kurze, heftige Schläge hintereinander trafen den Ledersack.

Ein Haus wolle er für Esther bauen, solide, mit Liebe gearbeitet, geräumig und doch demütig, die Wände würde er verzieren mit den Teppichen, die Esther wie keine Zweite zu fertigen verstehe. Und welches Glück für ihn, dass Jeschua mit seinen Händen die Arbeiten ausführen werde, er werde sich wie ein Sklave seinen Anweisungen fügen, und dann hatten sie gelacht und sich in den Armen gelegen.

Du darfst mich künftig Lügenzunge rufen, wenn du auch nur einen Ton der Unzufriedenheit aus dem Munde deines Sohnes vernimmst, alles an Esther, meinem Täubchen, ist wie geläutertes Silber, deshalb auch muss der Brautpreis so hoch ausfallen, alles andere wäre eine Beleidigung, der du dich doch nicht schuldig machen willst.

Jeschua hörte nur das gepresste Atmen seiner Mutter, die aufgehört hatte, auf den Ledersack zu schlagen.

Eine Fibel habe er ihr machen lassen, verziert mit kostbaren Steinen. Einen Armreif, fein ziseliert, fünf Ringe, jeder mit dem anderen wetteifernd, wer der schönste sei, Ohrringe, wie man sie in Nazareth noch nie gesehen, eine Kette, die künftig den Hals umschmeichle. Wie sehne er den Tag herbei, an dem er ihr den Brautschmuck, auf den er so viel Liebe gelenkt habe, schenken dürfe.

Ich mache meine Zunge nicht glatt, Töpfer, ich rede, was ich sagen muss, beleidige mich nicht länger, wenn du weiter um den Brautpreis feilschst, aber ihr Hals ist ein Turm aus Elfenbein.

In diesem Augenblick schlug seine Mutter so heftig gegen den Ledersack, dass das Gestänge umfiel.

Erst am Abend, als sie Esther in die Arme nahm und lange herzte, glätteten sich die Falten um ihren Mund. Ihre Tochter war jetzt verlobt.

Butter gab es in dieser Woche nicht.

DRESCHSCHLITTENFAHRT

Auf diese Woche hatte Jeschua hingefiebert.
Ausgetreten.
Von langem Gebrauch.
Leicht schiefe Treppen, die sich in den Felsen gegraben hatten.
Ein langer rostiger Nagel.
Die dornige Becherblume. Mit gezähnten Blättern, als könnte sie ihre eigenen Blüten verspeisen. Jeschuas Mutter benutzte die vertrockneten Zweige, die er ihr von seinen Streifenzügen mitbrachte, oft zum Feuermachen. Er hockte sich hin, strich vorsichtig über die Dornen. Es ritzte und kitzelte angenehm.
Er roch den nahenden Frühling. Der Winter schien besiegt.
Die Strahlen der Sonne schoben die wenigen Wolken beiseite.
Auf dem Hintern rutschte er einen Abhang hinunter. Erreichte den Bach, der wenig Wasser führte. Hier fand er die besten Steine. Ein Muskel in seinem Oberarm zuckte vor Freude. Gleich. Gleich würde er es wissen, ob sein Lieblingsstein den Weg zurück zum Wasser gefunden hatte.
Sein Atemzug stolperte, weil er ihn nicht sofort fand. Hatte Kisch, mit dem er doch Frieden geschlossen hatte, ihm einen Streich gespielt? War er heimlich in der Frühe, als alle noch schliefen, hierher geschlichen und hatte den Stein, seinen Stein gestohlen? Sein Blick tastete die Umgebung ab. Nichts. Zunehmend panisch wand er den Kopf. Er suchte seine Gedanken nach Erklärungen ab, die ihm Halt gaben. Nervös zog er mit der Linken an jedem Finger seiner rechten Hand bis die Gelenke knackten. Seine Gedanken drifteten unaufhaltsam in eine Richtung, schlichen in immer dunklere Kammern und Ecken. Er nahm wahllos einen Stein und warf ihn mit aller Gewalt in einen Busch. Kisch! Schon wieder dieser Pisser. Er schaute in den Himmel. Wenn er mit seinen Augen einer Wolke folgte, wurden seine schlechten Gedanken aus seinem Kopf gezogen. Heute wollte der Trick nicht gelingen. Die Wolken waren offenbar ganz kraftlos. Er ballte die Fäuste. Warum hielt der Frieden nicht? Er würde Kischs Hände und Füße fesseln, wenn er

den Stein bei ihm fände! Er würde ... Dann stockte er, weil er den Stein zehn Ellen bachabwärts entdeckte. Jeschua schnaufte, schüttelte heftig den Kopf, um seine Gedanken auszuwischen. Sein nervöser Magen hüpfte. Die Zornesblase zersprang. Ein metallischer Geschmack in seinem Mund. Er presste seine Lippen zu einer schmalen Linie, legte seinen Kopf etwas schief. Fühlte sich von sich selbst beleidigt. Er würde Kisch einen Stein schenken. Einen Stein mit vielen Adern. Heute noch. Er musste künftig weicher denken und leiser. Weicher und leiser, wiederholten seine Lippen. Weicher und leiser, bitte.

Sein Stein.

Sein Stein war offenbar sehr durstig gewesen. Noch durstiger als die anderen Steine. Wie oft hatte er seinen Lieblingsstein geprüft. Ein bläulich funkelnder Stein. Mit weißen Adern. Spitz zulaufend. Mit einem messerscharfen Grat. Abends legte er ihn an den Rand, zwischen drei anderen Steinen eingezwängt. Eine Elle vom Wasser entfernt. Mindestens. Am anderen morgen lag sein Lieblingsstein immer im Bachbett, noch ganz verschlafen grüßte und neckte er ihn. Aber so weit war er noch nie gereist. Wie war das nur möglich? Hatte der Bach nachts mehr Wasser geführt? Es hatte seit Wochen nicht mehr geregnet. Das ganze Dorf wartete sehnsüchtig auf einen Schauer, bevor die Sommersonne die letzte Feuchtigkeit aus dem Boden sog. Die Zisternen waren beinahe leer. Hatte vielleicht ein Tier den Stein mitgeschleift? Aber Jeschua konnte keine Spuren entdecken.

Er schüttelte den Kopf und fischte den Stein aus dem Wasser, prüfte die Schärfe der Spitze, nickte zufrieden. Diesen Stein hatte er auserwählt, er sollte der zentrale Stein werden, wenn er seinen ersten Dreschschlitten tischlerte. Er sah das Bild bereits vor sich: Wie der Gesprenkelte die Tischlerarbeit prüfte. Die Schärfe des Grates. Den richtigen Abstand zwischen den Steinen. Die Festigkeit der Kette. Und wie er eher zufällig die kleine Überraschung entdecken würde, die diesen Dreschschlitten von allen anderen Dreschschlitten, die jemals getischlert worden waren, unterschied. Wie das erste kleine Lob des Gesprenkelten ihn erreichte und freundlich anstupste. Wie seine Mutter die Augen niederschlagen würde vor Stolz.

Seine Mutter.

Für seine erste Tischlerarbeit hatte er sich den Dreschschlitten ausgesucht, weil der Dreschschlitten, so lange er denken konnte, für ungetrübte Freude stand. Diese Freude schmeckte noch besser als Anisbrot, wenn sein Onkel Jehuda ihn früher einlud beim Dreschen zu helfen. Jeschua, sein nachgeborener Bruder Jakobus und Jonathan durften dann auf den Dreschschlitten steigen und kreischten vor Glück, wenn der Dreschschlitten von dem Ochsen, den sein Onkel mit einem Schnalzen zu dirigieren verstand, über die Getreidehaufen fuhr und die Spreu vom Weizen trennte. Immer und immer wieder. Sein Onkel stand da mit vor der Brust verschränkten Armen und zeigte minutenlang seine braunen Zähne. Bis der Ochse müde und mürrisch wurde.

Jeschua steckte den Stein in eine kleine Tasche, suchte weiter nach scharfen Steinen, ausschließlich scharfe Steine, die sich zum Dreschen eigneten. Nur einen butterfarbenen, vom Wasser geschliffenen und gewalkten Kiesel nahm er mit. Dann machte er seine Schritte weit und eilte zurück. Der Blick seiner Mutter, als sie ihn sah, schenkte ihm ein angenehmes Gefühl von Sattheit.

In den nächsten Tagen hörte man im ganzen Dorf, wie Jeschua das Holz bearbeitete. Wer Ohren hatte zu hören, der vernahm, wie anders die Geräusche sich durch die Gassen arbeiteten. Beitel, Hobel und Säge gehorchten seinen Händen. Das Holz murrte nicht, gab nach, schien zu singen, wenn die Säge sich durch die Bretter bewegte. Wenn Jeschua mit dem Sehnenbohrer Löcher vorbereitete, in denen die Dreschsteine eingepasst wurden, dann glaubte man eine Melodie zu erkennen. Jeder hörte, wie hier jemand die Last der Arbeit herausfilterte und nur Freude übrigblieb.

Ganz anders die Geräusche, die der Gesprenkelte verursachte. Ein Kampf auf Biegen und Brechen. Oft war lange nicht zu erahnen, wer den Kampf gewinnen würde. Der Gesprenkelte war immer nur einen Atemzug davon entfernt, loszuschimpfen über die schlechte Qualität der Werkzeuge und das widerspenstige Holz. Keuchendes Quietschen begleitete jeden Arbeitsschritt. Das Stöhnen, wenn er sich den Schweiß abwischte, wurde gegen Mittag immer lauter. Und doch sah man seinen Gerätschaften,

Kommoden und Treppen die Kraftanstrengung nicht an. Der Ruf des Gesprenkelten war tadellos, zog immer weitere Kreise.

Jakobus hatte Jeschua tagelang sehr schweigsam bei der Arbeit zugesehen. Oft mit einem stillen Lachen. Bevor er etwas sagte, machte er stets einen hörbar tiefen Atemzug. Jeschua schaute ihn immer bereits an, bevor er den Mund öffnete. Zwei Nägel schlug Jakobus ein. Ein Brett sägten sie zusammen durch. Die zehn schärfsten Steine sortierte Jakobus aus. Und den Lieblingsstein durfte er immer wieder befühlen. Zwei Mal schlenderte Jonathan vorbei, nickte anerkennend, Hochstimmung klopfte gegen Jeschuas Schläfen. Am letzten Tag, als er die Steine einfügte, verbot er Jakobus zuzuschauen. Sein Geheimnis wog schwerer als er selbst. Er wollte Jakobus nicht aus Zufall erdrücken.

Jeschua platzierte den fertigen Schlitten vor dem Eingang und wartete, bis der Gesprenkelte am Abend zurückkehrte. Als der Gesprenkelte erschien, mürrisch und verschwitzt, stand Jeschuas Mutter neben ihm. In ihrem Bauch wohnte eine letzte Schwester.

Der Gesprenkelte sog kurz die Unterlippe an: Vier volle Tage Arbeit für einen Dreschschlitten! Deine künftigen Kinder werden verhungern müssen, wenn du nicht lernst, dir die Werkzeuge untertan zu machen. Die Werkzeuge müssen dir besser gehorchen. Du scheinst mir ihr Sklave zu sein. Und wie viel Holz du verschwendet hast. Holz ist kostbar in unseren Gefilden!

Gegen Abend krächzte seine Stimme noch stärker als am morgen.

Jeschua spürte, wie sein Rückgrat versteifte.

Drei Mal umkreiste der Gesprenkelte den Schlitten, sprang plötzlich mit aller Kraft auf ihn, als wolle er dem Schlitten das Rückgrat brechen. Hüstelte. Kniete sich hin, zerrte an der Kette, bis sein Adamsklumpen stark anschwoll.

Ein Taubheitsgefühl kroch Jeschuas Arm hoch.

Mit einer erstaunlichen Gewandtheit und Geschwindigkeit drehte der Gesprenkelte den Dreschschlitten um, prüfte die Festigkeit und Schärfe der Steine.

Angst klopfte hinter Jeschuas Augen.

Es war seine Mutter, die es entdeckte: Sieh doch, Mann, unser

Ältester hat aus den bläulichen Steinen ein hebräisches Wort zusammen gefügt!

Der Gesprenkelte stand ächzend auf, trat einen Schritt zurück. Seine Lippen formten die hebräischen Buchstaben nach: *Kabod*. Man sah ihm an, wie es in ihm arbeitete.

Ehre, presste er dann hervor. Kabod. Die Ehre und Herrlichkeit des Höchsten.

Dann eine Pause. Eine unerträglich lange Pause.

Jeschua spürte die schneidende Gewissheit, dass alle Mühe vergeblich gewesen war.

Die Muskeln am Hals des Gesprenkelten strafften sich: Mein Erstgeborener schreibt auf einem Dreschschlitten das Wort für die Ehre des Höchsten. Welch Hochmut! Dir hat der Satan die Finger geführt. Eine Schande ist das. Eine Schande. Mein Ältester will mich erneut zum Gespött des Dorfes machen. Hat er nicht bereits genug Schaden auf uns gehäuft? Du bist ein Otterngezücht. Gehe mir aus den Augen!

Jeschua sah, wie sich seine Mutter vor ihn stellte. Beruhige dich, Mann, unser Ältester ist anders als die anderen Kinder. Versündige dich nicht. Wir wissen nicht, was der Plan des Allmächtigen ist. Komm zunächst herein, ich habe dein Leibgericht gekocht.

Mit hängenden, aber geballten Fäusten ging der Gesprenkelte an Jeschua vorbei, streifte ihn mit der Schulter: Eine Schande. Ich werde noch heute mit dem Rabbi reden, Weib. Mag er deinem Sohn einbläuen, wie man den Höchsten ehrt.

Jeschuas Stimme lag brach in seiner Kehle.

BEWERBUNGSGESPRÄCH

Jeschua brach heute seine Arbeit früher ab als gewöhnlich. Plötzlich war es wieder weg – dieses unheimliche Gefühl. Er war weder klein von Wuchs noch ein Riese, aber in seinem Innern verspürte er manchmal etwas Großes. Riesiges. Das nach draußen drängte. Das seinen Bauch besetzte, auf seine Nieren drückte und seine Füße schwer machte. In der zurückliegenden Regenzeit hinterließ er über Tage die Abdrücke eines beleibten Mannes. Einmal steckte er sich einen Finger so tief in den Hals, bis er erbrach, aber der Druck war dadurch nicht weniger geworden. Auf ein geheimes Zeichen hin schrumpfte das Fremde dann jedesmal plötzlich in ihm, er war dann wieder in den gewohnten Umständen. Er verspürte großen Appetit, fühlte sich ausgemergelt. So wie heute Nachmittag. Er war zugleich besorgt und erfreut. Seine linke Hand wanderte nervös über seinen rechten Arm. Würde es wieder kommen? Wer bewohnte ihn?

Seine Füße, die die Schwere abgeschüttelt hatten, geleiteten ihn aus dem Dorf hinaus. Unerbittlich hatte die Sonne tagsüber am Himmel gestanden und die Kraft von Mensch und Tier ausgetrocknet. Jetzt, gegen Abend, wirkte die Sonne seltsam verletzt, von einem roten Ring umfasst, als sei sie soeben beschnitten worden. Jeschua wanderte, bis er zu einem kleinen Hain aus Terebinthen gelangte, dort sank er auf die Knie, versuchte seinen unsteten Atem und seine manchmal eigensinnigen Augen zu bezwingen. Manchmal half ein Gebet. Dann konnte er seine Ungeduld und seinen Ärger aus sich herauspressen.

Allmächtiger!

Er stockte. Seine Stimme wirkte so zittrig. Er räusperte sich.

Allmächtiger. Ich rufe zu dir in meiner Not, erhöre mich, gib dich mir zu erkennen. Weise mich ein in deinen geheimen Ratschluss. Mach mich zu einem Werkzeug deiner Liebe.

Er horchte. Nichts regte sich.

Er senkte den Kopf, bis er beinahe den Erdboden berührte.

Allmächtiger. Gib mir ein Zeichen, so flehe ich dich an. Das

Warten lastet auf mir und den Meinen. Mir wird die Zeit lang.
Abba, lieber Vater, so rede doch mit mir.
Er horchte.
Nichts regte sich.
Jetzt schrie er laut auf: Abba, gib dich mir zu erkennen und führe mich an deiner starken Hand. Wende dich zu mir und sei mir gnädig, denn ich bin einsam und elend.
Nur sein Schreien hallte etwas nach. Dann war wieder Stille.
Sogar die Landschaft schwieg.
Sein Atem fegte noch einige unpassende Wörter zusammen, dann schwieg er, erhob sich, klopfte sich den Staub ab und wischte sich die Tränen mit einem Rockzipfel trocken. Langsam schlich er zurück.
Vielleicht war der Gast in seinem Innern das Zeichen.
Vielleicht waren seine Gebete bereits erhört worden.
Vielleicht war der Zeitpunkt der Klarheit nahe.
Er gewöhnte sich daran, gelegentlich von einem großen Gast bewohnt zu werden. Sehnte manchmal sogar den Besuch herbei.

NUSSCREME

Sein Herz pickte manchmal wie ein Huhn. Es spürte dann den Hunger, bevor der leere Bauch sich meldete.

Jeschua fand in einer Schüssel Walnüsse, hockte sich hin, knackte die Schale mit einem Stein, genoss dabei den Widerstand, den die Schale leistete, zerkleinerte dann die Nüsse in einem Mörser. Er rührte etwas Wasser und Öl unter. Er fand Knoblauch, Zwiebeln, Rossminze, die seine Mutter so liebte, gab eine Winzigkeit Honig dazu und verrührte alles, schmeckte die Creme mehrfach ab – noch etwas Rossminze, noch ein kleiner Finger Honig. Fertig. Beinahe so gut wie die Nusscreme seiner Mutter.

Jeschua hatte Jakobus nicht kommen hören, erschrak, als er plötzlich neben ihm stand und sich setzte. Er fühlte sich plötzlich besser, weil er nicht mehr allein war. Er nickte, um anzudeuten, wie er sich freue, dass Jakobus ihm Gesellschaft leiste. Jakobus war immer so geduldig, bedrängte ihn nie, blieb oft einsilbig. Seine Stimme klang so entfernt, weil er so zurückhaltend war.

Jeschua rührte noch einmal die Creme und diese Bewegung trieb seinen Geist an, in seinem Körper breitete sich ein Vorschlag aus, der ihm noch gar nicht im Kopf herumgegangen war. Erst der krächzende Husten von Jakobus machte den Vorschlag spruchreif.

Magst du von der Speise kosten, Jakobus?
Ja.
Magst du die Nussspeise alleine essen?
Warum denn?
Ich mache sie dir zum Geschenk.
Warum denn?
Weil du etwas für mich zu tun gedenkst.
Was gedenke ich denn zu tun?
Du wirst mir das Erstgeburtsrecht abnehmen.
So wie in der Geschichte zwischen Jakob und Esau?
Ja.
Aber dort gab es ein Linsengericht.
Soll ich dir ein Linsengericht zubereiten?

Nein. Meinem Gaumen schmeichelt die Nussspeise, du weißt es wohl.

Gut.

Aber warum willst du das Erstgeburtsrecht verschenken?

Für mich ist es eine Bürde. Und du bist der Augapfel deines Vaters.

Aber in der Geschichte zwischen Jakob und Esau ist es ein Tausch, du schenkst mir beides.

Richtig, Jakobus. Zuweilen muss man die Geschichten neu erzählen. Schlag ein.

Und Jakobus schlug ein. Er aß mit großem Hunger die ganze Schüssel mit Nusscreme leer. Mit jedem Schluck, den Jakobus tat, fühlte Jeschua sich leichter.

Er war nicht länger der Erstgeborene.

Zwei Abende später, nachdem der Gesprenkelte einen Segen über Brot und Wein gesprochen hatte, stand Jakobus wie selbstverständlich auf und nahm den ersten Schluck aus dem Becher und ein Stück vom Sabbathbrot.

Jeschuas Mutter schaute ihn fragend an. Jeschua nickte knapp.

Sie lächelte und schien sich leichten Herzens zu fügen.

JONATHANS FRANSEN

Jedes Wort fügte sich zu einem Geschenk.
Jeschua schien es, als würde Jonathan die Buchstaben jedes Wortes vorher mit Honig bestreichen, bevor er es Esther darbrachte. Jedes Wort legte er Esther zu Füßen. Dort blieben sie liegen, deshalb konnte man sich Esther nur noch auf Umwegen nähern, musste immer achtgeben, um nicht auf ein Wort zu treten oder auf ihnen auszurutschen. Wenn sie sich hinhockte, setzte sie die Füße auf diese Wörter, als wären sie ein Schemel. Ihre Haut glänzte seit Wochen, als wolle sie das Feilschen des Gesprenkelten bestätigen, sie sei wie geläutertes Silber. Das Haus hatte sich in einen Palast verwandelt. Nur der Gesprenkelte hatte keine Augen dafür. Er wollte noch immer, seit einem Jahr, für den Brautpreis gelobt werden.

Jeschuas Mutter sagte: Ja, der Brautpreis. Gut gemacht, Mann. Gut gemacht.

Zwischen ihren Zähnen Kerne eines Granatapfels. Dann gingen ihre Gedanken wieder spazieren. Der Engel nahm sie wieder öfter an die Hand. Auch sie war noch immer eine Braut.

Stand Jeschua neben Jonathan, dann spürte er, wie die sanfte Wärme, mit der Jonathan die Feuchtigkeit der Regenwochen vergessen machte, auch ihn umschloss. Um nicht mit den beiden Liebenden zu konkurrieren, hatte die Sonne sich verschleiert. Sie spielte mit, wusste, was sich gehörte. Oft schluckte Jonathan, als wolle er aufsteigende Fragen verhindern. Jeschua stupste ihn dann lachend an.

Frag mich aus, Bruder, ich werde kein Wissen für mich behalten, ich sage, was ich weiß und mehr als das.

Jonathan verdrehte dann die Augen, als würden ihm die Sinne schwinden, Jeschua musste ihn auffangen, ihm Luft zu fächern, auf die Wange schlagen, gegen den Brustkorb boxen, bis Jonathan sich, noch immer torkelnd, wieder aufstellte, seine Hand ergriff und fragte: Wie lange noch, Bruder, wie lange muss ich noch leiden? Wann wird mein Sehnen erhört? Kannst du nicht ein klein wenig die Zeit anschieben?

Jeschua kniff ihm dann in die Seite und zog ihn mit sich, sie umrundeten dann das neue Haus, heute morgen sieben Mal, imitierten Trompeten, um auszuprobieren, ob die Wände auch stand hielten. Aber dieses Haus, von Jeschua, dem Baumeister, errichtet, stand fest.
Nazareth war nicht Jericho.
Pünktlich zum Hochzeitsfest legte die Sonne ihren Schleier ab. Ihre Strahlen stachen nicht, kitzelten nur. Es lag überall Gelächter in der Luft. Man musste nur den Mund aufmachen. Jeschua, Jakobus, Haschum, Ruben, Jether, auch Kisch fanden sich im Haus des Töpfers ein, um Jonathan zum Brauthaus zu begleiten. In jeder Kehle kämpfte das Kichern mit der Ernsthaftigkeit, deshalb räusperten sich alle, als seien sie noch immer im Stimmbruch. Sein Bruder Joseph, erst gestern von entfernt liegenden Weidegründen zurückgeeilt, kam gerannt und gab das Zeichen zum Aufbruch. Vielleicht zum zehnten Mal nickte Jeschua, um der Frage zuvorzukommen, ob Jonathan in diesem Aufzug Esther entgegengehen könne.

Jonathans Stimme war blockiert, seine Hände versuchten auszuhelfen, schienen zu stottern, ein Zaum war um seine Lippen gelegt, seine Leber jauchzte, aber die Zunge war überfordert. Esther. Dort stand sie vor ihm. Noch verschleiert. Aber dieser Schleier machte sie noch begehrenswerter. Durch den Schleier erahnte er, wie groß das Geschenk war. Ein Muskel in seiner Wade zitterte. Mehr lieben als sich selbst. Mehr lieben als sich selbst, wiederholte eine Stimme in seinem Kopf.

Offenbar hatte der Gesprenkelte noch gar nicht wahrgenommen, dass heute der Tag der Hochzeit war, denn seine Rede hörte sich an, als würde er noch immer mit dem Töpfer um den Brautpreis feilschen. Noch immer beleidigt vom Geiz des Nachbarn. Er fütterte den Töpfer mit neuen Reizen. Als er vom Schlafzimmer des Bauches sprach, fingen alle an zu lachen. Jetzt war der Gesprenkelte zufrieden. Becher mit Wein gingen von Hand zu Hand. Jether flüsterte Jonathan etwas ins Ohr, schlug sich dabei auf den Oberschenkel, aber Jonathan lächelte nur abwesend. Es war Jeschuas Mutter, die die ganze Zeit hin und her gehuscht war, um Wein zu reichen und erste Leckereien, die Esther an die Hand nahm und den Zug zur Synagoge anführte. Auch die mit Myrthen und Weidensträußen geschmückte Synagoge sah verliebt aus.

Jether, Haschum, Kisch und Jeschua, der seltsam schüchtern neben Jonathan hergegangen war, nahmen die Stangen in die Hand und spannten den Baldachin. Mirjam, die sich streckte, um die Größe ihrer Tochter zu erreichen, deckte den Schleier von Esther mit einer schnellen Handbewegung auf. Jetzt endlich durfte Jonathan einen ersten Blick erhaschen. Der Brautschmuck war wie der Lesestock des Rabbi, der ihr Gesicht zu buchstabieren half. So viel Text. Wie dankbar war er dem Rabbi, so gut lesen zu können. Er würde diesen Text nie auslesen. Er würde ein Schriftgelehrter ihres Gesichtes werden.

Jetzt stand Esther neben ihm. Sie legte einen Gebetsmantel um sie beide, den sie selbst gefertigt hatte, mit langen, fein gearbeiteten Fransen, zu Quasten gebündelt. Diese Quasten glichen keinen Quasten, die er bisher gesehen hatte. Sie würden ihn täglich an jede Gabe erinnern, die er Esther verdankte. Jetzt war auch er geschmückt. Und behütet. Das Glück, das sich hinter ihnen aufgebaut hatte, schob sie unter den Baldachin.

Bedächtig sprach der Rabbi den Segen, um nichts Falsches zu sagen. Er gab Jonathan und Esther nacheinander aus einem Becher Wein zu trinken. Jakobus und Onan, ein Onkel Jonathans, traten nach vorne, um notfalls Zeuge zu sein, dass Jonathan die Trauformel gesprochen habe. Immer wieder hatte Jonathan in seiner Tasche befühlt, ob der Brautring dort auch sicher verwahrt war. Seine Zunge sprach so schnell, als gelte die Formel nur, wenn man sie ohne Pausen vortrug: Siehe, du bist mir angetraut durch diesen Ring nach dem Gesetz Moses und Israels.

Zum ersten Mal lag ihre Hand in seiner Hand. So zart. Er war auf der Welt, um diese zarte Hand zu beschützen. Er schob ihr den Ring, auf den ein Goldschmied aus Sepphoris die Umrisse einer Synagoge geformt hatte, über den Finger. Auch der Gesprenkelte applaudierte.

Bedächtig blieb die Stimme des Rabbis, als er den Ehevertrag vorlas: Du sollst meine Frau sein, ich will dir dienen, dich ehren und versorgen nach der Weise jüdischer Männer, die ihre Frauen, die sie hochschätzen, ernähren und versorgen in Treue.

In Treue, wiederholte Jonathan.

Jeschua schien sich an der Stange des Baldachins festzuhalten, so wie Mose sich an seinem Stab festhielt, wenn er mit den Israeliten redete. Wehmut breitete sich in seinem Kopf aus. Jonathan gehörte ihm jetzt nicht mehr allein, er war jetzt ein verheirateter Mann, vielleicht bald ein Vater. Würden sie noch Zeit finden, durch die Felder zu streifen, würde Jonathan künftig ihm noch ein Ohr leihen, wenn er doch beide Ohren Esther verpfändet hatte, würden sie noch gemeinsam töpfern, wo er doch, was ganz ungewöhnlich war, Esther in der Ketubah versprach, sie dürfe ihm in der Töpferei zur Hand gehen?

Im Brauthaus rissen alle weit die Münder auf und fingen an zu lachen. Ein Lautenspieler, auf den Jeschuas Mutter bestanden hatte, sang ein Lied auf das Brautpaar, das die Augen demütig gesenkt hielt. Die Weinbecher kreisten. Onan, der Onkel, trug ein Rätsel vor. Was ist stärker als ein Löwe, was ist süßer als Honig? Alle johlten, dann schaffte sich die Grillenstimme von Schefatja Gehör: Seine Frucht ist meinem Gaumen süß!

Selbst die Rücken der Alten bogen sich vor Lachen. Hört. Hört. Auch Jeschuas Mund ließ einen lauten Lacher frei. In das abschwellende Gelächter hinein sagte Mirjam mit ihrer klaren Stimme: Es ist die Liebe, denn die Liebe ist stärker als ein Löwe und süßer als Honig. So lautet die Lösung.

Alle applaudierten, erhoben den Weinbecher auf die Brautmutter.

Gut gemacht, Weib. Gut, antwortete der Gesprenkelte und erhob ebenfalls seinen Weinbecher.

Als dem ersten Gast ein Becher entglitt, erhoben sich alle, Fackeln wurden angezündet und das Brautpaar zum neuen Haus geleitet.

Man muss Vater und Mutter verlassen, und auch den Freund, murmelte Jeschua.

Alle Blicke Jonathans gehörten jetzt Esther.

Ein dunkler Vogel flog durch sein Gesichtsfeld.

NACHSPIELZEIT

Dunkelheit arbeitete sich durch seinen Kopf. Der rohe Schmerz der Einsamkeit zerrte an ihm.
Er wollte nicht sehen, was seine Hände machten. Seine Fingerspitzen legten sich auf den Unterarm und fuhren sacht nach oben. So hatte er es bei Jonathan beobachtet. Wie seine Fingerspitzen auf Esthers Arm nach oben wanderten, den Mund umkreisten, die Nase erklommen, über die besendichten Augenbrauen spazierten und über die Haare abstiegen und im sicheren Schoß landeten.
Er steifte den Rücken. Sog die Backen an. Streifte die Sandalen ab. Schnippte mit den Fingern. Die Gedanken blieben. Er legte sich flach auf den Rücken.
Rahel, Jonathans jüngere Schwester, ging ihm im Kopf herum. Wie oft hatten sie darüber gescherzt. Wie oft hatte Jonathan die Vorzüge seiner Schwester angeboten und ihm dabei in die Seite gekniffen. Und er hatte versucht, seine Augen zu überreden.
Der tiefe Ansatz ihrer Haare gab ihrem Aussehen etwas Verschleiertes, als wäre sie seit der Geburt zur Braut bestimmt. Oft schürzte sie die Lippen, als strenge sie sich unentwegt an, es allen in der Familie Recht zu machen. Sie hatte schöne Nägel. Ja. Das Braun ihrer Haare machte Hunger wie Nusscreme.
Aber seine Augen ließen sich nicht überreden. Waren eigensinnig.
Rahel war nicht seine Bathseba.
Seine stumpfen Finger verirrten sich in unwegsamem Gestrüpp, spielten mit seinem Geschlecht, wurden dann müde und legten sich schlafen.
Er hätte seiner Mutter und Jonathan so gerne etwas anderes berichtet.
Die Scham würde ihn überleben. Die innere Wunde wuchs.

TRITTBRETTFAHRER

Seine Zunge spürte einer Wunde auf der Lippe nach, die noch gar nicht zu sehen war. Vorsichtig stahl sie sich aus dem Mund, schmeckte aber nur im Winkel den eingetrockneten Rand einer Nusscreme, mit der ihn seine Mutter überrascht hatte. Der Raum um ihn wurde spürbar enger, er glaubte der Enge nur begegnen zu können, indem er sich ganz gerade hinsetzte und den Kopf ganz leicht in den Nacken legte. Sein Gesicht spiegelte Besorgnis, eine Besorgnis um Jakobus, aber auch die Besorgnis, die Wut des Gesprenkelten könnte auf ihn übergreifen. Nach dem Abebben des Schmerzes hatte Jakobus einen Schluckauf bekommen, den bekam er häufig, wenn die Angst ihn überwältigte und er etwas zu verschweigen versuchte. Bisher hatte der Gesprenkelte es dabei belassen, Jakobus in den unverletzten Arm zu kneifen, mehrfach hatte er die Hand zum Schlag ausgeholt, hatte sich aber im letzten Augenblick zurückgehalten, weil er wohl fürchtete, die Schiene am gebrochenen Unterarm zu ruinieren.

Habe er seinem Sohn nicht gelehrt, den Leichtsinn zu unterlassen, oft habe er kleine Missetaten nicht zugerechnet und Großmut walten lassen, aber für einen dummen, jawohl sehr dummen Streich, habe sein Vater, der täglich vom Aufgang der Sonne bis zu ihrem Niedergang für die Familie schufte, der an manchen Tagen auch Mittags der Sonne trotze, einen Arzt kommen lassen müssen, also warum verwüste sein Sohn seinen eigenen Leib, den der Allmächtige ohne Fehl ausgestattet habe, mit törichten Spielen, welcher Dämon sei in ihn gefahren – und dabei warf er einen giftigen Blick zu Jeschua –, der ihm, seinen geliebten Sohn, eingegeben habe, unter einem Brett an zwei Achsen vier kleine Räder anzubringen, um sich darauf stehend einen Abhang hinabzustürzen, wollte er sich damit vor Haschum, Sebulon, dem missratenen Kisch und anderen hervortun, wollte er zeigen, wie mannhaft er jeder Gefahr trotze, nun denn, jetzt möge er mannhaft die Schmerzen ertragen und aufhören zu greinen.

Dann hatte der Gesprenkelte noch einmal Jakobus gekniffen, hatte sich vor Jeschua aufgebaut, hatte auch ihn gekniffen, er dürfe sich glücklich schätzen, dass Jakobus nicht größeres Leid widerfahren sei, denn Jeschua könne ihn nicht täuschen, er wisse, Jeschua habe Hand angelegt und sei behilflich gewesen, diese Ausgeburt des Hochmuts zu ersinnen, er möge ihm jetzt aus den Augen gehen und draußen nächtigen.

Langsam stand Jeschua auf und ging mit gesenktem Kopf nach draußen. Er betete lange zum Allmächtigen, er möge die Schmerzen von Jakobus lindern und ihn schnell gesund machen.

Diese Geste, mit der sich Jakobus nach der ersten geglückten Fahrt stolz mit der rechten Faust auf den Brustkorb geschlagen hatte, erinnerte Jeschua, als er sich auf der Matte, die ihm seine Mutter gebracht hatte, hinlegte und die Augen schloss. So rot vor Glück die Wangen des Jakobus.

DAS TRINKERGELÜBDE

Auch der Himmel schämte sich, so rot waren am frühen Morgen die Wolken.
Nur Jeschua hatte den Gesprenkelten kommen hören. Die tastenden Schritte, die dem Erdboden nicht trauten. Jedes Steinchen ein Hindernis, so groß wie der Berg Ararat. Ein erschöpftes Ausruhen am Pfosten des Nachbarhauses. Ein Herumirren, als sei dieser schmale Weg die Wüste Sinai. Das unterdrückte Glucksen, das sofort in ein ärgerliches, sonores Gebrummel kippte. Jeschua hörte, wie der Gesprenkelte mit den Armen schlenkerte und gegen eine Mauer schlug. Ein leiser Schmerzschrei. Eine Pause. Ein erneuter Anlauf, um die Wüste zu durchqueren. Jetzt schien er zu kriechen, als suche er nach dem himmlischen Manna. Staub, der ihn niesen ließ. Ein trockenes Krächzen, das den Durst verriet. Er suchte Wasser und trug sicherlich eine ganze Zisterne mit sich herum. Ein Nesteln. Ein Stöhnen. Ein entspannter Seufzer. Er war eine sprudelnde Quelle in der Wüste. Dann ein Kichern, dann das Geräusch, als würde sein Kopf hinschlagen. Dann Ruhe. Dann ein erster Schnarcher.
Die ganze Luft im Haus drückte auf Jeschuas Brustkorb. Seine Rippen schmerzten, sein Herz schien sich klein zu machen, er stemmte sich mit aller Kraft gegen die Luft, quälte sich in die Senkrechte, blickte in die Runde der Schlafenden, die offenbar nichts gehört hatten, auch sein Bruder Joseph nicht, der oft aus dem Schlaf aufschreckte, dann kämpfte Jeschua sich zur Tür, riskierte blinzelnd einen vorsichtigen Blick nach draußen. Seine Ohren hatten die Wahrheit gesagt. Mitten auf dem Weg lag der Gesprenkelte, mit weit von sich gestreckten Armen, den Mund aufgerissen, mit hochgezogenem Rock und entblößtem Geschlecht. Jeschua schlug die Hand vor die Augen, sein Puls raste, er wartete, ob ihm eine Stimme sagte, was er tun solle. Sein Leib übernahm die Arbeit. Er sah, wie seine Füße um die Schlafenden herumgingen, wie seine Hände aus einem Korb eine leinene Decke fischten, wie sie leise zurückschlichen, wie sie am

Eingang sich umkehrten. Seine Füße näherten sich rückwärts dem Gesprenkelten, als wären sie daran gewöhnt, täglich stundenlang rückwärts zu laufen. Jeschua breitete die Decke aus und legte sie über die entblößten Stellen des Gesprenkelten. Mit geschlossenen Augen. Den scharfen Geruch, den der Gesprenkelte verströmte und der in seine Nase stieg, presste er sofort über den Mund wieder aus sich heraus. Er verzog das Gesicht, kämpfte mit einer Übelkeit, mit dem Aufwallen von Tränen. Am Gaumen ein giftiger Geschmack.

Mit einem Ruck machte er sich los, schlich zu seiner Mutter, deren Augenlider bereits zuckten, und weckte sie. Der Gesprenkelte. Draußen vor der Tür. Kein Flüstern. Eher ein Zischen.

Seine Mutter war sofort hellwach, legte den Zeigefinger auf den Mund, bedeutete ihm mit der anderen Hand sich wieder hinzulegen. Ein Blick, der ihn zunächst lähmte. Sie musste ihn anschieben, damit die Füße gehorchten.

Geflüster draußen, Betteln, ein Stöhnen, dann sah Jeschua, wie der Gesprenkelte auf seine Mutter gestützt in den Wohnraum schwankte und sich einen leisen Fluch brabbelnd auf die Matte legte.

Als sei der Fluch der Hahnenschrei für den Morgen gewesen, wurden alle im Raum wach, räkelten sich, drängelten sich in den Tag.

Euer Vater liegt mit einer Kolik danieder, er braucht Ruhe, rüstet euch geschwind für den Tag, dann geht euren Beschäftigungen nach. Geschwind. Ich will keinen Lärm und keine Widerworte hören. Nun voran, auch du, Simon.

Jeder warf einen kurzen, beinahe unsichtbaren Blick auf den Gesprenkelten, dann suchte der Blick den Fußboden, jeder brach nur etwas Brot ab, floh dann das Haus. Jeschua ging in die nahe Werkstatt, massierte sich lange den Nacken, sein Kopf suchte nach Bildern, die ihn aufheitern konnten, aber sein Gesicht entspannte sich nicht. Er suchte nach Holz, verwarf viele Bretter, nahm eine windschiefe Planke und hobelte. Wie gut ihm diese Bewegung tat. Mit jedem Schnitt wurde das Brett dünner und grader. Solange er hobelte, musste er an nichts anderes denken. Bis ihn die sich kräuselnden Späne an die Scham des Gesprenkelten erinnerten. Er warf den Hobel und das Brett in eine Ecke.

Überall gesprenkelt. Überall. Am ganzen Körper. Sogar am Geschlecht. Er hätte es gar nicht wissen wollen.

Er rannte nach draußen, hin zu Jonathan in die Töpferei, setzte sich auf einen Hocker, hatte nur zwei Worte: Der Gesprenkelte, lächelte schüchtern, als wolle er sich entschuldigen. Jonathan nickte nur, seine Augen fragten nach, aber Jeschua schüttelte ganz entschieden den Kopf: Nicht einmal dir kann ich es erzählen. Mit einem leichten Schwung setzte Jonathan die Drehscheibe in Gang. Seine geschickten Hände ließen einen dünnwandigen Becher entstehen. Beinahe so dünnwandig wie seine eigene Haut. Jeschuas Hände hingen kraftlos nach unten, schienen an Gewicht zugenommen zu haben.

Komm, wir streifen durch die Felder.

Jonathan stand neben ihm, streichelte ihm über die Arme, die dadurch wieder an Kraft gewannen. Sie gingen schweigend nebeneinander her. Wie tröstlich dieses Schweigen in der Gegenwart von Jonathan sein konnte. Danke, nuschelte Jeschua, als sie sich trennten. Jeschua ging wieder in die Werkstatt und hobelte ganz konzentriert zwei Planken. Nie betrat seine Mutter die Werkstatt, jetzt stand sie plötzlich neben ihm.

Der Gesprenkelte verlangt dich zu sprechen.

Jeschua reagierte zunächst nicht, hobelte das Brett fertig, folgte ihr dann mit schweren Füßen.

Der Gesprenkelte hockte jetzt auf seiner Matte. Er hatte seinen Rock gewechselt. Hielt die Augenlider gesenkt. Deutete mit einer Handbewegung an, Jeschua solle sich setzen.

Hast du deinen Brüdern Kunde gemacht von der letzten Nacht?

Das Gesicht des Gesprenkelten wirkte abgemagert, sein wulstiger Mund schien zu schwer für dieses Gesicht.

Kein Wort. Mein Mund blieb und bleibt verschlossen über die Geschehnisse dieser Nacht.

Jetzt schlug der Gesprenkelte die Augen auf, deutete ein Nicken an.

Der Allmächtige hat uns auch den Wein geschenkt. Bedenke das, Jeschua.

Ja. Der Wein ist ein Geschenk des Höchsten. Aber wir dürfen nicht zum Sklaven des Weins werden.

So schnell kam seine Antwort, als würde er mit dem Rabbi reden. Die Müdigkeit seiner Gedanken war wie weggefegt.

Der Gesprenkelte vermied in den nächsten Stunden den Blickkontakt mit Jeschua. Doch jedes Mal, wenn Jeschua sich in der Nähe des Gesprenkelten aufhielt, schien es ihm, als wollte dieser etwas sagen. Endlich, gegen Abend, räusperte sich der Alte, leckte sich die Lippen und fragte unvermittelt: Was kann ich tun, Jeschua?

Jeschua hörte, wie seine Mutter gepresst einatmete, als würde sie mit den Tränen kämpfen.

Lege ein Gelübde ab!

Ein Gelübde?

Wie es in der Torah beschrieben wird. Lebe einhundert Tage als Nasiräer, wie ein Asket, lass dich scheren, stutze dir in dieser Zeit weder die Haare noch den Bart, nähere dich keinem Grab und auch keiner Leiche, meide in dieser Zeit den Wein, die Weintrauben, Rosinen und Essig, bringe zum Abschluss ein Tieropfer dar im Tempel in Jerusalem.

Der Gesprenkelte leckte sich noch einmal die Lippen.

*Ein*hundert Tage.

Ein*hundert* Tage.

Einhundert *Tage*.

Betonte die Worte immer anders. Seine Augen flackerten, dann sagte er: So soll es sein. Noch heute lege ich das Gelübde ab und lasse mich scheren.

Jeschua widerstand dem Drang, den Gesprenkelten zu umarmen.

Mirjam hilf

Seine Mutter hatte ihn fest umarmt und dabei seinen Willen erdrückt.

Erneut hatte er sich nicht getraut zu fragen, was der Engel, der sie damals besuchte, wörtlich zu ihr gesagt hatte. Wozu war er auserkoren? Worin bestand sein Los?

Immer wieder war die Ahnung in ihm aufgestiegen, selbst ein Nasiräer zu sein, nicht für 30 Tage, nicht für 100 Tage, sondern vom Mutterleibe an, so wie der Richter Simson und so wie der Prophet Samuel. Und hatte seine Mutter ihm nicht verboten, die Haare und den Bart zu scheren? Und hatte sie nicht Wein lange vor ihm verborgen gehalten? War seine Kraft, den Löwen zu erlegen nicht ein Zeichen gewesen, der Allmächtige habe ihn zum Nasiräer bestimmt? War er also ein zweiter Simson? Ein zweiter Samuel?

Und erinnerte nicht auch der Name Nazareth an Nasiräer?

Gestern hatte er Jonathan gebeten, ihn mit einem starken Strick zu binden, er hatte alle Kraft zusammengenommen, aber es war ihm nicht gelungen, sich zu befreien. Er war stark. Ja. Er war ein Löwenbezwinger. Ja. Aber kein Simson. Noch am Abend hatte er sich eine Locke mit einem Messer abgeschnitten.

Jetzt war der Gesprenkelte ein Nasiräer. Für einhundert Tage. Jeschua hatte ihn zum Nasiräer auf Zeit ernannt.

VORHOF-FLIMMERN

Ein Nasiräer. Der Gesprenkelte machte, wie Jeschua staunend wahrnahm, in den einhundert Tagen seines Nasiräer-Gelübdes eine seltsame Verwandlung durch, denn je länger er dem Wein widerstand, je ungelenker wurde seine Zunge, schien vor allem in den Morgenstunden verknotet. Jeder musste das Ohr genau in seine Richtung halten, wollte man den nahezu unverständlichen Worten einen Sinn abgewinnen. Das dunkle Braun seiner Augen, die früher oft wie Spiegel wirkten, schien stumpf geworden zu sein. Sein Magen, über den er, der sich gerne in Klagen erging, nie gemurrt hatte, meldete sich durch hundegleiches Knurren und durch ein ständiges Aufstoßen, als ob er sich lauthals weigerte, die angebotenen Getränke aufzunehmen. Mitten im Satz, wenn er um einen Auftrag feilschte, entwich ihm manchmal ein so lauter Rülpser, dass die Kunden, von einem plötzlichen Schrecken erfasst, die Aufträge zu einem übertrieben Preis vergaben. Die trippelnden Schritte des Gesprenkelten erinnerten nicht mehr an jüngst zurückliegende Zeiten, wenn er mit jedem Schritt weit ausholen und in kurzer Zeit große Strecken zurücklegen konnte.

Weil der Gesprenkelte von seinem neuen Lebenswandel so angeschlagen war, benötigten Jeschua, Jakobus und der Gesprenkelte, obwohl sie die bequemste Strecke über den Höhenweg durch Samaria nahmen, für ihre Wallfahrt sechs Tage, bis sie zum ersten Mal einen langen Blick auf den Tempel, von dem ein mächtiges Strahlen auszugehen schien, werfen konnten. Dort wollte der Gesprenkelte das Ende des Gelübdes mit einem Brandopfer feiern. Als sie am nächsten Morgen, nachdem sich die Sonne endlich über den Horizont gestemmt hatte, zu ihrem letzten Marsch aufbrachen, übersah der Gesprenkelte eine kleine, dem Regen der letzten Tage geschuldete Vertiefung im Weg, er vertrat sich, ihm entfuhren zugleich ein Rülpser und ein Schmerzschrei, dann saß er bereits und rieb sich laut klagend den dick anschwellenden Knöchel am linken Fuß. Bis zum Mittag verdingten sich Jeschua und Jakobus als Krücken, dann, als sie an einem alten Mann mit einem jungen Esel vorbeiächzten, fing der Gesprenkelte laut an um den Esel zu feilschen, den der alte Mann, von dem Wortgetöse des Gesprenkelten überfordert, ihnen für zehn Denare überließ. Jeschua und Jakobus hievten den Gesprenkelten auf das Eselsfüllen, schnitten unterwegs Palmblätter, um dem Gesprenkelten, der sichtbar von seinem Ungeschick gezeichnet war, Luft zuzufächern und lästige Fliegen abzuhalten, und um seinen Kopfschmerz zu lindern, hatten sie ihm ein Stirnband aus Tuchresten geflochten.

So zogen sie, müde und erschöpft, in Jerusalem ein, unbeachtet von der mächtigen Schar der Pilger, die laut singend, oft von Musikanten begleitet, an ihnen vorbeidrängte. Wie volltönend diese Stadt war. Jeschua hatte eine Stadt erwartet, die im Schatten des Tempels von großem Ernst regiert würde, aber hier herrschte Trubel, Gesang, Gelächter. Seine geübten Augen entdeckten in der Unterstadt überall an den Häusern Nachlässigkeiten, lieblos gearbeitete Fenster- und Türöffnungen, schlecht getünchte Wände, achtlos gefertigte Waren, die zu einem Preis angeboten wurden, als habe es eine durch eine Hungersnot bedingte Teuerung im Lande gegeben. Sie ließen eine Patrouille römischer Soldaten mit gesenkten Häuptern passieren, bis der Gesprenkelte vor einem Gasthaus hielt, mit einem Palmwedel die Bettler verscheuchte und auf Jakobus und Jeschua gestützt mit dem Wirt Unterkunft und Verpflegung für einen halben Denar aushandelte. Als der Gesprenkelte für sich Wasser statt Wein verlangte, immer wieder sagte, er sei ein Nasiräer, schaute ihn der Wirt, dessen linkes Auge fremd ging, verständnislos an, als habe er zum ersten Mal in seinem Leben dieses Wort vernommen. Rülpsend saß der Gesprenkelte vor seinem muffig riechenden Wasser. Jeschua und Jakobus aßen schweigend ein paar gebratene Heuschrecken mit Puffbohnen und nippten verschämt an ihrem Wein.

Noch ein Tag, dann ist es vollbracht, presste der Gesprenkelte hervor.

Sehr früh am anderen Morgen brachen sie zum Tempel auf, nahmen unterwegs ein Tauchbad in einer öffentlichen Mikwe. Den Anstieg zum Tempelberg überwand der Gesprenkelte ohne zu zetern. Mit jedem Schritt, mit dem sie sich näherten, ragten die Zinnen höher auf, Jeschua spürte, wie sein Kopf immer stärker zwischen seinen Schultern Halt suchte. Mauern, auch Mauern, die mit goldenen Platten verkleidet waren, konnten Angst machen. Jakobus ging es ähnlich, wie Jeschua an seiner Kurzatmigkeit hörte. Nur der Gesprenkelte wirkte unbeeindruckt. Zwei Priester kontrollierten, ob sie sich gereinigt hatten, der kleinere von beiden warf einen argwöhnischen Blick auf die gescheckte Haut des Gesprenkelten, zögerte kurz, winkte sie dann aber durch. Sie durchschritten die beiden Tore, standen für Minuten staunend in der riesigen Säulenhalle im Vorhof. Jeschua befühlte die aus weißem Marmor gearbeiteten Säulen, studierte die Täfelung aus Zedernholz. Der Gesprenkelte winkte einen noch verschlafen wirkenden Geldwechsler und einen Händler heran, tauschte fahrig Denare gegen die Tempelwährung der Tetradrachme und kaufte, ohne zu feilschen, eine Hausziege als Opfertier, kniete sich hin, band sehr geschickt die Beine des Tieres zusammen und warf sich die Ziege über die rechte Schulter.

Jeschuas Füße tasteten sich weiter durch den Vorhof, als fürchteten sie Unebenheiten. Sein Geist blieb in sicherem Abstand zurück. Sein Blick fuhr nach oben. Auf über hundert Ellen schätzte er die Höhe der Mauern. Er hielt sich die Hand über die Augen um besser sehen zu können, aber das flirrende Sonnenlicht ließ keine genaue Schätzung zu. Er blieb ganz ruhig stehen und blinzelte, bis der Geist ihn wieder erreicht hatte. War diese Pracht vom Allmächtigen gewollt? Hatte nicht der Allmächtige die Arbeit am Turm zu Babel hintertrieben, indem er die Sprachen verwirrte? War es recht, wenn Könige Tempel bauten, die an den Turmbau zu Babel erinnerten? Dienten diese Bauten der Ehre des Allmächtigen oder nur dem eigenen Ruhm? Hatte der Allmächtige nicht deshalb es immer wieder zugelassen, dass die Mauern von Feinden geschleift wurden? Würden nicht auch diese Mauern irgendwann geschleift werden?

Ein hoher Pfeifton, der das anschwellende Gebrabbel im Vorhof übertönte, ließ Jeschua zusammenfahren. Der Gesprenkelte winkte. Jeschua und Jakobus folgten ihm durch einen Eingang in den Hof der Israeliten. Dort wartete bereits ein mit einem weißen leinenen Leibrock und mit einem schlichten weißen Oberrock gekleideter Mann. Das musste ein Levit sein, ein Diener am Heiligtum. Der Levit, hager und ausgetrocknet, mit einer breiten Narbe auf der Wange, als sei dort ein zweiter Mund zugewachsen, würdigte die drei Nazarener keines Blickes. Jeschua schien es, als würde sich jede Geste dagegen auflehnen, für lange zurückliegende Vergehen des Priestergeschlechts der Leviten, Israel beim Götzendient geholfen zu haben, vom Allmächtigen dazu verurteilt zu sein, nur niedere Dienste am Heiligtum wie das Schächten der Tiere und das Musizieren ableisten zu dürfen. Mit einer routinierten Geste warf der Levit die Hausziege auf den Rücken, durchtrennte die Halsschlagader, ließ das Tier ausbluten, fing das Blut in einem goldenen Gefäß auf. Auch die hilflosen Versuche des Gesprenkelten, über den Grund seines Kommens Auskunft zu geben, ließ er unbeantwortet. Als der Gesprenkelte damit prahlte, zwei seiner Vorfahren seien Leviten gewesen, zuckte der Levit nur mit den Schultern. Nur bei dem Wort Nasiräer huschte ein Ausdruck von Verachtung über sein Gesicht. Er entnahm die Innereien, schnitt das Fett heraus, trug alles zum Brandopferaltar, verteilte das Blut auf die vier Ecken des Altars, legte die Innereien und das Fett ab, kam zurück, fragte, ob das Tier als Spende für die Priester zu verwenden sei, nickte knapp, weil der Gesprenkelte nicht so schnell die passenden Worte finden konnte, und eilte mit der ausgenommenen Hausziege davon.

Inzwischen hatte sich der Innenhof gefüllt. Jakobus und der Gesprenkelte drängten sich aneinander wie Ziegen bei Gewitter. Die ausgelassene Fröhlichkeit, die an Purim erinnerte, wollte nicht auf sie überspringen. Plötzlich verstummten die Flöten, Posaunen und Leier der Leviten. Ein Priester mit einem Oberkleid aus blauem Purpur, in das goldene Fäden eingewebt waren, trat an den Altar. Jeder Schritt, mit dem er sich dem Brandopferaltar näherte, verriet eine natürliche Strenge. Er betete einen Lobpsalm, mit einer Stimme, die schwindelfrei die hohen Mauern hinaufkletterte. Er betete das Sch^ema Jisrael. Seine Stimme überwand jetzt alle Mauern. Dann brachte er dem Allmächtigen mit ausladenden Gesten die Opfer dar. Aus den Augenwinkeln sah Jeschua, wie der Gesprenkelte die Augen schloss, den Geruch des Brandopfers tief in sich einsog und seine Eingeweide räucherte. Jetzt noch der Segensspruch. Dann hatte er die einhundert Tage endlich durchlitten.

Stumm verließen sie den Tempel durch den Haupteingang im Süden. Jeschua schaute sich nur einmal zu einem Mann um, der, nur mit einem Untergewand bekleidet, auf einem Fass stehend, seine große Zuhörerschaft ermahnte, auf die verderblichen Verlockungen, die in der reichen Oberstadt an die Pilger herangetragen würden, Verzicht zu leisten, Otterngezücht nannte er die Reichen, die mit ihren Prunkvillen mit dem Tempel wetteifern wollten. Seine Stimme überschlug sich jeweils am Ende jedes Satzes. Die helle, die lichte Seite des Lebens finde man nur an der Seite wahrer Freunde. Jeschua hätte ihm, den alle Nabri riefen, noch gerne weiter zugehört, aber Jakobus zog ihn weiter. Die lichte Seite des Lebens. Ja. Nur kurz streiften seine Augen die mächtige Burg Antonia, in der die römischen Soldaten kaserniert waren.

Vielleicht weil der Gesprenkelte so viel vom Geruch der verbrannten Tiere eingeatmet hatte, aß er an diesem Abend nur etwas gesalzenen Fisch. Jeden Schluck Wein ließ er so lange im Mund, als müsse er seine Zunge einlegen. Bereits am nächsten Tag traten sie den Rückweg an, begleitet vom Gestank der Müllhalde und der Gerberwerkstätten, den ein Südwind zu ihnen hinüberschickte. Drei Tage reiste der Gesprenkelte noch auf dem Rücken des Eselfüllens, den er, weil sein Knöchel verheilt war, in einem Dorf für 16 Denare verkaufte. In jedem Dorf, in dem sie Rast machten, half der Gesprenkelte den Bewohnern dabei, Laubhütten für das bevorstehende Sukkoth-Fest zu bauen, verriet ihnen Kniffe, wie die Laubhütten besonders guten Stand erhielten, ließ sich dafür zu einem Schmaus mit gutem Wein einladen.

Jeschua bewegte abends die Bilder der Reise in seinem Herzen. War nicht die Laubhütte, die jeden Juden an die Zelte während der Wanderschaft des Volkes Israel durch die Wüste erinnern sollte, ein besserer Ort, sich dem Allmächtigen nahe zu fühlen? Er glaubte zu spüren, wie der Allmächtige sich nach seiner alten einfachen Stiftshütte zurücksehnte, in der er während der Reise durch die Wüste ins gelobte Land gezeltet hatte. Seit

Stunden quälte Jeschua ein Schluckauf, als habe der Gesprenkelte ihm das Leiden vermacht. Warum hatte sich beim Brandopfer kein Hochgefühl einstellen wollen? Eine schwache Erinnerung an Übelkeit drängte sich immer nach vorn. Genau zu der Stunde, an dem sie Jerusalem verlassen hatte, bezog der mächtige Gast wieder sein Inneres. War das ein Zeichen?

Erst nach acht Tagen erreichten sie Nazareth, weil sie wegen zweier Unpässlichkeiten des Gesprenkelten die Rückreise jeweils um einen Tag unterbrechen mussten.

Vor dem Haus erwartete sie Mirjam. In ihren Augen spiegelte sich ängstliche Hoffnung.

Mater dolorosa

Die Augen waren ein Spiegel seiner Seele. Stumpf die Augen wie vor Wochen beim Gesprenkelten. Und verschlossen der Mund.

Offenbar machte die Reise Jeschua das Lachen schwer. Ernsthaftigkeit hatte sich in seinem Gesicht eingenistet, nur ganz selten, nur wenn Jonathan und Esther zum Essen kamen, machte er eine Verwandlung durch und sein Körper erinnerte sich an das Lachen. Oft waren die Pausen zwischen den Sätzen, wenn er endlich sprach, unbehaglich lang. Und wenn er sie anschaute, dann wusste sie oft nicht, wie sie zurückblicken sollte.

Sie hatte so viel Hoffnung in die Reise gesetzt. Wie gerne hätte sie die Männer begleitet. Zwei Wochen hatte sie Jeschua ziehen lassen, so lange war sie noch nie ohne ihn gewesen. Einmal hatte sie sich dabei ertappt, wie sie seinen Rock, den er zum Arbeiten trug, hervorgekramt und ihre Nase darin vergraben hatte.

Der Gesprenkelte war gestärkt zurückgekommen, seine Haut war nicht mehr so schlaff, das Rülpsen hatte ihn verlassen und die Zunge formte wieder verständliche Worte. Er hatte sie bewohnt mit zupackenden Händen und einer gierigen Entschlossenheit, die ihr unvertraut, aber nicht unangenehm gewesen war.

Warum vertrocknete Jeschuas Stimme, wenn er von Jerusalem und vom Tempel sprach? Warum glühten seine Augen nicht so wie die Augen von Jakobus glühten? Warum erzählte er so wenig und von so nebensächlichen Dingen? Und warum wollte er nach sieben Tagen aus der Laubhütte nicht ausziehen? Warum musste der Gesprenkelte ein Machtwort sprechen, damit Jeschua die Hütte abbaute und sich wieder im Haus schlafen legte?

Wie hatte sie darum gebetet, der Allmächtige möge sich in Jerusalem ihrem Jeschua offenbaren! Gestärkt aus den Gebeten war sie ihrem Alltag nachgegangen. Ja. In Jerusalem würde ein Engel sich ihm zeigen. In Jerusalem, wo sonst! In der Nähe des Allerheiligsten.

Kein Zeichen. Der Allmächtige schwieg weiter. Er stellte sie auf eine harte Probe!

Sie schüttelte sich noch einmal, aber der Missmut hatte sich festgesetzt.

PAUSENCLOWN

Jeschua zerdehnte die Zeit und vertrieb den Missmut. Die Trauer über das Ende des Sabbaths verflog, wenn der Gesprenkelte sich mit dem ersten Hahnenschrei ächzend hochstemmte, sich laut prustend im Hof wusch, ein Gebet murmelte, sein Werkzeug klappernd zusammensuchte, einen Bissen Brot hinunterschlang, seiner Mutter und ihm ein paar kaum verständliche Anweisungen gab und sich mit anderen Handwerkern auf den Weg nach Sepphoris machte. An die dreißig Männer jeden Alters taten sich zusammen, stemmten sich gemeinsam gegen die vor ihnen liegende Arbeitswoche, zu Fuß oder mit ihren Eselskarren, es fehlte ihnen ein Mose, der mit dem Stab in das gelobte Land, wo Milch und Honig floss, voran zog, sie erinnerten eher an das im Kampf unterlegene Volk Israel, das in die Verbannung nach Babylon geführt wurde. Und die Frauen am Rand des Dorfes, die ihre Hände unter den Achseln verbargen, weinten stumm. Man würde warten und keinen fremden Göttern folgen.

Sobald dieser Haufen der Dreißig außer Sichtweite war, kehrten Mirjam und Jeschua schweigend in das Haus zurück. Wenn seine Mutter das Herdfeuer anfachte und dabei summte, hielt ein anderer Geist im Raum Einzug. Dann streifte Jeschua einen frisch gewaschenen Rock über. Sobald sich der nach Rossminze duftende Stoff auf seine Haut legte, fühlte er sich sauber, unverletzt, behütet, dieses Gefühl verteilte sich auf alle Körperinseln, erreichte auch die Fußsohlen, arbeitete sich durch die Haut nach innen und machte Jeschua rein. Ein Wohlgeruch der Erkenntnis, der ihn durch die ganze Woche führte.

Jeschua schien es, als würden alle, Jakobus, Judas, Joseph', Simon, Michal, Antalja und seine Mutter ihr beschlagnahmtes Lachen zurück erhalten, als sie zusammenhockten und mit großem Hunger ihr Fladenbrot aßen. Mit rudernden Armen erzählte Joseph oft eine Geschichte, die er von anderen Hirten abends am Lagerfeuer gehört hatte. Jeschuas ganzer Körper zuckte, weil er sich kaum beherrschen konnte, so stark drängte das Lachen nach draußen. Er knetete dann Judas Schulter, der als erster loslachte und alle anderen ansteckte. Auch Jeschuas Selbstbeherrschung gab sich geschlagen. Ein vielstimmiger Chor von Lachern, die um Joseph herumtanzten. Vielleicht lag es an diesen wenigen Minuten, die aus Joseph später den weit über die Grenzen Galiläas bis nach Jerusalem hin bekannten Geschichtenerzähler machten, der von Jahr zu Jahr beleibter wurde, weil das Zwerchfell Fett ansetzte.

Jetzt ist es genug. Jetzt herrscht Ruhe!

Sie sagte es unbeschwert lachend, hielt sich mit einer Hand die Seite, hielt die andere Hand hoch. Halt ein, Joseph, jetzt ist es genug. Der Tag verlangt sein Recht. Auf jeden von uns warten Geschäfte, die wollen wir nicht länger hinhalten.

In der Werkstatt nahm der Geruch von frisch geschlagenem Holz Jeschua in Besitz. Er atmete tief ein, ließ die Luft in seinen Lungen, und als er ausatmete, wussten seine Hände, wie sie schneiden, hobeln, schleifen mussten. In dieser Woche tischlerte Jeschua erneut eine Truhe. Eine Truhe zu tischlern, verstand jeder Tischler. Aber Jeschua verstand sich auf Verzierungen, wie man sie bisher in Nazareth nicht sah. Er entdeckte in dem Holz verborgene Ornamente, die er mit seinem Beitel nur nachziehen musste. Nie verhaspelte sich sein Werkzeug. Sogar der Gesprenkelte hatte die letzte Truhe mit einem knappen Lob gestreift und sie in Sepphoris an eine reiche Römerin verkauft. Über den erzielten Preis schwieg er sich aus, aber dieses Schweigen empfand Jeschua als Ermunterung. Seine Ornamente wurden noch übermütiger.

Mittags ruhte er kurz, sagte sich leise Verse der Torah vor, häufig ging er anschließend zu Jonathan, der nicht aufhören konnte zu sticheln, warum Jeschua ihre Freundschaft verrate, warum er verschweige, wer die Frau sei, die Jeschua in seinem Herzen vor ihm verborgen halte. Jeschua neckte ihn dann, warum sich der Bauch seiner Frau noch immer nicht rege, ob er seine Schwester Esther zurückzugeben gedenke, dann gab sich Jonathan entrüstet, plusterte sich auf, knauffte Jeschua, der nach Berührungen gierte, wiederholt in die Seite.

Kinder so zahlreich wie die Sandkörner in der Wüste werde ich haben, und du sollst mein Zeuge sein!

Heiter verbrachte er die Nachmittage über dem Holz, zeigte Jakobus und Simon, wie man Zeichnungen auf das Holz auftrug und mit dem Beitel arbeitete. Seine Lippen lächelten väterlich. Glück setzte sich in ihm fest über Stunden.

Sein nervöser Magen kam in diesen Tagen zur Ruhe. Vielleicht verwandte seine Mutter weniger Gewürze, vielleicht war sein Magen an diesen Tagen robuster. Jeschua badete kurz in dem lustvollen Geplapper, dann stand er leise auf, gab seiner Mutter einen Kuss und eilte zum Rabbi, der seine abendliche Gegenwart wie eine Selbstverständlichkeit hinnahm, zuerst mit ihm die Torah las und dann sein Griechisch verbesserte. Und manchmal forderte er Jeschua auf, eine kleine Predigt zu halten. Atmete der Rabbi tief ein, dann war er zufrieden.

Abends, auf der Matte, schlang er die Arme um sich und spazierte durch den Tag. Wie sich wohl eine Frau anfühlte? Wie es sich wohl anfühlte, wenn sich Zungen umschlangen? Wenn man nicht mit seiner Lust allein war? Wenn man in die Höhle einer Frau hineinglitt? Wenn man den Atem der Frau anschließend in den eigenen Lungen spürte?

Eine ungesprenkelte Woche. Um ihn war Frieden. Nur die Sehnsucht begleitete ihn wie ein Schatten.

Am Tag vor dem Sabbath kamen die Dreißig zurück, versprengt in kleine Grüppchen, als hätten nicht alle die karge Zeit in der Gefangenschaft überstanden.

Die Freude über die Rückkehrer war groß.

STÜTZE

Nazareth machte sich klein und hässlich. Mit allen Einwohnern ging, wie auf ein geheimes Signal hin, eine seltsame Verwandlung vor sich, die Gesichter wurden wächsern, jedes Lachen wurde im Körper weggesperrt, ein Zug von Bitterkeit fraß sich durch die Wangen, die Stimmen wirkten gedämpft, man hüllte sich in längst verschlissene Kleider, kramte löchrige Sandalen hervor, nahm allen Zierrat von den Wänden, verstaute den Tand, versteckte den Schmuck in einer Nische unter dem Dach oder im Trog für die Tiere, legte feuchtes Holz auf, damit sich Qualm im Raum ausbreitete, die Töchter wurden angehalten, die Kopftücher tief ins Gesicht zu ziehen und keinen Schritt vor die Tür zu setzen, Jeschua sah, wie seine Schwester Atalja auf die Anweisung des Jakobus hin erbleichte, wie auch seine Mutter sich etwas Asche ins Gesicht wischte, und auch er spürte, wie sich eine Anspannung in seinem Rückgrat aufbaute. In wenigen Stunden verwandelte sich Nazareth in ein Dorf von Gezeichneten, Gequälten, Verdammten, Aussätzigen – nichts erinnerte mehr an das Dorf, das im Schatten des reichen Sepphoris zu mildem Wohlstand gekommen war. Das aschene Haupt von Nazareth.

Der Steuereintreiber ging von Haus zu Haus.

Und der Gesprenkelte war noch nicht zurück.

Ängstlich schaute Mirjam immer wieder nach draußen. Wo blieb er nur! Ihre Stimme klang, als glaube sie selbst nicht daran, er würde noch rechtzeitig erscheinen. Zwei Mal hatte der Steuereintreiber bereits an die Pfosten geklopft.

Mein Kommen war durch den Ältesten des Dorfes angekündigt, Weib, einen Beamten des Königs lässt man nicht warten. Er möge sich sputen, andernfalls quartiere ich meine Soldaten hier ein und lasse Ihn, wenn es Ihm endlich beliebt zu erscheinen, nach Sepphoris abführen, wo Er ein hohes Strafgeld zu entrichten hat. Meine Soldaten postiere ich hier.

Seine Worte hatten solche Schärfe, dass man sich an ihnen verletzen konnte.

Mirjam hatte sich augenblicklich an dem Blick des Steuereintreibers erkältet. Sie stammelte hustend eine Entschuldigung. Jakobus hatte es die Stimme verschlagen. Er konnte den Blick nicht abwenden von den zierlichen Stickereien auf dem Rock des Beamten.

Wo blieb der Gesprenkelte nur! Alle Ohrenpaare im Haus versuchten aus den Geräuschen jenen schleppenden Schritt herauszufiltern, der das Kommen des Gesprenkelten ankündigte. Immer wieder schreckte ein anderer Kopf hoch, jeder hielt den Atem an, dann sackten alle wieder in sich zusammen. Weil der Gesprenkelte auf seinen Schritt achtete, merkten sie erst auf, als er mit dem Steuereintreiber vor der Tür stand.

Woher das Misstrauen, warum der kleine Auflauf, Steuereintreiber, habe ich nicht stets meine Kopf- und Gewerbesteuern pflichtschuldigst entrichtet? Setze Er sich hier auf die Matte in den Schatten, dort belästigt Ihn auch kein Qualm, denn teures Brennholz können wir uns nicht leisten, die Geschäfte laufen schlecht! Mein karges Einkommen ernährt meine nicht kleine Familie mehr schlecht als recht.

Mirjam schlug sich die Hand vor den Mund. Wie der Gesprenkelte die Töne verschliff, wie er betont sicher auftrat, das konnte keinem Steuereintreiber entgehen. Dazu die rot unterlaufenen Augen. Sie schaute in Jeschuas Gesicht, hoffte eine Ermutigung zu finden, aber sein Blick verriet die gleiche Erkenntnis: Der Gesprenkelte hatte wieder getrunken.

In Sepphoris, so teilten es mir meine Zuträger mit, hat Er sehr schöne Gewerke verrichtet, die überall Bewunderung hervorrufen. Hurtig und flink seien seine Hände und von großem Geschick, so geht die Rede. Alle seine Bauwerke rühmen den Meister in hohen Tönen. Bald wird man Ihn nach Tiberias, in die prächtige Stadt des Königs rufen, damit auch dort seine geschickten Hände zum Lob des Herodes Antipas, unseres weisen Herrschers, sich verdingen. Wohl dem Dorf, das einen solchen Meister für ausgedehnte Bauwerke in solch demütigen Hütten beheimatet. Man wird sich Seiner noch erinnern, wenn wir alle uns ins Totenreich verabschiedet haben. Mit Ihm wird auf ewig der Name Nazareths verbunden bleiben.

Jeschua massierte sich beide Ohren, um ein Sirren, das ihn häufig überfiel, zu unterdrücken. Wie der Gesprenkelte seinen Kopf wiegte verriet, wie geschmeichelt er sich fühlte. Er vergaß offenbar, worum es hier ging.

Meine Listen, alle ordentlich geführt, verraten ein Sümmchen, das so gar nicht zu der Qualität seiner Kunst passen will. Dieses alberne Sümmchen wirkt auf mich wie eine Ohrfeige, wie eine Entehrung. Zwanzig, vielleicht dreißig zusätzliche Denare scheinen mir dem künftigen Ruhm eher angemessen. Was denkt Er darüber? Zumal Er offenbar vergessen hat notieren zu lassen, dass sein eigener Sohn hier vor Ort Gewerke ausführt! Und die zwei Ziegen, für die doch auch Steuern entrichtet werden müssen, hat Er wohl erst jüngst angeschafft?

Der Gesprenkelte hob die Arme wie ein junges Mädchen, das umworben wird.

So betrachtet sind dreißig Denare durchaus angemessen, mein Herr. Durchaus.

Wenn ich künftig vor einem Bauwerk in Sepphoris vorbeiflaniere, das Seine Handschrift verrät, werde ich mich davor verneigen. Leider treiben mich meine Geschäfte voran, nun denn, so haben wir also den Handel gemacht?

Mirjams Hand schien vor dem Mund anzuwachsen als sie sah, wie der Gesprenkelte aus einem Brustbeutel dreißig Denare abzählte, die ihm der Steuereintreiber abgeschmeichelt hatte.

Wohlgetan, gebt dem König, was des Königs ist, so lieben wir unsere Untertanen und halten sie in ehernem Gedächtnis.

Dann war er aufgestanden und Jeschua las im Gesicht des Steuereintreibers, wie er sich selbst lobte, wie er seinen Triumph genoss und den Gesprenkelten verachtete. Grußlos ging er mit den Soldaten davon.

Weil das Geflüster in dem Maße, wie der Steuereintreiber sich mit seinen Soldaten entfernte, lauter wurde, blieb der Gesprenkelte einfach sitzen. Dann war Mirjam mit sechs großen Schritten, die einem Riesen gut angestanden hätten, in den Vorhof geeilt, hatte sich zu dem Gesprenkelten gehockt und ihn angezischt: Mann, du verschenkst den Brautpreis, den Jakobus zu leisten hat, nur weil aus dem Mund eines Steuereintreibers

Schmeicheleien fallen und der überreichliche Wein dich gefügig macht!
Sie umfasste seine Arme, als wollte sie ihn schütteln.
Schweig, schweig, Weib, nicht vor den Ohren der Kinder!
Fahrig schaute sich der Gesprenkelte um.
Du kannst das Gelübde auf hundert Tage erneuern, Mann, oder du nimmst Jeschua künftig als Stütze mit, wenn du zu deinen Bauten in Sepphoris aufbrichst, dann kann er dir unter die Arme greifen und wir verdienen mehr Geld. Entscheide du, Mann!
Der Gesprenkelte senkte den Kopf.
Dein Süßkind.
Dein Süßkind sei mir Stütze.

GESELLENPRÜFUNG

Der Rabbi sollte ihm Stütze sein. Jeschua hielt die Augen gesenkt, wartete auf den satten Ton der Tröstung, wenn die Sätze am Ende zugleich leiser und eindringlicher wurden, wartete auf den tröstenden Takt seines Atems, aber der Rabbi hustete nur kurz, schlug sich dann vor Freude in die Hände.

Glücklich kannst du dich schätzen, mein Sohn, rief der Rabbi. Ich werde dein Kommen dem Vorsteher der Synagoge in Sepphoris, Rabbi Ascher, anzeigen, er ist ein riesiger Mann, Jeschua, riesig der Länge nach und sein Wissen reicht höher als der Ararat. Er soll der Lieblingsschüler des großen und verehrten Rabbis Hillel, dieses untadeligen Pharisäers gewesen sein, von dem ich dir bereits viel erzählte. Sei unbesorgt. Rabbi Ascher wird dich unter seine Fittiche nehmen.

Fittiche. Dieses alterschwere, tröstende Wort. Der Rabbi beugte sich etwas vor.

Er ist ein gütiger und sehr geduldiger Lehrer, Jeschua, der alle Gewalt verabscheut und dessen ganzes Denken um das Gebot der Nächstenliebe kreist. Zu seinem Lehrer Rabbi Hillel soll einmal ein Idumäer gekommen sein mit den Worten: Wenn du mir die Lehre des Judentums vermitteln kannst, solange ich auf einem Bein ausharre, werde ich deinem Glauben anhängen. Und weißt du, was der hochberühmte Rabbi Hillel geantwortet hat?

Jeschua überlegte kurz, hielt die Augenlider gesenkt, schüttelte leicht den Kopf, um seine Gedanken in Bewegung zu setzen, antwortete dann leise: Was dir nicht lieb ist, das tue auch deinem Nächsten nicht. Das ist die ganze Torah, alles andere ist Beiwerk. Denn so steht geschrieben: Liebe deinen Nächsten, er ist wie du. Ich bin der Ewige.

Plötzlich wurde es dunkel um Jeschua, weil der Rabbi ihn jauchzend in seine Arme schloss.

Geh behütet, Jeschua, auch wenn dein Herz dir schwer wird. Zwanzig Jahre ist ein treffliches Alter, um fern der eigenen Hütten sein Brot zu verdienen. Nimm du aber zu an Weisheit und Verstand.

Jeschua lief in Zickzacksprüngen zurück, weil er dem Schatten der Angst davonrennen wollte.

NEUE WELT

Er wäre so gerne davongerannt.
 Jetzt zählte auch Jeschua zu den Verbannten, die sich am Morgen nach dem Sabbath in den Zug derer einreihten, die in die Sklaverei verkauft wurden. Der Abschied drückte ihn im Genick und ließ ihn schrumpfen. Jeschuas Augen schnappten nach jedem Haus, jeder Olivenkelter, jedem Grasbüschel, jedem Gesicht, jeder Hand, jedem Finger. Seine Nase speicherte den Geruch des Dorfes: Den Geruch der eingelegten Oliven, den erdigen Schweiß seines Bruders Judas, den Geruch nach einem fauligen Zahn, den der Rabbi ausdünstete, den Geruch des mutterwarmen Kopftuches, den Geruch nach altem, brüchigem Pergament. Seine Gedanken verkrampften sich, er hätte in diesem Augenblick nicht einen Satz der Torah fehlerfrei aufsagen können, da war nur dieses eine Wort, das ihn niederdrückte: Stütze. Kurz nur, beinahe ängstlich, ohne ihn anzublicken, mit verdorrter Zunge, legte seine Mutter ihre Hand auf seinen Unterarm, nicht einmal die Wärme ihrer Hand konnte sich durch den Stoff des Rockes durcharbeiten, so schnell zog sie die Hand wieder zurück. Rühr mich an, schrie es in ihm. Der Knall einer Geißel gab das Signal zum Aufbruch.
 Jeschuas Füße gehorchten. Er drehte sich nicht ein einziges Mal um. Schluckte Nazareth hinunter. Aber das Echo seiner Mutter füllte ihn ganz aus.
 Sehr langsam ging eine Verwandlung der Gruppe der Einunddreißig vor sich. Mit jeder Elle, mit der sie sich Sepphoris näherten, löste sich die Versteifung, die Augen klebten nicht länger am Erdboden, die ersten Geschichten wurden wie Waren auf dem Markt ausgebreitet, das Lachen ausgekramt, Zoten machten die Runde. Kaleb, ein Bauhandwerker wie der Gesprenkelte, den Jeschua bisher als still und in sich gekehrt erlebt hatte, säte einen Witz nach dem anderen, der nie auf felsigen Boden fiel, sondern sofort Sprossen trieb, von Grüppchen zu Grüppchen noch prächtigere Blüten hervorzauberte. Jetzt war man auf dem Weg zu einer Hochzeit, festlich gestimmt, ein bisschen albern und

unernst, und die Braut hieß Sepphoris, die geschmückt auf der Spitze eines Berges hockte und auf den Zug mit dem Bräutigam wartete. Leichtfüßig nahm Jeschua den Anstieg. Die Außenbezirke reizten kaum die Aufmerksamkeit, von Unkraut überwucherte Befestigungen zeugten von verlorenen Kriegen gegen die Römer, allenfalls die großen Kornspeicher ließen erahnen, wie reich und geschmückt diese Stadt vor ihm war. Aber sobald sie die Innenbezirke erreichten, deckte Sepphoris ihr anmutiges Angesicht auf.

Jeschuas Kopfhaut spannte, als müsse er sofort alles aufschreiben, was er entdeckte. Aus hellen Kalksteinen gepflasterte Straßen. Alle Häuser schienen gedehnt, jedes Haus wetteiferte mit dem nächsten, wollte gerühmt werden mit seinen Verzierungen vom vorigen und buckelte vor dem weitläufigen Haus, das sich anschloss. Hier mussten die Menschen größer und breiter gewachsen sein, hier schien man das Silber nur in Scheffeln zu messen, umfriedet waren die Villen mit Gärten, die Pflanzen beherbergten, deren Namen Jeschua nicht kannte. Fest verschlossen waren die Häuser mit schweren, aus schwarzem Holz mit Ornamenten und Schnitzereien geschmückten Türen, die flankiert wurden von fetten, reich verzierten Säulen, die die oberen Stockwerke stützten. Jeschuas Blick schweifte zur Synagoge, die auch mächtig gedehnt erschien, um die Massen der Menschen, die hier durch die schmalen Gassen und die breite, aus gebrochenem Marmor gefertigte Prachtstraße drängten, am Sabbath aufzunehmen. Die Synagoge stand abgewandt vom alten Königspalast, als wolle sie sich nicht, wie alle anderen Gebäude, vor dem Palast verbeugen. Im Osten konnte er bis zum Hermon blicken, ganz im Westen erahnte er das Mittelmeer. Und nahezu von jedem Ort in der Stadt aus sah man das Aquädukt.

Wie viel bunter das Leben hier war als in Nazareth!

Jeschua bestaunte zwei Frauen mit bunt gefärbten Röcken und schwarz umrandeten Augen, behängt mit schwerem Geschmeide, begleitet von Dienern, die ihnen Luft zufächerten und die Bettler, die sie umstellten, aus dem Weg drängten; Männer mit Haaren, die aussahen, als seien sie am Kopf angeklebt; und zum ersten Mal in seinem Leben sah Jeschua eine Frau mit blonden

Haaren, die an ihm vorbei spazierte ohne ihn wahrzunehmen. Nur römische Soldaten entdeckte er nirgends. Auf dem kleineren der zwei Marktplätze machten sie Halt. Jeschua entdeckte Felle von ihm unbekannten Tieren, Bernstein, Silbergeschirr, einen, wie der Gesprenkelte erklärte, korinthischen Leuchter, seinen ersten Becher aus Glas hielt er in Händen, Ballen von mit Goldfäden durchwirkten Stoffen prüfte er mit neugierigen Fingern. Der Gesprenkelte zeigte ihm Aprikosen, Fenchel, Rettich, Kerbel, Mangold. Als müsse Jeschua in Windeseile eine neue Sprache lernen.

Jeschuas Augen waren abgelenkt, deshalb merkte er gar nicht, dass sich ein großer Mann mit kolossalen Schultern, auf dem ein beinahe viereckiges Gesicht saß, zu ihm gehockt hatte. Er erschrak kurz, als er ihn ansprach. Du also bist neu in der Stadt, bist der Sohn des Joseph, über dessen geschickte Hände hier nur gute Geschichten die Runde machen. Stark bist du, und in deinem Blick liegt Klarheit und Entschlossenheit. Halte dich entfernt von allem, was nach Rom stinkt und mit Rom gemeinsame Sache macht. Und meide alle Beamten des Königs, denn der König ist ein Speichellecker, der in Tiberias eine Rennbahn baut, um den Römern zu schmeicheln. Ein Frevler ist er, hat er doch in Tiberias einen Friedhof überbaut und somit Tiberias zu einer unreinen Stadt gemacht. Mein Krummdolch lechzt danach, ihm diese Tat heimzuzahlen, wenn ich seiner doch nur außerhalb seiner Mauern habhaft werden könnte. Halte du dich an uns, wir werden ständig mehr. Unsere Zeit kommt. Wir werden für den Allmächtigen eifern und das römische Joch zerbrechen und auch Sepphoris von allem Unreinen und allem Unrat befreien. Tod oder Freiheit! Tod oder Freiheit!

Dann war er aufgestanden und, sich nach allen Seiten umblickend, in einer schmalen Gasse verschwunden. Jeschua schaute ihm noch mit halb geöffnetem Mund nach, als der Gesprenkelte, der sie offenbar beobachtet hatte, flüsterte: Halte dich entfernt von Pinchas, er ist ein Ränkeschmied und Aufwiegler. Wo er sich hinsetzt, wird die Erde aussätzig. Die Spione der Römer sind ihm auf den Fersen. Schon einmal hat ein Aufrührer, Judas Galiläus, Sohn des Ezechias, die Römer herausgefordert, die dann diese

Stadt dem Erdboden gleichmachten. Bleib du die erste Zeit in meiner Nähe und ereifere dich für das, was ich dir beigebracht habe, dann wird es dir gut ergehen.

Jeschua nickte stumm.

Noch nie hatte Jeschua so viele dichte schwarze Haare auf einem Unterarm gesehen.

Ein Esauarm.

Er schämte sich für seine nahezu haarlosen Arme.

ALLES AUF HONIG

Wenn sie ihn lobte, nickte er ganz verschämt. Zweimal hatten sie bereits Pessach gefeiert, und noch immer war die Arbeit an dem Haus in Sepphoris nicht fertig, obwohl an die zwanzig Handwerker und ungezählte Dienstleute, Tagelöhner und Unfreie Hand anlegten. An den Abenden, wenn sie in Nazareth in großer Runde beisammen saßen, geriet der Gesprenkelte jedes Mal ins Schwärmen.

So lasst euch erzählen: Das Haupthaus misst 30 auf 21 Ellen, ein Palast, beinahe so groß wie ein Palast!, rief der Gesprenkelte, den Fußboden des Atriums ziert ein fein gearbeitetes Mosaik, in der Aula, wo der Hausherr die Gäste empfängt, könnten drei Häuser aus Nazareth verschwinden, es gibt ein Bad mit kaltem und mit warmem Wasser, wir haben eine Latrine mit vier Sitzplätzen über einer unterirdische Wasserrinne errichtet, wo, so hört doch, der Hausherr mit seinen Gästen ihre Notdurft gemeinsam plappernd verrichten, die Wände sind mit Malereien verziert und die Decken mit fein gearbeitetem Stuck, hätte ich doch nur das Talent, die Ornamente in Sand zu malen, um euch teilhaben zu lassen! Also das Speisegemach lässt bereits die Genüsse erahnen, die dort einst aufgetragen werden, einen mit mächtigen Säulen umstandenen Hof zum Lustwandeln findet der Gast im Inneren des Anwesens, ein aus Marmorschalen gefertigter römischer Brunnen darin, mit aufsteigendem Strahl, und fallend gießt er voll der Marmorschale Rund und übergießt sie sacht – ach, könnte meine Zunge nur heller loben, als es mir vergönnt ist! Und meine Lieben, rühmen muss meine Zunge die Gärtner aus dem Morgenland, die einen Garten in sanften Terrassen anlegen mit Blumen und Büschen, deren fremde Namen meine Ohren verzaubern. Und ach, ein mächtiges Schwimmbecken schließt sich an, eingerahmt von Gewächsen, die die Herrin, wenn sie sich dort im Wasser ergeht, vor den dreisten Blicken der Tagelöhner schützt. Und das starke Tor, mit Intarsien gearbeitet, habe ich in großer Demut beigesteuert, der Mund der Herrin läuft mit Juchzern über, wenn sie mich gewärtigt.

In seinem Überschwang vergaß der Gesprenkelte, folgende Geschichte zu erzählen.

Ich will, dass der da die Stuckverzierungen ausführt und auf die Wände Marmormuster aufträgt, die täuschend ähnlich dem echten Marmor sind!

Jeschua massierte sich mit der Hand den Nacken und senkte den Blick.

Der da!, hatte der Gesprenkelte gesagt und mit dem Kopf nach hinten gewiesen, als sie gefragt hatte, wessen geschickte Hände die Truhen mit den Ornamenten fertigten.

Er ist nicht darin geübt, Wände zu verputzen, seine Hände sind leidlich mit Holz und natürlich mit Steinen vertraut, vielleicht sollte ich...

Schweig Er, man unterweise ihn darin. Ich will es mir einiges kosten lassen.

So lernte Jeschua, von einem Idumäer angeleitet, die Kunst Stuck anzubringen. Und ein Mann aus Peräa zeigte ihm, wie man mit Farben, die man geschickt auf einer Wand auftrug, Marmor vorzutäuschen verstand. Nie musste er in seinem Kopf nach Formen für den Stuck suchen, seine Hände schienen sie zu kennen, er konnte die Ornamente auftragen und sich gleichzeitig Texte aufsagen. Die Geschlechtsregister der Torah hallten Stunde um Stunde von den Wänden zurück, als wären diese Mauern Lobesmauern.

Das sind die Söhne Ismaels nach ihren Namen und nach ihrer Geschlechterfolge: Der Erstgeborne Ismaels war Nebajot; dann kamen Kedar, Adbeel, Mibsam, Mischma, Duma, Massa, Hadad, Tema, Jetur, Nafisch und Kedma.

An dem ersten Abend hatte Jeschua den Rabbi Ascher ängstlich gefragt, ob vielleicht Ornamente, die ihm so leicht von der Hand gingen, gegen das Bilderverbot der Torah verstießen.

Wäre es nicht besser, ich würde mir die Hand abschlagen als gegen die Gebote der Torah zu verstoßen, Meister?

Der Rabbi, der seine Turmesgröße, er überragte nahezu alle in der Stadt um einen ganzen Kopf, damit zu entschuldigen versuchte, der Allmächtige habe ihn als Erinnerung an den Turmbau zu Babel geschaffen, um den ehrgeizigen Bauleuten in Sepphoris Demut einzupflanzen, hatte nur leicht die Stirn gerunzelt.

Nein, Jeschua, Ornamente bleiben vom Bilderverbot ausgenommen, sie bilden nichts ab, das man anbeten könnte, oft aber findest du hier in den römischen Villen der Beamten Mosaiken von fremden Göttern und von Tieren, davor nimm dich in Acht, damit die Mosaiken nicht zu den goldenen Kälbern werden, die wir insgeheim anflehen.

Begleite Er mich, Jeschua, seine Hände dürfen jetzt ruhen.

Um den Hals trug die Bauherrin ein Geschmeide aus Emailleplättchen, verziert mit glitzernden Edelsteinen. Aus weißem Batist war das Oberkleid gearbeitet, heute versammelte sie alle Farbe an ihrem Hals. Ihre linke Augenbraue führte sie, sobald sie ihn ansprach, nach oben, rümpfte etwas die zierliche Nase und schürzte dabei die Lippen, als würde sie eine seiner Arbeiten skeptisch prüfen. Die von schwarzer Farbe umfassten Augen schienen bis in die Seele schauen zu können.

Jeschua atmete ganz flach, weil er Angst verspürte, die Herrin könne angesaugt werden.

Er blieb zwei Schritte hinter ihr, als sie durch den Garten flanierten. Ihre Fingerspitzen berührten viele Blüten, die sich nach ihr auszustrecken schienen.

Ich habe Ihn belauscht, Er kann die ganze Torah auswendig. Nicht einmal ein Oheim meines Gatten, ein Sadduzäer, der aus einem frommen Priestergeschlecht stammt und jeder Weisung der Torah Buchstabe für Buchstabe folgt, vermag das. Lernt Er sehr eifrig die Torah?

Ja, Herrin, aber es bereitet mir wenig Mühe.

Die letzten Worte hätte er gerne zurückgerufen. Sie waren vorwitzig aus dem Mund gefallen, als wolle er Gefallen erregen.

Dann hat der Allmächtige sicher Großes mit Ihm vor. Nehme Er es als Zeichen. Das Talent und die Ruhe neide ich Ihm, ich kann mich auf solche ernste Themen nicht länger als zwei Wimpernschläge einlassen, dann wandelt mein Geist wieder frei herum und folgt den schönen Dingen, die der Allmächtige ihm zum Lob auch geschaffen hat. Meint Er, dass ich den Allmächtigen durch meine Gestalt hinreichend lobe oder muss ich mich noch heißer und inniger bemühen?

Jeschua lief in den letzten Satz hinein und war ganz benommen. Dann fand er in seinem Kopf einen Vergleich. Wie Abrams Sarah wird meine Herrin in der ganzen Stadt ob Ihrer Schönheit gepriesen. Eine Sarah mit blonden Haaren.

Sie blieb plötzlich stehen, so dass Jeschua beinahe mit ihr zusammengestoßen wäre.

Das also erzählt man sich?

Er sehnte das Ende des Spaziergangs herbei.

Sie drehte sich um. Noch höher schien ihre linke Augenbraue nach oben gestiegen zu sein: Eile Er zurück, nach dem Sabbath will ich den Stuck im Schlafgemach bewundern und die Wände sollen wie aus echtem Marmor gearbeitet erstrahlen.

Jeschua verbeugte sich knapp. Er zog ein Bein nach, als sei ein Nerv eingeklemmt. Sein Körper machte sich selbstständig. Er benötigte sechs Geschlechtsregister, um seiner Atmung einen gesunden Rhythmus aufzuzwingen. Den Sabbath in Nazareth verlebte er in innerer Unruhe. Er wirkte fahrig, gab seiner Mutter, die nachfragte, ausweichende Antworten, verließ Nazareth bedrückt.

Jeschua hatte seine Werkzeuge für die neue Woche noch nicht gerichtet, da rief ihn ein Türsteher und begleitete ihn zum Schlafgemach der Bauherrin. Erneut trug sie ein Obergewand aus weißem Batist, stand mit ausgebreiteten Armen vor dem Fenster und huldigte der Sonne.

Seit über einem Jahr weilt mein Gemahl bereits in Rom, drei Mal übermittelten mir Gesandte, er sei gestorben, aber drei Mal kam nur Stunden später ein anderer Gesandter mit einer Nachricht, die untrüglich von der Hand meines Gemahls stammte, er sei wohlauf und einem Attentat entgangen, so las ich. Drei Mal war ich für Stunden bereits Witwe, Jeschua! Deshalb verhülle ich mich an einem Tag der Woche in schwarze Gewänder und vernachlässige mein Äußeres, um mich auf meine Witwenschaft vorzubereiten, an den anderen Tagen aber schmücke ich mich, trage häufig weiße Kleider und salbe mein Haupt, damit mich mein Gemahl, solle er den Weg zurück finden, vorbereitet findet.

Jeschua wusste darauf nichts zu sagen.
Ihre Arme glänzten, als würden sie von innen her strahlen. Dann seufzte sie einmal tief. Ihre Stimme klang jetzt wieder so, als wolle sie ihn prüfen.
Hat Er auch erneut brav die Torah studiert, als Er im heimatlichen Nazareth bei seiner Familie weilte?
Ja, Herrin.
Er rechnet sich doch nicht zu den Essenern, die durch ihr freudloses Leben nach dem Gesetz sich einen Himmel erkaufen wollen?
Mit Essenern habe ich keinen Umgang, Herrin.
Das Himmelreich, Jeschua, mir gefällt an manchen Abenden die Vorstellung, nach meinem irdischen Ende in den Himmel aufzusteigen, aber mein Oheim, der Sadduzäer, will davon nichts wissen und verachtet die Pharisäer, die an den Himmel glauben. Und er spricht mit Verachtung von den Essenern. Auch ich meide den Umgang mit ihnen, mir scheinen sie recht lächerlich und besserwisserisch, sie halten sich für rein und riechen oft schlecht und haben faulige Zähne. Offenbar reicht es nicht hin, die Reinheitsgebote der Torah zu beachten.
Was in einen Mund hineingeht, befleckt uns nicht, Herrin. Was aus unserem Mund herauskommt, das ist es, was uns unrein macht.
Sie drehte sich ganz langsam um und ließ dabei die Arme sinken. Wieder zog sie ihre linke Augenbraue hoch.
Wie klug und verständig Er ist! Offenbar kann auch aus Nazareth Kluges kommen. Bewege Er seine Füße hierher und bringe Er den Honigtopf mit, der neben Ihm auf dem Fußboden steht.
Jeschua wünschte sich eine Salzsäule zu sein, aber seine Füße bewegten sich.
Er versuchte seine Unsicherheit wegzuhusten, aber sie ließ ihn nicht aus ihrem Blick.
Liebt Er auch den Honig, Jeschua? Wenn ich nicht mehr sein sollte, möge man mich in eine mit Honig gefüllte Amphore einlegen, dann wäre ich meinem Gemahl auch nach meinem Tod noch länger von Nutzen. Dann könnte er weiterhin von mir naschen.

Sie griff, ohne hinzuschauen, in den Honigtopf, träufelte sich Honig auf den Oberarm und zog Jeschua zu sich heran, legte ihre rechte Hand auf seine Schulter und krallte sich dort fest.

Jetzt schweig Er, damit kein falsches Wort Ihn befleckt und jetzt schmecke Er, wie köstlich die Speise angerichtet ist!

Jeschuas drehte zuerst den Kopf weg, um den Honig nicht riechen zu müssen, er öffnete den Mund, verschloss ihn aber wieder, dann riss er sich los, ließ ein Stück seines Obergewandes in der Hand der Herrin zurück, lief an dem Türsteher vorbei, vergaß die Werkzeuge und flüchtete aus der Villa.

Als am nächsten Sabbath Atalja hören wollte, wie der Bau in Sepphoris vorangehe, winkte der Gesprenkelte ab. Die Geldströme seien plötzlich über Nacht versiegt, die Arbeitsaufträge seien gekündigt worden, ohne einen Grund zu nennen, man habe ihnen sogar den Lohn für die letzten Tage nicht ausbezahlt, wie Hunde habe man sie vom Bauplatz verjagt. Aber sie hätten neue Arbeit gefunden, nun in der Unterstadt. Sicher, der Bau, an dem sie jetzt Hand anlegten, sei nicht ganz so prächtig, aber ehrliche Arbeit, das ja.

Jeschua streckte seinen Rücken.

Mirjam zog die linke Augenbraue hoch, als Jeschua sie anblickte.

BARMHERZIGER RÖMER

Jeschuas Ohren waren nicht wach, sein Blick klebte am Erdboden, weil er über ein Gespräch mit Rabbi Ascher nachdachte: Wer war sein Nächster? Sein Kopf fühlte sich fleckig an. In ihm wohnten zu viele Geschichten, die alle immer wieder durchlebt werden wollten, sich nach vorne drängten, um Aufmerksamkeit buhlten, miteinander fochten, eifersüchtig aufeinander waren. Deshalb auch merkte er nicht, dass nach einer Wegbiegung – der Lärm von Sepphoris war kaum verklungen – sich zwei fremde Männer an seine Fersen hefteten. Das war nicht außergewöhnlich. Auf dem zweistündigen Fußmarsch zwischen Sepphoris und Nazareth bildeten sich oft kleine Gruppen. Häufig auch waren es Bekannte, die vom Markt in Sepphoris zurückkehrten. Sie luden, wenn ihre Geschäfte erfolgreich gewesen waren, Jeschua gelegentlich ein, im Eselskarren mitzureisen. Meistens war auch der Gesprenkelte an seiner Seite, den linken Fuß etwas nachziehend, als sei sein linker Fuß müder als sein rechter. Heute eilte Jeschua allein zurück, weil der Gesprenkelte nach Tiberias aufgebrochen war, um dort für zwei Wochen am Bau der Villa eines römischen Beamten mitzuarbeiten. Nicht ohne Stolz im Blick und spürbar heiter hatte er sich von Jeschua verabschiedet, ihm Grüße aufgetragen, ihn mit zwei Küssen bedacht und ihm den Wochenlohn in einem Beutel anvertraut, den Jeschua sicher unter seinem Unterkleid verborgen hielt.

Abwesend erwiderte er den Gruß der Fremden, die jetzt neben ihm gingen.

Zwischen dem Rabbi und ihm hatte sich seit zwei Wochen ein Schweigen gezwängt, das er nicht hatte herausdrücken können. War er zu wenig demütig gewesen? Zu vorlaut oder vielleicht zu eifrig? Er sehnte sich nach dem gedehnten Tonfall des Rabbis, der jedem Laut sein Recht ließ. Und was zog ihn immer wieder zu dem Platz, auf dem das mächtige Theater in der Stadt gebaut wurde? Warum bedrängte er den Gesprenkelten, er möge um künftige Aufträge für den Bau feilschen? Leseglück. Ja. Wie glücklich war er, nicht mehr in dem lauten Gasthof übernachten zu müssen, wo erst in den späten Stunden nur sehr kurz Ruhe einkehrte. Im Haus einer Witwe, nicht weit vom Gericht entfernt gelegen, hatte der Gesprenkelte für sie beide Quartier gemacht. Dort konnte er abends bei schwachem Licht lesen, was ihm der Rabbi anvertraut hatte. Wie er mit großer Lust in die Texte hineinkroch, als wären sie eine warme Höhle.

Jeschua schaute für einen Augenblick hoch. Die Sonne schien schwer verwundet und hatte ihre Farbe beinahe vollständig an den Himmel abgegeben, das Rot sickerte in die Wolken, die die Sonne nicht länger stützten konnten. Genau in diesem Augenblick stützten auch Jeschuas Beine nicht mehr seinen soeben noch vor Glück warmen Körper. Sie knickten ein, er spürte einen giftigen Schmerz, sah, wie sich der Erdboden schnell näherte, Blut sickerte in den Staub, in dem er jetzt mit angewinkelten Beinen laut röchelnd lag. Seine Augen schienen seltsam gelähmt, fixierten nur zwei blau glänzende Steine vor ihm. Seine Hände und Beine gehorchten ihm nicht mehr. Sein Rock, erst vor Wochen neu erstanden, riss man ihm vom Körper. Und natürlich den sicher geglaubten Beutel mit den Schekeln und Denaren. Zwei Tritte quälten seine Nieren. Dann entfernten sich die Schritte in großer Eile. Als Jeschua den Mund öffnete, spuckte er Blut.

Seine ersten Gedanken waren: Der Wochenlohn. Der Gesprenkelte.

Diese Gedanken rasten immer wieder durch seinen Kopf und zerhackten jedes Gebet, das er aufsagen wollte.

Er war nur noch Schmerz.

Endlich glaubten seine Ohren, es würde Rettung nahen. Geräusche, Gemurmel, ängstliches Flüstern, dann Stille. Sie hatten einen Bogen um ihn gemacht. Vielleicht erkannten sie ihn nicht, denn so heimatlich hatte das Aramäisch geklungen, er glaubte sich bereits gerettet, versorgt, beschützt.

Wieder raste der Gesprenkelte durch seinen Kopf und verlangte alle Aufmerksamkeit. Jeschua konnte nicht abschätzen, wie oft er in seinem Kopf herum marschiert war, als sich noch einmal Stimmen näherten. War das nicht das übermütige Lachen von Jether, das plötzlich verstummte? Sein Mund formte

Jethers Namen, aber da spürte er bereits ein Erzittern des Weges, das davon kündete, wie Jether und die anderen in großer Angst die Flucht ergriffen.

Jether, der mutige Jether.

Jether, hilf!

Jether. Lass mich nicht hier liegen.

Um ihn herum wurde es dunkel. Mutter, stammelte er. Er schloss die Augen, um der Dunkelheit Platz zu schaffen, atmete einmal tief durch.

Meinen Geist, o Herr, befehle ich, so begann er mit letzter Kraft, aber da hörte er Schritte von genagelten Schuhen, wie sie nur die Römer trugen.

Er spürte, wie eine Hand den Puls an seinem Hals ertastete. Wie in einer ihm fremden Sprache Befehle gerufen wurden; wie jemand seinen Kopf anhob; wie ihm Wasser eingeflößt wurde; wie schwielige Hände einen Verband anlegten; wie er auf ein Pferd gehoben wurde. Noch nie hatte er auf einem Pferd gesessen! Nur kurz konnte er das Gefühl genießen, dann schwanden ihm die Sinne. Er erwachte erst wieder in einem Haus am Rande der Stadt.

Gepriesen sei der Allmächtige, dessen Hand verletzt und verbindet, zerschlägt und heilt. Drei volle Tage hat der junge Herr geschlafen, ich habe inständig gebetet und beinahe stündlich mit Aloe und Myrrhe getränkte Pflaster und kalte Wickel aufgelegt. Siehe, kein Wunder ist dem Allmächtigen zu groß, denn Ihr wart mehr tot als lebendig, als der römische Hauptmann in Begleitung zweier Soldaten Euch herbrachte und mir nicht wenig Geld zur Pflege überließ. Nun kann ich arme Frau dem Hauptmann Meldung machen, dass Ihr wohlauf seid. Schlürft noch ein wenig von meinem Sud aus Bitterkraut, der wird Euch schnell auf die Beine helfen. Ich eile gleich hinaus, um die frohe Botschaft zu verkünden, dass der Allmächtige meine Jammerklage erhört hat.

Vielleicht waren seine Augen noch nicht ganz gesund, denn die Frau, in dessen Gesicht er blickte, war so breit wie lang. Er strich vorsichtig über seine Beine. Er war kein Schatten. Er war lebendig. Der Allmächtige hatte mit ihm noch anderes vor.

Hört, junger Herr, überall lässt der Hauptmann nach den Räubern suchen, wenn er sie findet, werden sie gekreuzigt, das gibt ein gutes Geschäft, dann kommen auch aus Tiberias viele Neugierige angereist, um sich das Schauspiel nicht entgehen zu lassen. Wahrscheinlich wird der Hauptmann für uns beide einen Ehrenplatz vorhalten. Ich danke dem Allmächtigen stündlich, dass die Wahl auf mich gefallen ist, Euch zu pflegen.

Jeschua blinzelte. Das Fenster hatte die gewöhnlichen Maße, die Tür auch.

Auf dem Markt habe ich die Kunde verbreitet, auf dem Weg nach Nazareth sei ein hübscher junger Herr unter die Räuber gefallen und in meine Obhut gegeben worden, aber Eure Gesundung geht schneller als die Kunde von Munde zu Munde eilt.

Jeschua überließ sich, vor Schwäche schwitzend, noch einmal seiner Müdigkeit. Als er sanft geschüttelt wurde, schlug er überrascht die Augen auf und blickte in die besorgten Gesichter von Jonathan und Jakobus.

Zwei Tage später konnte er auf einem Eselskarren die Reise nach Nazareth antreten. Nach insgesamt zehn Tagen.

Mater dolorosa

Sieben Tage lebte sie in quälender Ungewissheit.
Sie war immer wieder zum Rand des Dorfes gegangen, glaubte dort stehen zu müssen, mit weit ausgebreiteten Armen, damit er, sollte er noch am Leben sein, spürte, er würde erwartet.
Sie hatte in den Nächten so laut mit den Zähnen geknirscht, dass ihre Tochter Atalja ihr ganz behutsam einen Holzkeil in den Mund geschoben hatte, um die Zähne zu schützen.
Sie erkannte zwei Mal in einer sich nähernden Gestalt Jeschua, aber jedes Mal war es Abdon, der Sohn eines Steinmetzes, dessen lotrechte Haltung sie an Jeschua erinnerte.
Sie befragte jeden Heimkehrer, ob er Kunde habe, aber keine Antwort gab ihr Hoffnung. Nur Jether erzählte ihr, Zeuge eines Überfalls geworden zu sein, gerade noch rechtzeitig sei er mit zwei Freunden, Micha und Ahas, zu Hilfe geeilt und habe, unter Einsatz des eigenen Lebens, die Räuber, die mit Krummmessern bewaffnet gewesen seien, in die Flucht geschlagen, aber nein, leider sei es nicht Jeschua gewesen, der ihnen sein Leben verdanke.
Sie sprach abends jede Silbe eines Gebets präzise aus, damit die Wirkung nicht durch Unachtsamkeit verspielt würde.
Sie wäre auf Knien nach Sepphoris gerutscht, hätte der Allmächtige ihr ein Zeichen gegeben.
Sie lehnte ein Mal sogar den Kopf an die Schulter des Gesprenkelten.
Sie spürte, es war gegen Ende der dritten Nacht, plötzlich eine Gewissheit in sich eingepflanzt, er würde leben. Sie verlagerte ihr Gewicht, als könne sie so verhindern, dass die Gewissheit sie wieder verließ.
Dann, am siebten Tag, war es Abdon, der die Kunde vom Markt mitbrachte. Der Allmächtige hatte ihre Gebete erhört. Noch am gleichen Abend schickte sie Jonathan und Jakobus nach Sepphoris.
Sie presste ihre Stirn lange an Jeschuas Hals und holte ihn zurück ins Leben.

Der Gesprenkelte, über dessen Lippen nie ein Vorwurf über die gestohlenen Schekel und Denare kam, erregte sich nur über die hohe Summe, die der Römer der Kräuterfrau bezahlt hatte. Römer sind schlechte Wirtschafter, brummte er.

Jeschua behielt eine Narbe auf der Stirn, die kaum blasser wurde.

Mirjam hilf

Mit den Fingerspitzen massierte er sich die Stirn. Er war dem Tod so nah gewesen. Hatte bereits alle Hoffnung fahren lassen.

Wie mächtig war das Gefühl der Scham gewesen, als er langsam begriff, dass ein römischer Hauptmann sich seiner erbarmte.

Jeschua kniff die Augen zusammen. Offenbar war sein Weg noch nicht zu Ende. Was hatte der Allmächtige mit ihm noch vor? Warum schickte er Hilfe in der Gestalt eines Römers?

Wie oft hatte Jeschua in den Monaten, als seine Mutter ihn, flüsternd zunächst, als würden laute Töne seine Gesundheit gefährden, umsorgte, in ihrem Gesicht nach einer Antwort gefahndet und keine Antwort gefunden.

Ein Römer!

Hätte er sich auch eines Römers erbarmt? Musste er nicht künftig auch das tun, was er nicht von einem Römer erwartet hatte? Gab die Torah darauf eine Antwort?

Sein Körper machte häufiger auf sich aufmerksam. Aber er fühlte sich gesund und wieder kräftig und sehnte sich nach den Gesprächen mit Rabbi Ascher.

Zwei Tage hatte ihn der Gast erneut bewohnt. Das war ein sehr gutes Zeichen.

Nach dem Sabbath würde er den Gesprenkelten wieder nach Sepphoris begleiten. Seiner Mutter hatte er in die Hand versprochen, künftig nur gemeinsam mit anderen Nazarenern und achtsam den Weg nach Hause anzutreten.

Der Gesprenkelte hatte Jeschuas Entschluss nickend und schmal lächelnd zur Kenntnis genommen.

WOLKENKUCKUCKSHEIM

Baustopp. Davon hatte er Kenntnis erhalten. Aber der Belustigungshunger suchte nach Nahrung. Die Arbeiten am Theater ruhten seit zwei Jahren, weil Herodes Antipas dringend Gelder für seine Rennbahn in Tiberias benötigte. Alle verfügbaren Kräfte hatte Herodes abgezogen. Seine neue Liebe war sehr entschieden. Die Terrassen für die Sitzreihen im Theater in Sepphoris waren gegraben, vereinzelte Reihen bereits mit Platten belegt, Steinmetze hatten murrend die Bühne notdürftig fertiggestellt, doch war der Theaterbau über die Fundamente kaum hinausgewachsen.

Eine fahrende Schauspieltruppe weilt in der Stadt! Dieses Gerücht machte die Runde, lief von Ohr zu Ohr. Am dritten Tag erreichte es das Ohr von Jeschua und dann seine Füße. Er hätte seine Füße in eine andere Richtung lenken können, ja, er kratzte sich sogar einmal am Ohr, aber das laute Lachen, das heute, bei günstigem Wind, sogar in der Unterstadt zu hören war, zog ihn an. Purim, flüsterte es in ihm. Das Lachen war so fröhlich wie das Lachen beim Purimfest. Er hatte einen Blick des Gesprenkelten erhascht, als er aufgebrochen war, den Blick aber nicht übersetzen können. Mit verschränkten Armen hatte der ihn angesehen, dann in den Himmel geblickt und geblinzelt. Jeschua hatte unsicher seinen Rock glatt gestrichen, aber beide hatten keine Worte füreinander gefunden, Jeschua hatte sich schließlich unbeholfen knapp verbeugt.

Über die Hügelkuppe war er geeilt, dann einen unbefestigten Weg zum Theater hinuntergelaufen. In der dritten Reihe, neben Ahab, mit dem er letzten Sommer ein Badehaus errichtet hatte, fand er Platz, mit noch angespannten Muskeln saß er, um notfalls schnell wieder aufstehen zu können. Sein Hintern berührte kaum den Sitzplatz. Ein Überschuss an Unsicherheit in den Oberarmen. Nervös massierte er seinen linken Daumenballen.

Vier Männer, in aufregend bunten Gewändern gekleidet, standen auf der Bühne und sprachen durch Masken hindurch zum Publikum. Das Griechisch war schwer zu verstehen, weil die Männer die Töne verschliffen, laut lachten, verschwörerisch tuschelten, Silben verschluckten. Vorsichtig berührte er den Arm von Ahab, wollte wissen, wer der Autor des Stückes sei, aber Ahab zuckte nur die Schultern.

Ein Grieche, nuschelte er, dem Anschein nach ein griechischer Dichter, ich habe mir den Namen nicht merken können, Aeroplanes, so hieß er, glaube ich, ein Lustspiel ist's, nichts Ernstes. Sei unbesorgt. Es ist ein großer Spaß. So hör doch!

Jeschua schüttelte zwei Mal mit dem Kopf, um für das Griechisch Platz zu schaffen. Griechisch zu lesen und im Alltag zu sprechen, machte ihm keine Mühe. Mit dem Rabbi hatte er hin und wieder griechische Texte gelesen.

Wir müssen wissen, wie die Fremden denken, hatte der Rabbi gesagt, erst dann wissen wir zu schätzen, was wir an der Torah haben und an der Gerechtigkeit des Allmächtigen, die ganz unvergleichlich mit der Gerechtigkeit fremder Götzen ist. Prüfe alles, Jeschua, und das Gute behalte.

Seine neugierhungrigen Ohren hörten sich ein. Der kleinwüchsige, aber mit einer tiefen Stimme gesegnete Schauspieler schlug den anderen Schauspielern, die seltsam hüpften, vor, einen hohen Zoll zu erheben, so viel verstand Jeschua. Aber zunächst verstand er nicht, warum alle darüber lachten und sich auf die Schenkel schlugen. Zölle waren bei allen Galiläern verhasst. Dicke Adern traten an beiden Schläfen hervor, wenn der Gesprenkelte auf den Zoll zu sprechen kam. Blutsauger. Hurensöhne, rief er dann und ballte die Fäuste. Sogar die königlichen Beamten mussten Zölle zahlen, auch wenn das Gerücht ging, sie würden das Geld heimlich zurück erhalten. Was also reizte zum Lachen, wenn es um den Zoll ging? Und warum war ein hoher Zoll sogar Gegenstand der Belustigung? Verlegen schaute Jeschua sich um. Jetzt prustete auch Ahab los. Jeschua wollte nachfragen, aber Ahab zeigte nur kopfschüttelnd auf die Bühne.

Eine zierliche Person, offenbar eine Frau, mit bunten Federn am ganzen Körper und auf dem Kopf geschmückt, trippelte und hüpfte über die Bühne. Wie gut sie Vogelstimmen zu imitieren verstand. Jeschua hätte am liebsten auch geflötet.

Ich glaub, ich hör nicht recht!
Wir Vögel gründen eine Stadt?
Wie soll das gehen?
Das ist unmöglich!
Jeschua rieb sich über das Gesicht. Welch seltsame Idee! Die Vögel sollten eine Stadt gründen!
Ganz ungeduldig wurde der kleinwüchsige Mann und deutete einen Schlag an.
Ich sprech vom Zentrum für die Stadt der Vögel.
Errichtet rings 'ne feste Mauer,
und schon habt ihr die Stadt gegründet!
Bisher beherrscht ihr nur die Heuschrecken.
Von einer Stadt aus macht ihr euch die Menschen untertan.
Zum ersten Mal lachte auch Jeschua.
Noch weit mehr Vorteil bietet diese Stadt:
Ihr macht euch auch die Götter untertan!
Ihr werdet sie fein aushungern,
wie wir es kürzlich mit der Insel Melos machten,
als sie sich weigerte, an unserer Seite in den Krieg zu ziehen.
Jeschuas Muskeln entspannten sich. Aufmerksamkeitsgrade saß er jetzt und nickte. Die Vogelfrau schüttelte nur den Kopf.
Wie soll das funktionieren?
Der Kleinwüchsige machte eine wegwerfende Geste.
Wenn die Athener nach Delphi zum Orakel ziehen,
müssen sie Böotien durchqueren.
Und was machen die Böoter?
Sie verlangen Zoll!
Das nehmt Ihr euch zum Vorbild:
Wenn die Menschen den Göttern opfern,
steigt der Fett triefende Dampf als Nahrung zum Olymp.
Auf halbem Weg liegt nun aber eure Stadt,
Also verlangt ihr Durchgangszoll.
Zahlen die Götter nicht, gibt's keinen Opferdampf.
Sie werden jämmerlich verhungern.
Vor ihm fiel ein Zuschauer vor Lachen vom Sitzplatz. Jeschuas Mund lachte mit. Die Vögel sollten eine Stadt gründen und einen Zoll erheben von den Göttern! Eine Zollstation in den Wolken!

Er wischte sich mit beiden Händen über das Gesicht. Durfte man so über die fremden Götter reden?

Und dann wurden seine Augen wieder von der zierlichen Figur auf der Bühne, die ganz ohne Maske auskam, gefangen genommen, er folgte ihr bis zum Schluss, auch als noch mehr Vögel auf die Bühne kamen, verlor er sie nicht aus den Augen. Sein Mund lachte ungelenk. Und seine Hände applaudierten, weil alle applaudierten.

Die Schauspieler verbeugten sich, baten um einige Schekel, um die Vögel zu ernähren.

Durch alle Reihen schlängelte sich die zarte Schauspielerin, schäkerte mit jedem, schlug aber vielen auf die Finger, die aufdringlich an ihr herum kletterten, sie entschied, wem sie sich zuwandte, offenbar war ihre Gunst unabhängig von der Anzahl der Schekel, die sie einsammelte. Dann stand sie vor ihm. Sie hielt einen Finger unter sein Kinn und zog es vorsichtig hoch.

Er schaut so ernst, hat Ihm das Schauspiel nicht gefallen? Es ist ein Lustspiel, eine Komödie, keine Tragödie. Versteht Er, was ich sage? Er versteht doch Griechisch, oder ist Er ein Barbar?

Diese herzwarme Berührung machte das Denken schwer.

Meine Sinne, meine Sinne sind noch ganz verwirrt, stammelte er.

Er spricht also Griechisch. Dann hat es Ihm also auch gefallen. Dann darf Er wiederkommen.

Zwei Schekel, die von seinem Schweiß ganz feuchtwarm geworden waren, legte er in ihre Hand und nickte wehrlos. Würde Jonathan ihn fragen, wie sie aussah, er hätte nur sagen können, ihre Ohrläppchen seien angewachsen, mehr erinnere er beim besten Willen nicht.

Ihr Duft hatte sich in seiner Nase festgesetzt.

Als er sich noch einmal umdrehte, ging sie am Arm eines Beamten des Königs davon.

Er suchte in sich den Mut, ihr zu folgen.

HOSEA REDIVIVUS

Sein Mut war beinahe ausgetrocknet. Obwohl Jeschua keine Wolken am Himmel entdecken konnte, ging am frühen Abend dieses heißen Tages ein kleiner Schauer nieder, Jeschua hielt die Arme nach draußen und ließ sich berieseln, genug, um sich aufzuraffen.

Jeschua lächelte schief, als müsse er sich vorab für etwas entschuldigen, als er Rabbi Ascher im kleinen Garten vor dessen Haus im Schatten der Synagoge antraf. Sogar wenn der Rabbi sich bückte und Gemüse erntete, erkannte man, wie riesig er war. Der Rabbi schaute ihn kurz an, ohne sich aufzurichten, und nickte. Jeschua stellte sich neben ihn und bückte sich auch. Sie arbeiteten schweigend.

Ich war gestern eher durch Zufall Zeuge einer Aufführung im nur halbfertigen Theater, eine kleine Schauspieltruppe aus Tiberias besucht die Stadt, Meister, sagte Jeschua zögerlich.

Vielleicht benötigten die Sätze, die man mit hängenden Köpfen aussprach, länger, um in die Ohren der anderen zu gelangen, denn der Rabbi sagte lange nichts. Als Jeschua bereits überlegte den Satz zu wiederholen, sagte der Rabbi: Was wurde denn gespielt, Jeschua? Offenbar doch etwas sehr Lustiges, denn das Gelächter war in der ganzen Stadt zu hören.

Jeschuas Mut drohte wieder zu verdunsten, er schluckte, dann hörte er sich sagen: Vögel, Rabbi, auf dem Theater wurde ein Lustspiel aufgeführt über die Vögel unter dem Himmel, Menschen, offenbar von einem bösen Dämon getrieben, überredeten die Vogelschar eine Stadt in den Wolken zu bauen und von den Göttern Zoll zu verlangen für den Opferdampf, weil die Götter andernfalls elendig verhungern müssten!

Mit hängendem Kopf gesprochen, hörte sich das Wort *elendig* noch viel ernster an.

Wieder schien der Rabbi nur Augen für sein Gemüse zu haben, schien es zuerst zu streicheln, bevor er es zog. Dieses Mal dauerte die Pause noch länger.

Hast du auch gelacht, Jeschua? Hat dein Körper gebebt?

Jetzt hatte auch Jeschua nur Augen für das Gemüse. Er räusperte sich. Ja, sagte er leise.

Mit wie viel Liebe sich der Rabbi um das Gemüse kümmerte! Es schien nichts Wichtigeres für ihn zu geben. Als Jeschua in den Himmel schaute, wurde ihm schwindelig. Die Synagoge hing jetzt in den Wolken, als wäre sie das Haupthaus in der Stadt der Vögel. Als wäre die Synagoge das Wolkenkuckucksheim.

Der Allmächtige liebt es, wenn Menschen lachen, Jeschua. Er hat uns Wein geschenkt, damit wir feiern können. Er hat uns das Purimfest geschenkt, damit wir einen ganzen Tag lang ausgelassen sind und den Allmächtigen loben.

Jeschua war erleichtert und nickte. Aber die Bewegung verstärkte den Schwindel. Er würde gerne wieder den Kopf heben.

Aber dürfen wir denn auch Späße über Götter treiben, Jeschua?

Jetzt. Jetzt war es heraus. Vor dieser Frage hatte er sich gefürchtet. Er beeilte sich zu sagen: Nein, wir sollen den Allmächtigen ehren und unser Mund soll ihn loben, Meister.

Gut gesprochen, Jeschua, aber vielleicht treibt das Lustspiel gar keine Späße über die fremden Götter?

Jeschuas Kopf war so schwer, er lauschte vergeblich auf eine innere Antwort.

Warum denn nicht, Rabbi?

Überlege in Ruhe Jeschua, ob es nicht nur Späße über die dummen Menschen sind.

Wenn sein Kopf doch nur klarer wäre!

Über die dummen und hochmütigen Menschen, Rabbi?

Sie machen sogar die fremden Götter klein, Jeschua.

Das Wort klein war es, das ihn anstachelte.

Sie machen die fremden Götter klein, Meister!

Richtig, Jeschua, denn was sagt der Prophet Amos?

Wie anstrengend es war, die Rollen mit den heiligen Texten mit hängendem Kopf durchzugehen!

Der Allmächtige findet keinen Gefallen an den Brandopfern und am Geplärr der Lieder, Meister.

Wohl geredet Jeschua, und was sagt uns Hosea?

Jeschua schloss die Augen, durcheilte jede Zeile. Hier, hier stand die Antwort.

Liebe will ich, nicht Schlachtopfer, Rabbi, und die Erkenntnis des Allmächtigen statt Brandopfer.

Das ist die Antwort. Aber welches Opfer verlangt er? Was sagt der Psalmist?

Bring dem Allmächtigen als Opfer dein Lob, Rabbi. So steht es im fünfzigsten Psalm Davids.

Wer also als Jude, der die heiligen Schriften studiert hat, ins Theater geht, darf mit den anderen lachen, weil er die Antworten kennt. Es gibt nur den Allmächtigen, und der verlangt Liebe, keine Brandopfer.

Jetzt erhob sich der Rabbi und endlich konnte auch Jeschua seinen Kopf heben. Er fühlte sich so schwindelig, dass er das Gleichgewicht verlor und hinfiel.

Das Lachen des Rabbis rieselte wie ein warmer Regen auf seine Schultern nieder.

JESCHUA HAT DEN BLUES

Er schüttelte seine Schultern, um einen Schauder zu vertreiben. Sie war in ihn hineingewachsen, obwohl sie nur wenige Sätze miteinander gesprochen hatten. Er folgte ihr überall hin. Übernahm den Rhythmus ihrer Schritte. Im sicheren Abstand. Wie ein Spion des verhassten Königs. Er traute sich nicht, sie anzusprechen. Je länger er ihr folgte, je spürbarer schrumpfte der Mut. Warum hatte er nicht seinen Rock gewechselt! Dieser traurige Rock mit den ganzen schlechten Erinnerungen! Darauf würde als erstes ihr Blick fallen und dann in den Staub rutschen. Er leckte sich über die Unterlippe, damit sie etwas stärker glänzte. Knibbelte an den Fingernägeln, um Reste vom Gips zu entfernen. Zwang seinen Augen ein Strahlen auf. Boxte sich mit der Linken gegen den rechten Oberarm, um sich zu konzentrieren.

An seiner Sandale war ein Lederband gerissen. Seit Tagen wollte er auf dem Markt neue Sandalen kaufen. Warum war er so nachlässig! Er versuchte das Lederband abzureißen. Wenn sie sich jetzt umdrehen würde, da er so ungeschickt kniete und an seinem Lederband fummelte! Aber sie drehte sich, während sie über den großen Markt schlenderte, nicht ein einziges Mal zu ihm um.

Er schlängelte sich zwischen den anderen Marktbesuchern hindurch und folgte ihr in sicherem Abstand. Alle Waren, die sie in die Hand genommen, geprüft und wieder zurückgelegt hatte, berührte er. An einem Schal, den sie probiert hatte, spürte er ihrem Geruch nach. So wuchs sie weiter in ihn hinein.

Gestern wartete er eine ganze Nacht vor einer Villa am Rande der Oberstadt. Dort hinein war sie mit dem hohen römischen Beamten verschwunden. Es war der gleiche Mann mit dem spärlichen Haupthaar und den großen Händen, an dessen Arm sie neulich gegangen hatte. Jeschua kannte jede Mauer, jeden Sturz, jeden Stuck dieser Villa, die er eigenhändig mit Ornamenten verziert hatte. Er fühlte sich ihr nahe in diesen Räumen. Vielleicht würden jetzt ihre Augen auf einem Ornament ruhen, das er mit besonders viel Liebe gestaltet hatte. Vielleicht würde sie dabei lachen, ein makelloses Lachen. Vielleicht bekam sie dabei Appetit auf ihn, obwohl sie nicht wusste, dass er der Künstler war, der diesem Raum Leben eingehaucht hatte. Künstler. Ja. War er nicht auch ein Künstler, so wie sie? Mit einem Finger streichelte er sich seinen Bauch, spürte ein angenehmes Kribbeln. Eine Hitze, die aufstieg und die Kühle der Nacht überlistete. Auf seiner Oberlippe ein Schweißfilm, der nie trocknete.

Als am frühen Morgen eine Frau unter einem Schleier verhüllt mit schnellen Schritten sich entfernte, glaubte er sie wiederzuerkennen, er wollte sie ansprechen, ihr nachgehen, aber ein alter Schmerz in seinem Kopf, den er von dem Überfall behalten hatte, gewann die Macht über ihn und machte die Gelenke steif. Und auch sein Mund war damit beschäftigt, den Schmerz zu zerbeißen. Der Schmerz war zäh wie sehniges Fleisch.

Am Abend verabschiedete er sich mit dürren Worten vom Gesprenkelten, der dem Rabbi Ascher Grüße ausrichten ließ. Schon kurze Zeit nachdem Jeschua den Rabbi begrüßt hatte, bemerkte dieser, wie sein Schützling immer kurzatmiger wurde und sagte schmunzelnd: Geh, lauf, Jeschua, du willst deinen Glauben erneut im Theater festigen, da will ich dich nicht binden, nächste Woche werde ich dir einen kleinen Leckerbissen bereiten, damit du mir nicht untreu wirst: Die Fabeln des Aesop!

Jeschua rieb nervös seine Hände, die Fabeln des Aesop, Tierfabeln, darüber hatten sie bereits einmal gesprochen, Tierfabeln, Tierfabeln murmelte er, aber der Wunsch zu gehen ließ sich nicht umlenken, er gähnte aus Unsicherheit, lächelte verschämt und ging erst, nachdem der Rabbi ihm einen kräftigen Klaps gab.

Dem Satyrspiel konnte er, weil er viel zu spät kam, kaum folgen. Er hatte sogar Schwierigkeiten, seine Bathseba in der Fülle der Figuren, die halb Mensch, halb Tier waren, zu entdecken. Erst als sie, von ihrer Maske befreit, sich verbeugte, war er sich ganz sicher gewesen, sie hatte jenen Satyr gespielt, dem die Gier am wenigsten behagte. Wie die Gier den Menschen doch verzerrte! Darüber würde er nachsinnen müssen, später, später, jetzt wartete er sehnsüchtig, dass sie durch die Reihen zu ihm kam, aber an diesem Abend kam sie nicht zu ihm, weil eine andere, viel kräftigere Schauspielerin mit dicken Waden die Schekel und Denare einsammelte. Als er sich später durch die Reihen zwängte, um ihr zu folgen, war sie bereits verschwunden. Keine Spur, nirgends.

Wie gerne hätte er am anderen Tag die Sonne angeschoben, damit der Tag sich schneller neigte! Er tischlerte eine Kommode, weil er sich bei dieser Arbeit besser konzentrieren konnte. Er überredete den Rabbi, ihm etwas früher einen Klaps zu geben, dann lief er los und erreichte gerade noch rechtzeitig das Theater. Es wurde erneut das Stück mit den Vögeln gegeben. Jeschua genoss jede Zeile, lachte oft an Stellen im Stück als einziger ganz laut, mehrfach drehten sich Zuschauer zu ihm um und schüttelten zunächst den Kopf, aber gegen Ende des Stückes gab er das Zeichen, wann gelacht werden musste und das ganze Theaterpublikum folgte seiner Anweisung. Und erneut stand sie vor ihm und schob den Finger unter sein Kinn und hob den Kopf an: Er ist ein treuer Besucher, schade nur, wenn wir morgen weiterziehen, wird Er schon bald vergessen haben, was Ihm das Theater bedeutet.

Weil sie den Finger unter seinem Kopf hielt, wollte er den Kopf nicht schütteln, stammelte nur: Weiterziehen, morgen? Dann stand sie bereits vor dem Nachbarn.

Die Enttäuschung fesselte ihn auf den Stufen. Das Theater war bereits beinahe leer, als er endlich aufstand.

Sie winkte ihm vom Ausgang der Bühne aus zu. Mit schräg gelegtem Kopf. Am Arm des römischen Beamten.

In seinem Kopf bildeten sich Strudel, die jeden Gedanken hinunterspülten, jedes Gespür, sogar die Tränen.

Hilflos strich er seinen neuen Rock glatt.

Mirjam hilf

Er wischte sich in dieser Nacht mehrfach die schweißnassen Hände an dem alten Rock ab. Ganz kurz nur hatte sich eine Geschichte einen spaltbreit geöffnet und war dann wieder zugeschlagen worden. Konnte er sich an die eine Berührung klammern, mit der sie ganz sacht sein Kinn angehoben hatte? Hatte nicht auch seine Mutter ihm einmal gestanden, ihre Haut erinnere noch bis heute die zärtliche Berührung des Engels, die doch bereits fünfundzwanzig Jahre zurücklag?

Hätte er doch wenigstens einmal ihren Geruch ganz in sich aufsaugen können, dann würde sie jetzt in ihm wohnen!

Er starrte seine Hände an. Wie nutzlos seine Hände waren, wie gerne wären sie jetzt bei ihr zu Haus.

Aus Mosaiksteinchen versuchten seine Finger am nächsten Tag in der Ecke einer halbfertigen Eingangshalle einer römischen Villa ihr Gesicht zusammenzufügen. Aber wie er es auch anstellte, aus jedem Gesicht, das er formte und das immer große Ähnlichkeiten mit ihr verriet, war sie bereits ausgezogen. Wütend wischte er das letzte Bildnis mit beiden Händen aus und warf dann die Mosaiksteinchen quer durch die Halle, schlug mit seinem Kopf mehrfach gegen die Wand, zerstörte mit einer Kelle alle Ornamente, die er während der letzten Tage angebracht hatte, weinte dann nach innen.

Was würde seine Mutter sagen, wenn er ihr gestände, er habe sich in eine Schauspielerin verliebt, die nicht zu ihrem Volk gehöre? Würde sie sich nicht wie Rebekka über Esau grämen, der fremde Frauen geheiratet hatte? Durfte er in diesem Fall von seiner Mutter Hilfe und Trost erwarten?

Er strich noch einmal mit zwei Fingern über die Stellen am Kinn, wo sie ihn berührt hatte und roch dann an den Fingerkuppen.

Er roch nichts.

Gar nichts.

SCHIFFSCHAUKEL

Blutsauger, schrie der Gesprenkelte plötzlich und zog gar heftig an Jeschuas Rock.
Jeschua schreckte hoch.
Blutsauger! Jeschuas Augen stolperten herum, sahen mit zusammengekniffenen Lidern in eine vage Richtung, entdeckten aber nicht, worauf der Gesprenkelte hinwies, bis der mit einem festen Griff sein Gelenk umfasste, sich hinter ihn stellte und das Ziel anvisierte: So sieh doch, das stattliche Gebäude, das ist die Zollstation! Hurensöhne und Blutsauger hausen dort! Der Bruder des Pinchas, du kennst ihn, wurde jüngst wieder ausgeräubert, als er mit kostbaren Waren die Grenze passierte. Diese Blutsauger, die mit den Römern gemeinsame Sache machen, pressten ihm beinahe alles ab. Wenn er nicht so gewieft gewesen wäre, seine seltenen Steine im After des Kamels zu verstecken, müsste seine Familie Hunger leiden. Die Herren waren zu fein, um dort nachzusehen, diese Blutsauger! Hurensöhne!

Jeschuas Gedanken lagen träge in seinem Kopf. Sehr früh waren sie aufgebrochen, vor zwei Stunden hatten sie den lauten Weg der Philister verlassen und eine Ruhepause eingelegt. Jeschua war, gegen seine Gewohnheit, eingeschlafen, seine Füße mussten überredet werden weiterzugehen, er half ihnen, indem er sich etwas vornüberbeugte, und weil der Weg nach unten führte, hörten seine Füße auf zu klagen. So hatte er gar nicht gemerkt, wie sich vor ihnen plötzlich die Aussicht auf den See Gennesareth und Kapharnaum öffnete. Noch immer hielt der Gesprenkelte sein Gelenk so fest umschlossen, als müsse er Jeschua abführen.

Jeschua nickte, aber seine Augen hatten sich längst von der Zollstation abgewandt und tasteten den See ab. Noch nie hatte er so viel Wasser gesehen. Alle Bäche, an denen er früher gespielt hatte und die ihm zumindest in der Regenzeit groß vorgekommen waren, schrumpften zusammen. Allmächtiger, tu meine Lippen auf, dass mein Mund dein Lob verkünde, sagte er sich leise vor.

So sieh doch, Jeschua. Neben der Zollstation erkennst du unschwer die Kaserne mit der flatternden Legionsfahne, die ein Eber ziert. An die hundert Soldaten sind dort stationiert, da traut man sich nicht, sich gegen diese Blutsauger aufzulehnen, bei dem kleinsten Aufruhr sind die Soldaten zur Stelle. Feiglinge und Hurensöhne, nur solche!

Jeschua nickte, seine Stimme klang gleichgültig, als er irgendetwas antwortete, seine Augen waren von dem See gefesselt, der ihn wie ein riesiges Auge anblickte. Der Himmel schien auf dem Wasser zu ruhen, glänzte jetzt silbern glücklich. Auf einen Schlag begriff er, warum die Fische eine silberne Haut besaßen. Warum die Fische dem Allmächtigen wohlgefällig waren. Preist den Herrn, ihr Tiere des Meeres, und alles, was sich regt im Wasser, lobt und rühmt ihn in Ewigkeit, murmelte Jeschua.

Und dort ist die Synagoge, Jeschua, nun sieh doch! Nicht so stattlich wie in Tiberias und in Sepphoris, aber doch von erfahrenen Bauleuten aus Basalt errichtet!

Dort, an den See, dort wollte er hin. Spätestens morgen. Er entwand sich dem Griff. Seine Füße waren jetzt hellwach. Kapharnaum. Diese kleine Stadt gefiel ihm, sobald er sie betreten hatte. Die Häuser, aus einfachen Feldsteinen gebaut, schienen alle in etwa gleich groß zu sein. Kein Haus wetteiferte mit einem anderen Haus. Alles war sauber und aufgeräumt. Sah so nicht die ideale Stadt aus? Lag hier nicht das heimliche, dem Allmächtigen gefällige Jerusalem?

Der Gesprenkelte fragte sich durch nach dem Haus eines entfernten Verwandten, der ihn gebeten hatte, eine Türzarge für das neue Tor der Synagoge zu tischlern, denn für diese Arbeit sei in Kapharnaum kein Kundiger aufzutreiben. Als zum dritten Mal am Abend der Becher mit Wein gefüllt wurde, fing Jeschua laut an zu husten, schien sich verschluckt zu haben, man schlug ihm lachend auf den Rücken, schüttelte ihn, bis Jeschua Entwarnung gab. Der Gesprenkelte hatte ihn verstanden, nippte nur noch zwei Mal, dann ging er, sich mit Müdigkeit entschuldigend, zu seinem Schlafplatz. Jeschua folgte ihm wenig später nach.

Wie eine schwere Decke aus Schaffellen lag die Hitze auf dem Körper, kein Luftzug spendete eine Abkühlung, sehr früh stand

Jeschua deshalb auf, gab dem Gesprenkelten ein Zeichen und fand, nachdem er sich zwei Mal verirrt hatte, den Weg zum Ufer. Dort herrschte, obwohl die Dämmerung soeben erst einsetzte, bereits rege Betriebsamkeit. Einige Fischer ordneten ihre Netze und schickten sich an, loszurudern. Andere warfen vom Ufer aus Netze in den See. Jeschuas Augen konnten sich gar nicht entscheiden, wohin sie zuerst schauen sollten. Wenn doch beide Augen unabhängig voneinander alles aufnehmen könnten!

Komm aufs Schiff, wir können jeden starken Mann gebrauchen! Ein leichter Wind kommt auf.

Die Sätze durchquerten noch seinen Kopf, da sah er, wie eine starke Hand ihn bereits aufs Boot zog.

Mein Bruder Jakobus liegt mit einem eitrigen Zahn danieder, du kommst wie gerufen.

Ich habe auch einen Bruder, der auf den Namen Jakobus hört. Mich ruft man Jeschua.

Wie wunderbar es sich fügt. Mir gab man den Namen Simon Kephas, das hier sind Andreas und Johannes.

Wie ein Baldachin! Die Augenbrauen des Simon Kephas waren zusammengewachsen, sie überdachten die dunklen Augen wie einen Baldachin. Das war das erste, was Jeschua an Simon Kephas entdeckte. Diese Augen waren miteinander verheiratet. Und zwei, nein drei Zähne fehlten, offenbar lag das Zahnleiden in der Familie. Der Gesprenkelte? Eine Zarge konnte er alleine tischlern und einsetzen.

Er nahm auf einer Planke am Bug des Schiffes Platz, dann ruderten Andreas und Simon auch schon los. Wie seltsam. Wer ruderte, bewegte sich rückwärts. Noch nie war sein Körper so schnell rückwärts gereist. Schnell wurden die Menschen am Ufer kleiner. Langsam kämpfte sich die Sonne über den Horizont.

Ich bin ein Bauhandwerker und gehe bei einem Rabbi in die Schule. Mit einem Begleiter habe ich für zwei Tage Arbeit in Kapharnaum.

Ein Schriftkundiger, rief Simon über die Schulter, dann wird der Allmächtige Segen auf unserer Arbeit ruhen lassen.

Jeschuas Magen protestierte gegen diese Art der Fortbewegung, fing an zu hüpfen. Er senkte den Kopf, um einen Schwindel nach unten zu drücken. Endlich holten Simon und Andreas die Ruder ein und warfen die Netze aus.

Komm Jeschua, nimm ein Paddel, stell dich breitbeinig hin und schlage beherzt auf das Wasser, damit sich die Fische erschrecken und den Weg ins Netz finden.

Jeschua schlug auf das Wasser, schaukelte das Boot dabei kräftig, lachte, rief: Schaut, ich kann breitbeinig auf dem Wasser stehen, dann torkelte er und musste von Simon Kephas aufgefangen werden.

Genug jetzt, setz dich, und erzähl uns, was du gelernt hast.

Aber immer wenn Jeschua den Mund aufmachte, dann hüpfte sein Magen. Simon hörte gar nicht auf seine Zahnlücken zu präsentieren.

Wir wollen Fische fangen, sie nicht füttern. Leg dich in die Mitte des Schiffs, bis dein Magen Ruhe gibt, wir schleppen das Netz langsam Richtung Ufer.

Jeschuas Magen klopfte jetzt gegen alle Wände seines Körpers, seine Muskeln in den Oberschenkeln zitterten. Zunächst hockte er sich hin, dann folgte er dem Rat und streckte sich aus. Die Schiffswand diente jetzt als sein Horizont, hinter dem Kapharnaum und der See untergegangen waren. Er sagte das hebräische Alphabet rückwärts auf, um seinen Körper zu überlisten. Es gelang auf Anhieb, Jeschua fiel in einen tiefen Schlaf, aus dem er erst erwachte, als das Schiff das Ufer erreichte, die Männer heraussprangen und mit lauten Kommandos das Schleppnetz an Land zogen. Jeschua stand schnell auf und zog mit aller Kraft. Seine Kraft hatte ihn nicht verlassen. Sie füllten Tonnen mit zappelndem Silber. Auch nachdem sie die unreinen schuppenlosen Fische und zwei Schlangenfische aussortiert hatten, konnten sie viele Barsche an einen befreundeten Fischer verschenken.

Du bist ein Landfischer!

Und wieder zeigte er nicht ohne Stolz seine Zahnlücke.

Sei heute Abend unser Gast. Nicht weit von der Synagoge findest du mein Haus. Frag nach dem Haus des Simon Kephas. Sollten wir vom Flicken der Netze noch nicht zurück sein, so wird meine Schwiegermutter, eine starke und gesunde Frau, dir Einlass gewähren. Bringe den mit, der dich begleitet.

Einige Schritte ging Jeschua rückwärts, drehte sich dann ganz langsam um und eilte zurück. Sein Magen blieb noch Stunden lang beleidigt.

Der Gesprenkelte, der den ganzen Vormittag auf Jeschua gewartet hatte, auch.

Mater dolorosa

Sie war die Wartende. Ihr Gesichtsausdruck war angespannt und unsicher, mit vor Angst verschatteten Augen, wie immer, wenn Jeschua seit Wochen keinen Fuß in Nazareth gesetzt hatte. Wenn er nicht in ihrer Nähe war, dann fühlte sie sich verwechselbar und vorzeitig gealtert. An ihr blieben seit Jahren die Blicke nicht mehr haften, wenn sie sich auf den Markt mit Deborah Stoffe zeigen ließ. Sie machte sich dann absichtsvoll kleiner und zog den Kopf etwas ein. In ihrem Kamm blieben immer mehr Haare hängen, manchmal glaubte sie ein Pochen auf ihrer Kopfhaut zu spüren, als wolle ihre Kopfhaut die Haare ablösen. Dann schüttelte sie den Kopf wie ein eigensinniges Kind, um die Gedanken zu vertreiben.

Wie sehnte sie sich nach den Stunden, in denen er dicht neben ihr saß, wenn seine Stimme sie mit jedem Satz jünger machte, wenn er mit seinem Daumen über ihre Fingerknöchel rieb und dadurch ihre Miene aufhellte. Sie musste sich zwingen, nicht seinen Namen zu flüstern. Zuckte hoch, wenn in der Nähe jemand freundlich gegrüßt wurde.

Noch immer schleppte sie ihre Hoffnung wie einen riesigen Wasserkrug mit sich herum. *Du bist gesegnet unter den Frauen* hatte der Engel zu ihr gesagt. Und Großes für ihren Jeschua vorhergesagt. Damals. Ja. Damals hatte sie geglaubt zu wissen, was der Allmächtige mit ihm vorhabe. Damals, als er als Löwenbezwinger zu ihr zurückkam. Löwenbezwinger. Ein Befreier Israels. Vielleicht sogar der Messias, auf den sie alle hofften. Dann würde er sich mit langen Kerls wie Jonathan und Jether umgeben, dann würde er Israel von der Knechtschaft erlösen.

Die Mutter des Messias.
Ja. Eine musste die Mutter des Messias sein.
Demütig. Demütig würde sie bleiben. Demütig. Wie eine arme Magd.

Aber irgendeine Frau musste doch die Mutter des Messias sein!
So ein Los suchte man sich nicht aus. So ein Kind gehörte einem nie ganz. Man bekam es nur geliehen!

Sie war sehr müde, wundgescheuert vom langen Warten, aber ihr Jeschua gab sich noch immer nicht zu erkennen. Wie lange zog er die Offenbarung noch hin? Warum wollte er nicht sichtbar werden?

Oder täuschten ihre Erinnerungen, hatte sie sich damals verhört?

DER STEIN DER WEISEN

Jeschua sog an diesem Vormittag, an dem die Baustelle wegen eines römischen Feiertags ruhte, eine warme Süße aus den Erinnerungen an Kapharnaum. Süßkind. Ja. Er war ein Süßkind. Glück verband er mit Süße. Jetzt würde er gerne seinen Kopf an das Knie seiner Mutter lehnen und Dattelsaft trinken. Und Hamann-Taschen essen.

Er rieb sich die Augen, um klarer in seinen Erinnerungen spazieren gehen zu können. Er klammerte sich an Gesten aus der Kindheit. Er hatte es gelernt, den schnatternden Lärm, den die Stadt verbreitete und der in den ersten Jahren oft an ihm geschüttelt hatte, wegzudrücken und von sich abzuwischen, um seinen Gedanken nachzuhängen oder in der Torah zu lesen, aber die Luft, die jetzt an ihn drang, war mit falschen Tönen getränkt, seine gute Laune schlenderte aus ihm heraus, dieser falsche Lärm zersplitterte den Tag und filterte falsches Licht.

Jeschua stemmte sich hoch, wollte seiner guten Laune hinterherlaufen, verlor aber ihre Spuren, schleppte sich durch eine verschattete Säulenhalle, eine schwere Tür fiel in der Nähe laut ins Schloss, er passierte jetzt ärmliche Hütten, Fliegen der nahen Müllhalde verjagte er mit unwirschen Bewegungen, seine Füße wurden offenbar von dem Geschrei, das immer bedrohlicher anschwoll, angezogen.

Dann stutzten seine Füße plötzlich, dieser Boden war ihnen glücklich vertraut, erst jetzt entdeckten Jeschuas Augen, wo er sich befand: auf einem großen Töpferacker. Ganz in der Nähe musste sich eine Töpferei befinden, die hier auf diesem Acker den Ton stampfen ließ. Mit großer Lust hatte er früher mit Jonathan den Ton getreten. Als würde man den Ton keltern. Abends dann die glückliche Müdigkeit in den Beinen. Ach, Jonathan. Wie schmal war die Zeit, die sie am Sabbath in Nazareth noch füreinander abzweigen konnten.

Aber das Geschrei zog ihn wieder vorwärts. Er überließ sich seinen Füßen, die über eine hüfthohe Brüstung kletterten, sich zwischen Geröll vortasteten, eine Ruine umgingen, den Teil einer geschleiften Stadtmauer überwanden und dann auf einem freien Feld zur Ruhe kamen.

Seine Augen benötigten zu lange, um die Szene zu deuten. Wie oft hatte er auf den Märkten Männer beobachtet, die wild gestikulierend auf einen Händler einredeten, der sich mit erhobenen Händen, noch auf dem Boden hockend, wehrte, die ihn beschimpften, Schläge androhten, einen einmal sogar mit Feigen bewarfen, wie andere versuchten zu schlichten, wie das Handgemenge immer größer wurde und schließlich eine römische Patrouille eingriff.

Aber diese Männer hatten große Steine in den Händen.

Und diese Steine waren echt.

Und er war nicht im Theater.

Und da war nirgendwo eine römische Patrouille.

Sein Schrei blieb stecken, als die ersten Steine die Hände verließen. Ein Husten schien nur in seinem Innern zu lungern, um genau in dem Augenblick nach draußen zu schlüpfen, als einer der Vielen einen sehr schweren Stein mit beiden Händen hochhob und mit großer Wut auf eine bereits am Boden liegende Frau warf.

Dann wichen alle wie auf einen geheimen Befehl hin zwei Schritte zurück, verstummten augenblicklich, zwei spukten aus, andere wischten sich mit ihren Rockschößen den Schweiß ab.

Wie schwer Jeschua die Sandalen schienen, als er sich langsam näherte.

Schlanke lange Finger glaubte Jeschua zwischen den Beinen der Männer hindurch an der Toten noch zu erkennen, dann warf einer der Männer eine Decke über sie, spukte noch einmal aus, rollte sie dann darin ein und verschnürte sie.

Verschwinde, herrschte ihn einer, dessen Kopfbedeckung noch im Staub lag, an, prompt drehten sich alle um, musterten ihn mit immer noch verzerrten Gesichtszügen.

Geh woanders hin, was mischt du dich ein, wir haben nur getan, was das Gesetz des Moses verlangt, wenn eine Frau des Ehebruchs überführt wird, verschwinde.

Zwei suchten Kieselsteine und warfen nach ihm. Einer näherte sich ihm und schubste ihn zurück.

Verschwinde. Was suchst du hier? Oder wolltest du Partei ergreifen für diese Sünderin?

Dieser alberne Husten.

Jeschuas Füße tasteten sich zurück, machten auch auf dem Töpferacker nicht halt.

Er war zu spät gekommen. Und seine Zunge hatte ihn in Stich gelassen. Nicht einmal die Stimme eines schmächtigen Jungen hatte er aufbieten können. Er war doch ein Löwenbezwinger! Wo hatte sich sein Mut versteckt? Und warum fühlte er sich berufen, einzuschreiten? Sah so die Gerechtigkeit des Allmächtigen aus? Das wollte er nicht glauben. Liebe musste stärker sein als Hass.

Während des ganzen Nachmittags und Abends zuckte eine Ader in seiner Schläfe. Die Bilder von den glücklichen Tagen in Kapharnaum wurden nicht wieder scharf. Die andere Szene setzte sich über Wochen in seinem Kopf fest. Erst nachdem er sich in einen stechenden Regen gestellt hatte, zersplitterten die Bilder.

DER SÄULENHEILIGE

Jeschua zog nach einem langen regnerischen Tag den Rocksaum der Nacht über sich und deckte sich damit zu. Weil der Schlaf ihn mied, als habe er sich nicht gewaschen, wälzte er sich mehrmals hin und her, bis die Dunkelheit auch auf seine Lider drückte und sein Leib mit einem leichten Zucken bereit schien, in den Schlaf zu gleiten. Er spürte, wie im letzten Augenblick ein Traum zu ihm unter die Decke kroch, zunächst kurz seine Fußsohlen massierte, eine Hand auf den Oberschenkel legte, über den Brustkorb rutschte und durch die Nase in ihn hineinkroch. Jeschua nieste im Halbschlaf, aber der Traum ließ sich nicht vertreiben, hatte sich bereits ganz in ihm ausgebreitet und führte seinen Geist wie einen Bräutigam spazieren.

Er schaute jetzt von sehr weit oben auf Nazareth hinunter. Jeschua schüttelte den Kopf, schloss zwei Mal die Augen, aber seine Aussicht blieb. Häufig hatte er in Sepphoris Stunden auf einem Gerüst zugebracht, aber niemals sich in dieser Höhe bewegt. Er schlug sich auf die Wangen, um sich zu konzentrieren. Vielleicht vierzig Ellen hoch stand er auf einer mächtigen Säule. Wie klein und ärmlich die Synagoge von hier oben wirkte. Er schämte sich für das Haus des Gesprenkelten. Unrat lag hinter dem Haus und eine Mauer war schief geworden. Wie lange schon hatte seine Mutter ihn angebettelt, endlich Ordnung zu schaffen, aber wenn er aus Sepphoris zurück kam, dann waren seine Hände träge. Morgen, ja morgen würde er die schräge Mauer abstützen und dann begradigen. Er nickte so stark, dass er beinahe von der Säule gefallen wäre. Im letzten Augenblick zog ihn der Traum zurück.

Er fühlte sich speiübel. Er hockte sich hin, wischte sich den Schweiß von der Stirn. Der Traum deutete mit einem Finger in eine Richtung. Das Haus seines Freundes Jonathan. Eine Perle in der Wüste des Dorfes. Aber wie nah rückte das Haus an den Berg heran, als wolle es ihn herausfordern. Eifersüchtig starrte der Hang auf dieses Haus. Der Anblick fühlte sich brennend an, wie nach einer Ohrfeige des Gesprenkelten. Jeschua schloss für Minuten die Augen.

Ein Gelächter ließ ihn erneut die Augen öffnen. Er suchte mit seinen Blicken den Boden unter ihm ab. Sich an den Händen haltend umstanden seine alten Gefährten die Säule. Jether. Das war Jether. Aber dieser Jether schien über Nacht gealtert! Er hatte einen dicken Wanst und spindeldürre Beine, die das Gewicht kaum tragen konnten. Daneben stand Haschum. Auch Haschum wirkte verändert, zart, beinahe zerbrechlich, als habe er jahrelang Hunger leiden müssen. Und das sollte Ruben sein? Der starke Ruben? Von hier oben schien er durchsichtig, ein Schatten seiner selbst, als lebe er seit Jahren in der Scheol. Was war Sebulon zugestoßen? Ihm fehlte ein Arm! Ihm fehlte sein guter, starker rechter Arm. Aber dort. Ja. Jakobus. Sein Bruder. Er glich jetzt dem Gesprenkelten aufs Haar! Er glaubte den kräftigen Adamsklumpen sogar aus dieser Höhe ausmachen zu können. Kisch. Auch Kisch schien unter seinem Rock ein Kissen zu umarmen. Grau war er geworden, als habe ihm ein Unglück über Nacht alle Farbe aus den Haaren gesogen. Aber wo war Jonathan? Jeschua drehte sich mehrfach um die eigene Achse, als wolle er seine Gefährten zu einem Tanz animieren. Nirgendwo entdeckte er Jonathan. Sein Jonathan! Er fragte den Traum, ob er Jonathan entdecken konnte, aber auch der Traum schüttelte nur traurig den Kopf und zuckte mit den Achseln. Jonathan war verschwunden. Jeschuas Blick tastete alle Wege ab, aber nirgends entdeckte er eine Spur von Jonathan. Warum gab er sich nicht zu erkennen? Seine Nasenflügel zuckten, als ob er noch höher als die Säule aufsteigen wollte. Offenbar trieb sein Jonathan mit ihm einen kleinen Scherz! Vielleicht hatte er sich wie früher hinter einem Busch versteckt.

Dreißig Jahre, hörte er Kisch plötzlich schreien. Mit dieser seltsam stichelnden Stimme. Immer wieder hatte Jeschua sich gezwungen diese Stimme zu mögen, aber es war ihm nie ganz gelungen.

Dreißig Jahre musst du auf der Säule ausharren, Süßkind! Plötzlich schüttelte sich der Traum vor Lachen.

Süßkind, platzte es aus ihm heraus.

Süßkind!

Wie viele Zähne der Traum hatte! Je zwei vollständige Zahnreihen oben und unten.

Und den ganzen Tag verbeugen sollst du dich, prustete Jether. Vor Lachen ging der Traum in die Knie.

Nur an einem einzigen Tag in der Woche lassen wir an einer Seilwinde einen Korb nach oben mit Wasser und Endivien, fasten sollst du, bist dir die Würmer aus den Zähnen kommen.

Würmer zwischen den Zähnen, wie ekelig, japste der Traum und schlug sich gegen die Wange.

Wer sich selbst erhöht, der soll erniedrigt werden, riefen Ruben und Kisch gröhlend im Chor.

Alle ließen sich los, hielten sich ihre Bäuche, verstummten plötzlich, verbeugten sich und gingen in verschiedene Richtungen davon.

Der Traum räusperte sich.

Jeschua drehte sich zu ihm um, beugte sich etwas vor und flüsterte: Dreißig Jahre nur Endivien?

Mein Süßkind, platzte es erneut aus dem Traum hervor. Er gab Jeschua einen kleinen freundschaftlichen Schubs, Jeschua verlor das Gleichgewicht und stürzte ab. Er schlug unten hart auf.

Jonathan, schrie Jeschua.

Er saß aufrecht auf seiner Matte. Die Nacht hatte einen Riss bekommen.

WASSERSPIELE IN SEPPHORIS

Sie saß aufrecht und blass vor Freude auf einer Schwelle, unweit vom Gesprenkelten entfernt. Jeschuas Lippen bewegten sich langsam, er widerstand dem Wunsch aufzuspringen und zu ihr zu gehen, er senkte beinahe verschämt die Augen, blickte sie dann gelöst an. Wie stolz sie da saß in ihrer Schlichtheit, wie hartnäckig ihr Blick ihm zugewandt war, ohne sich an anderes zu verlieren. Ihr Mund formte seinen Namen, der sich durch die Reihen zu ihm schlich. Das sanfte Lächeln tat seine Wirkung auch in Sepphoris, massierte seinen Nacken, seine müden Arme, seine wehen Füße.

Wahrscheinlich hatte seine Mutter noch nie auf einer Schwelle gesessen, denn die Häuser in Nazareth kamen ohne Türen aus. Wahrscheinlich hatte sie auch noch nie eine Decke mit Stuck gesehen. Vor Jahren hatte er ihr das Wort Stuck buchstabieren und dann aufschreiben müssen.

Wenn ich nur ein einziges Mal ein neues Wort schreibe, dann wohnt es bei mir, hatte seine Mutter gesagt. Und er hatte ihr alle neuen Wörter vorgeschrieben, damit sie bei ihm in Sepphoris wohnen konnte. Sie wohnte in der Rolle mit den neuen Wörtern.

Auch das Wort Kahlkopf hatte sie lernen müssen, denn in Nazareth gab es auch nicht einen einzigen älteren Mann, dem die Haare ausgingen. Kahlkopf, hatte sie lachend gesagt und ungläubig den Kopf geschüttelt. Gib acht, dass dir nicht gleiches widerfährt, Jeschua, sonst werden dich die Frauen meiden.

Deine Mutter wird uns besuchen, wenn wir das Einweihungsfest begehen, hatte der Gesprenkelte mitgeteilt. Er sagte es wie jemand, der eine ernste Meldung macht. Wie lange hatte seine Mutter gebettelt, endlich ihren Fuß in Sepphoris setzen zu dürfen. Fünf Jahre hatte der Gesprenkelte den Überfall auf Jeschua als Vorwand benutzt und Sorge vorgeschoben. Erst nachdem Deborah ihren Mann, den Elias, zum zweiten Mal begleitet und Mirjam alles in bunten Worten ausgemalt hatte, war der Druck größer geworden und dem Gesprenkelten waren die Ausreden ausgegangen. Er hatte sich noch gesträubt, nächtens mit ihr gefeilscht, aber jetzt hockte sie – ihre Ankunft hatte sich etwas verzögert, sogar der Gesprenkelte war kurz unruhig geworden – auf der Schwelle. Wie ein Geschenk. Wie gerne würde Jeschua sich gegen sie lehnen.

Alle hatten sich herausgeputzt. Die Nazarener, die aus Tiberias, Ituräa, Trachonitis, Abilene, die Parther und Meder, die Samaritaner, die Bauleute, die Knechte, die Verwalter, die Beamten, zwei Türsteher, ein Richter sogar.

Duma war es, den alle den Meister der Dächer nannten, der eine Lobrede auf den Hausherrn hielt. Wie fürsorglich Er sich um die Bauleute gekümmert habe. Wie Er nicht an Sonnensegel gegen die mörderische Hitze dieses Sommers gespart habe. Wie frisch das Wasser gewesen sei, das die durstigen Kehlen labte. Wie pünktlich der Lohn gezahlt worden sei.

Und jedesmal hatte der Hausherr, dessen Haare auf dem Kopf sich mächtig lichteten, die Augenlider kurz gesenkt.

Auf ein Zeichen Dumas hin erhob sich der Gesprenkelte. Eigentlich stand es demjenigen, der die Mesusa gefertigt hatte, zu, sie auch an den Türpfosten anzubringen. Spätabends, wenn Jeschua aus der Synagoge zurückkam, hatte er den kleinen Kasten aus Holz getischlert und verziert, auf der Vorderseite eines Pergamentröllchens mit einem Federkiel und Tinte, die er aus Gallapfel selbst hergestellt hatte, das Sch^{e}ma Jisrael und auf der Rückseite den Namen Allmächtiger aufgetragen und das Röllchen sorgfältig eingelegt. Leichten Herzens überließ Jeschua die Aufgabe dem Gesprenkelten. Mit gemessenen Schritten ging der zur Tür, steckte sich einen Nagel zwischen die Lippen, setzte die Mesusa schräg auf den Türpfosten auf, damit die Spitze zum Eingang zeigte, hielt kurz inne, trieb den ersten Nagel mit zwei sicheren Schlägen ein. Für den zweiten Nagel benötigte er exakt einen harten, präzisen Schlag. Ein anerkennendes Murmeln war zu hören. Mit einem Schlag. Das war, so lange man denken konnte, noch niemandem gelungen. Jeschua registrierte, wie sich die Schultern des Gesprenkelten entspannten. Er drehte sich zum Publikum um, sein Gesichtsausdruck war gleichermaßen nüchtern und feierlich.

Angebracht ist sie! Du sollst das Sch^{e}ma Jisrael auf die Türpfosten schreiben, befiehlt der Allmächtige. So haben wir den Willen des Allmächtigen beherzigt. Der Allmächtige lasse ruhen seinen Segen auf diesem Haus und auf allen, die es bewohnen!

Dann trat er einen Schritt zur Seite, der Hausherr kam zu ihm, berührte mit den Fingerspitzen die Mesusa und küsste sie. Alle applaudierten, ließen den Hausherrn hochleben, dann suchten alle eilig ihre Plätze. Jeschua suchte seine Mutter, schob sich an vielen vorbei, musste einige umarmen, dann spürte er, wie ihre Hand über seine Schultern wischte, so wie sie es früher getan hatte, wenn er staubig aus der Werkstatt gekommen war. Er fuhr herum, kurz nur drückte er ihren Kopf gegen seinen Hals und sog den mütterlichen Geruch tief ein.

Er zeigte ihr jeden Raum, die Ornamente, die er in den Stuck eingearbeitet hatte, die kleinen Mosaiken. Stuck, wiederholte sie, und ein Lachen arbeitete sich durch ihren ganzen Körper und sprang auf Jeschua über.

Wenn du doch endlich auch ein Haus für dich und deine künftige Frau bauen würdest, dann gäbe es auch in Nazareth das erste Haus mit Stuck und Marmorwänden.

Wie überzeugt sie davon war, Jeschua würde in Nazareth sein Haus bauen. Und wie mutig sie ihre Hoffnungen in Worte fasste.

Als sie in das Speisegemach zurückkehrten, sah man nur lachende, essende und trinkende Menschen. Jeschua und Mirjam setzten sich in die Nähe des Gesprenkelten. Mit einem Schlag, hörte Jeschua Zacharias, einen anderen Zimmermann und mächtigen Pharisäer sagen, mit einem Schlag, Joseph, künftig wird sich jeder Zimmermann daran messen lassen müssen. In Trauben hockten sie um ihn, noch immer feierten alle den Gesprenkelten, der nicht umhin konnte, mit jedem anzustoßen.

Zwei Mal versuchten Lautenspieler sich Gehör zu schaffen, drangen aber nicht durch, zu stark war der Wunsch aller, laut und lustig zu sein. Mirjam berührte Jeschua mit der Schulter, als der Gesprenkelte seine Sätze immer stärker verschliff und seine Augen glasig wurden.

Es ist noch früher Abend, Jeschua, wie kannst du helfen?

Jeschua hätte sich gerne taub gestellt, aber er nickte, stand auf, nahm seinen Weinbecher, trank ihn leer und ging zu einem der

Mundschenke. Er schloss kurz die Augen. Durfte er wirklich dafür beten, den Wein des Gesprenkelten zu verwandeln? Hieß das nicht, den Allmächtigen zu versuchen? Er drehte sich noch einmal zu Mirjam um, die ihm aufmunternd zunickte.

Gib dem Gesprenkelten dort diesen Becher und fülle ihn künftig immer wieder auf!

Der Mundschenk verbeugte sich, fragte nicht nach und tat, was ihm Jeschua aufgetragen hatte. Jeschua setzte sich wieder neben seine Mutter. Nach dem ersten tiefen Schluck stutzte der Gesprenkelte, schaute überrascht in den Becher, nickte kennerhaft, verlangte, der Mundschenk möge den Becher neu füllen.

Von Minute zu Minute veränderte sich sein Ausdruck. Er nahm Haltung an. Sein Blick hatte wieder Festigkeit.

Was hast du ihm zu trinken gegeben, Jeschua?

Honigsüßes Wasser. Ich habe seinen Wein in Honigwasser verwandelt. Er hält es für kostbaren Wein, er scheint mir sogar entrüstet, warum der Mundschenk mit dem kostbaren Wein so lange gewartet hat, bis alle betrunken sind.

Kurz nur lehnte seine Mutter ihren Kopf an seine linke Schulter.

Ausgenüchtert lief spät in der Nacht der Gesprenkelte neben ihnen her.

War es richtig gewesen, den Allmächtigen um dieses Wunder zu bitten?

Mit einem einzigen Schlag, sagte Jeschua.

Mit einem einzigen Schlag, wiederholte der Gesprenkelte.

Dieser Spruch vergilbte nie. Seine Füße machten vor Freude einen Hüpfer.

DER RUCKSACKPHILOSOPH

Seine Füße schienen sich an die Steine zu klammern, nahmen begierig die dort gespeicherte Wärme in sich auf. Seit Tagen fühlte sich Jeschua matt, seine Glieder schmerzten, sein Kopf schaute einfach geradeaus, weigerte sich nach links oder rechts zu blicken, weil jede Bewegung einen heftigen Stich in seinen Schläfen verursachte. Sein Leib beschwerte sich. Er wollte seinen Leib überreden, aber der Leib versagte ihm heute die Gefolgschaft. Seine Augen hatten den Kampf um eine scharfe Sicht aufgegeben. Er sah alles seltsam verschwommen, als hätten die Augen entschieden, still und kraftlos zu weinen. Sein Mund schmeckte aus allen Speisen nur das Bittere heraus. Er vergeudete Zeit, die ihm nicht gehörte. Sein Leib verweigerte auch dem großen Gast, der heute Morgen angeklopft hatte, den Zutritt, dabei hätte er den Gast heute so nötig gehabt. Von innen berührt zu werden, das hätte ihm heute gut getan, wenn er schon nicht darauf rechnen konnte, einen Freund zu treffen, der kurz nur seine Hand auf seinen Hals gelegt und die Kälte in den Nieren vertrieben hätte. Sein Leib schien nur darauf zu lungern, ihm weh zu tun. Er fühlte sich von seinem eigenen Geruch bedrängt. Wie spröde die Oberfläche seiner Haut war!

Früher hatte er häufig still gestanden, damit ein Gedanke, der in der Luft lag, ihn auch traf. Salzsäule, hatten ihn seine Freunde gerufen und sich dabei vor Lachen auf die Schenkel geklopft. Heute lag offenbar nichts in der Luft. Er fühlte sich nur müde. Die Müdigkeit beschleunigte seinen Missmut, der sich durch seinen ganzen Leib arbeitete und bereits das Kinn erreichte. Die schüchterne Freude, die er nach dem Besuch seiner Mutter in Sepphoris für Monate gespeichert hatte, war verflogen.

Und plötzlich und unerwartet bellte ihn etwas an. Sein Leib war nicht vorbereitet, Jeschua schwankte, ruderte mit den Armen, stolperte einige Schritte zurück, ballte die Fäuste, sein Blick suchte den Boden vor ihm nach einem Hund ab, da war sie wieder, diese Angst unter seinen Rippen, aber sein Blick blieb an zwei schmutzigen Füßen haften, die in verschlissenen Sandalen steckten. Keine Pfoten. Kein Fell. Jeschua schnappte nach Luft, seine Augen kletterten an der Person hoch, an dem verschlissenen Mantel, an dem Knotenstock, dem Ranzen, dem struppigen Bart, den offenen Mund, der ihn anbellte.

Wehe dir! Wohin stürzt du! Entflieh endlich den Fehltritten des Geistes und verstell nicht länger deine Miene! Prüfe dich, ob nicht deine Rede von fremdem Willen gefangen ist und das Herz dir nicht verhüllt ist durch Habgier! Wie steht es um deine innere Freiheit, bist du nicht Jeschua, der berühmte Marmortäuscher, ein Büttel der Reichen, die dem Mammon hinterherrennen? Reichtum bietet nur vermeintliches Glück! Halte dich an die Natur, nur was natürlich ist, ist nicht schlecht. Verschenke alles, was du besitzt. Wer keine Güter hortet, wer nichts verlieren kann, dem kann auch das blinde Schicksal nichts anhaben!

Weil der Mund plötzlich geschlossen war, schaute Jeschua in die Augen dieses Mannes, die ihn ganz freundlich musterten. Schalom, murmelte Jeschua und eine Hitze stieg ihm ins Gesicht.

Schalom, antwortete der Fremde und berührte ganz sacht seine Schulter, seine Stimme vermied jetzt jede Schrille: Mein Freund, umgib dich nur mit guten Freunden. Man muss den guten Freund höher schätzen als den Blutsverwandten, deshalb folge mir nach!

Ja, aber, stammelte Jeschua, ich muss zuerst ...

Was sorgst du dich. Mache es wie ich, jene, die mir etwas geben, umwedle ich; die mir nichts geben, belle ich an; die Bösen beiße ich. Wenn du also Hunger hast, dann iss, wenn du Durst hast, dann trinke, und wenn du dich entleeren musst, dann entleere dich. Für das, was uns die Natur vorlebt, wollen wir uns nicht schämen. Einer meiner Lehrer hat oft ganz ohne Scham in aller Öffentlichkeit bei seiner Frau gelegen.

In aller Öffentlichkeit!, echote Jeschua ungläubig.

Ja, denn es ist ganz natürlich. Sieh mich an: Ich lebe wie ein Stromer, ohne Haus und Heimat! Und fehlt mir etwas, bin ich nicht frei? Und wenn du nicht ohne Frau leben magst, nun denn, wähle eine hässliche Frau, sie wird dich dafür lebenslang lieben und dir klaglos folgen, wohin dich deine Füße auch tragen.

Der Fremde befühlte Jeschuas Rock und schüttelte den Kopf:

Du liebst weiche Kleider und meidest den Schmutz. Wie reinlich du riechst! Du bist ein Dummkopf, waschen hilft nichts gegen die Sünden. Es liegt an dir. Sei der Sonne gleich. Auch die Sonne scheint in die Winkel und wird doch nicht schmutzig.

Der Fremde überfiel Jeschua mit einer Frage, bevor der etwas antworten konnte: Sag an, trägst du Geld bei dir? Dann zeige es mir! Hab keine Angst, ich verabscheue Gewalt.

Jeschua zögerte kurz, nestelte nach seinem Beutel, stülpte ihn um, gab ihm seine zwei Denare und eine Tetradrachme, mit der er vor Tagen für seine Arbeit von einem Bauherrn entlohnt worden war, der von einer Wallfahrt nach Jerusalem zurückgekehrt war.

Sobald der Fremde die Tetradrachme gesehen hatte, fing er lauthals an zu lachen. Schau nur, Jeschua, du Marmortäuscher, was auf dieser Münze abgebildet ist: Das ist der Gott Melkart, ihr Juden aber duldet doch keine Götterbilder, wie heuchlerisch ist es doch, dass diese Münze die einzige gültige Währung in eurem Tempel in Jerusalem ist. Ihr Juden müsst diese Münzen umprägen oder aber gebt Melkart oder Herakles, wie wir ihn nennen, was Herakles gehört.

Und damit ließ er die Tetradrachme in seinem Gewand verschwinden und gab Jeschua die Denare mit der Bemerkung zurück, er gebe dem Kaiser, was dem Kaiser gehöre.

Sieh nur, wie viel leichter du dich fühlst, weil ich diese Last von dir genommen habe. Gar nicht steinig ist der Weg zum Glück. Freude und Erleichterung lese ich in deinem Blick.

Jeschua sah, wie der Fremde seinen Stock weglegte, seinen Ranzen abnahm, seinen Mantel auszog und im Ranzen verstaute. Jetzt stand er ganz nackt vor ihm.

Nacktheit ist besser als jedes Purpurkleid. Tue desgleichen und folge mir nach, lass uns nackt drei Jahre durch Tiberias laufen, den Menschen dort zum Zeichen, damit sie auf ihre Habgier und ihre falschen Wünsche aufmerken.

Tue desgleichen, wiederholte der Fremde. Einmal noch bellte er den Satz. Einmal winselte er ihn. Dann zog er singend weiter.

Jeschua schaute ihm verwundert nach. Sein Leib gehorchte ihm wieder schleppend. Er zockelte in die andere Richtung davon.

War ein Freund wichtiger als ein Blutsverwandter? Waren nicht alle Menschen als Geschöpfe des Allmächtigen Blutsverwandte? Liebte er nicht Jonathan im geheimen höher als Jakobus und seine anderen Brüder?

An diesem sehr heißen Abend, nachdem der Gesprenkelte mit einem anderen Handwerker zu einer Feier aufgebrochen war, lief Jeschua über eine Stunde lang nackt in der kleinen Kammer im Haus der Witwe umher. Er kämpfte mit seiner Scham. Und verlor.

SPÄTHEIMKEHRER

Und Jeschua war nicht vor Ort.
Nie hatte sich ein vergleichbares Unglück in Nazareth ereignet.
Ein Bergrutsch. Jeschua und der Gesprenkelte arbeiteten seit zwei Monaten an den Arbeitstagen klaglos über vierzehn Stunden in der alten Synagoge in Kana, übernachteten bei entfernten Verwandten von Mirjam, kehrten in diesen Wochen nicht ein einziges Mal nach Nazareth zurück, damit die Feier bald wieder an vertrautem Ort gehalten werden konnte. Das Dach in der Synagoge war während einer Feier plötzlich eingebrochen, zwei Frauen und ein Kind hatten mit Blutergüssen und Beinbrüchen überlebt. Ein Wunder, dass in dem Tohuwabohu niemand umgekommen war. Der Gesprenkelte und Jeschua tauschten zunächst drei, auf Vorschlag von Jeschua acht morsche Pfosten und drei Pfeiler aus.

Das Unglück war ein Zeichen, aber Jeschua und der Gesprenkelte ahnten nichts, arbeiteten friedlich nebeneinander. Ihre Hände verstanden sich blind. Vielleicht passierte es genau in dem Augenblick, als Jeschua sich an das lange zurückliegende Gespräch mit Jonathan erinnerte, ob auch Holzwürmern der Zutritt zur Arche Noah erlaubt sei. Der Allmächtige würde den Holzwürmern einen Balken anweisen, der für die Tüchtigkeit der Arche nicht von Bedeutung sei, das hatte er damals Jonathan im Brustton der Überzeugung gesagt. Und Jonathan hatte nach kurzer Überlegung ernst genickt. Aber diese Synagoge hier glich nicht der Arche. Offenbar begehrten die Holzwürmer inzwischen gegen den Allmächtigen auf.

Jeschua hatte mit dem Hammer ausgeholt, um einen Nagel in das Holz zu treiben, hielt dann plötzlich inne: Lag es nicht an den oft rohen und gierigen Menschen, die ohne Unterlass ihren Geschäften nachgingen und vergaßen, wie ein guter Hausvater Vorsorge zu treffen, damit ein derartiges Unglück wie hier in Kana nicht eintrat? Warum waren die Menschen so stumpfsinnig und geneigt, anderen Dingen den Vorzug zu geben? Hiob, ja, Hiob hatte noch mit dem Allmächtigen richten können, er hatte nach den Gesetzen gelebt, fühlte sich unschuldig an seinem Leid, aber hier lag der Fall anders, Faulheit und Nachlässigkeit hatten das Unglück heraufbeschworen. Wenn ein Hund einen Menschen anfiel, dann lag es in der Macht des Schäfers, den Hund rechtzeitig zu bändigen. Man gab doch nicht dem Hund, der in jedem Fremden einen Eindringling witterte, die Schuld für seine Tat? Der Allmächtige und der Holzwurm waren also von einem Vorwurf frei zu sprechen. Jetzt schlug Jeschua mit aller Kraft zu. Vielleicht löste sich genau in jenem Augenblick nach tagelangem Regen eine Stein- und Schlammlawine in Nazareth und begrub Jonathans Haus, Jonathan und Jeschuas hochschwangere Schwester Esther unter sich.

Sie erfuhren erst davon, als sie auf dem Rückweg nach Nazareth auf Nahum trafen, der, als er sie erkannte, sich mit beiden Händen gegen die Wangen schlug, nach Worten rang, dann mit den Fingern seine Wange knetete und abgehackt erzählte, immer wieder entglitt ihm die Stimme, man habe den Gesprenkelten und Jeschua zunächst überall hier in Sepphoris gesucht, dann einen Boten nach Kana geschickt, der aber offenbar unzuverlässig gewesen sei, vor fünf Tagen habe man Jonathan und Esther zu Grabe getragen.

Jeschua musste den Gesprenkelten stützen, der nach Atem rang, um seine Trauer hinaus zu seufzen, der Seufzer drang tief in Jeschuas Lungen ein, gewann an Kraft und stieg als Anklage wieder auf: Abba, warum haben Jonathan und Esther uns verlassen?

Wie zwei Betrunkene stützten sie sich gegenseitig und stolperten Richtung Nazareth. Reisende, die ihnen begegneten, machten einen weiten Bogen um sie. Als sie das Dorf erreichten, gingen ihnen Menschen, die auf der Straße waren, eilig aus dem Weg, traten in ihre Häuser oder verhüllten ihre Gesichter. Die Regenzeit war vorüber, deshalb blieben die Augen an diesem Morgen in Nazareth trocken.

Mirjam fanden sie zusammengesunken auf ihrer Matte, vor ihr ein Öllämpchen, ihr aschenes Haupt rührte sich nicht, ihre Stimme, mit der sie einen Klagepsalm vortrug, klang wund gescheuert, ein Nerv zuckte unter ihrem rechten Auge. Ihre Hände hielt sie unter einem Schleier bedeckt. Sie schien die Rückkehrer gar nicht zu bemerken. Kein Gruß, keine Berührung. Die Trauer hielt sie umschlungen.

Jeschua und der Gesprenkelte hockten sich schweigend neben sie. Wie auf ein Kommando hin zerrissen beide gleichzeitig ihren Rock. Der Riss setzte sich im Inneren fort. Sie streuten sich Asche auf das Haupt und stimmten in die Klage ein.

Sieben Tage saßen sie Schiwe, fasteten und beteten ohne Unterlass.

Nachts überfielen Jeschua die Erinnerungen an Jonathan und Esther. Die Töne, die Jonathan der Rute entlockte, als er den Kisch, der ihm aufgelauert hatte, verprügelte. Wie sie lachend Arm in Arm zum Bach gingen, um königsblaue Steine zu suchen. Die holprigen Fahrten auf dem Dreschschlitten. Das unbeschwerte Lachen, als Jonathan sich den Aussatz abwusch. Sein unerschütterlicher Töpferglaube. Als er mit dem Kopf voran vom Dach fiel. Das Glück, das bis in die Beine reichte, als Jonathan die Augen wieder aufschlug. Wie Jonathan mit angespannten Oberschenkelmuskeln die Töpferscheibe antrieb. Wie er die Augen schloss und sich dabei Sätze, die er Esther zudachte, leise murmelnd zurechtlegte und immer neu zusammenstellte. Die Wärme seines linken Arms, wenn er ihn schützend um Jeschua legte und Jeschuas Anlehnungshunger stillte. Wie perlweiß die Zähne von Esther waren. Wie Esther ihm früher oft Nüsse zusteckte, nachdem der Gesprenkelte ihn geschlagen hatte. Jonathans Armmuskeln, die oft glänzten wie ein gut geöltes Seil. Wie Jonathans großer Zeh immer weit über die Sohle der Sandale hinausstand. Wie langsam seine Augen wach wurden, wenn er in der Sonne gedöst hatte und sein Mund dann traumsatt den Namen Esther flüsterte. Wie sich eine Ruhe um sein Gesicht legte, wenn er Esther nur von Ferne ansichtig wurde. Wie die sehnsuchtsvollen Blicke sich nicht abnutzten in den Jahren der Ehe. Jeschua hatte das Kribbeln in den Fingern gespürt, wenn Jonathan neben Esther saß. Wie Jonathans Hände vor Glück glänzten, wenn er ein neues Gefäß töpferte. Wie er in Jeschuas Gesicht zu lesen verstand. Wie er einen Schwindelanfall vortäuschte, wenn Esther ihn nicht anblickte. Wie Esther die Lippen schürzte, wenn sie einen Satz als verletzend empfand. So ernst und angespannt sein Blick, wenn er in der Schule die heiligen Texte las. Er rieb sich den Nacken, wenn er eine Antwort nicht wusste. Wie verschämt Esther schaute, wenn Jeschua mit ihr das Lesen übte. Jonathans Atem, der immer nach frischem Fladenbrot roch. Wie innig sie zusammen schweigen konnten. Der Puls in Jonathans Schläfe, der immer gleich zu schlagen schien. Die kleinen Wünsche, die im Mundwinkel saßen. Der Übermut, der in seinen starken Schultern wohnte. Wie er Jeschuas Hand drückte, wenn sein Vorschlag angenommen wurde. Wenn er die Arme verschränkte, dann wusste Jeschua: Jonathan war gegen diesen Vorschlag und es war unmöglich, ihn umzustimmen. Wie oft seine Hände und Arme miteinander rangen, bevor er etwas verlauten ließ. Über seine Augen huschte Enttäuschung, wenn auf dem Markt das Feilschen um seine Töpferwaren den Anstand verletzte. Wie geschmeidig sein Gesicht war. Wie er jedem Blick stand hielt. Jeschua spürte kurz die Schwere in den Gliedern, die auffällig wurde, wenn Jonathan ihn zunehmend häufiger fragte, warum der Allmächtige nicht ihren Kinderwunsch erhöre. Er las im Gesicht seiner Schwester die Scham, nicht mit einem Kind schwanger zu gehen. Verzweifelt nach guter Hoffnung. Dann das Strahlen in den Augen, als die Gebete erhört worden waren. Jonathans Sinn für Humor, der den Abenden die Schwere nahm. Die Zufriedenheit, die auf seinen Lippen saß.

Mit den Handballen rieb sich Jeschua die Augen und zerdrückte die Bilder.

Wo war Trost zu finden? Würde er Jonathan und Esther im Himmel wiedersehen?

Und auch das noch nicht geborene Kind?

Jeschua stand vor der Ruine des Hauses, das er mit eigenen Händen gebaut hatte. Begraben unter Schlamm- und Geröllmassen. Zwei Pfosten, von ihm verziert, ragten wie zur Mahnung aus dem Schutt heraus. Hätte ein massiveres Haus, mit dickeren, verputzten Wänden und stärkeren Decken, wie sie es häufig in Sepphoris erbauten, besseren Widerstand geleistet? Vielleicht für die schmale Zeitspanne, die nötig gewesen wäre, um zu entkommen? Lag die Schuld bei ihnen? Waren sie nicht demütig genug gewesen und dem Hang zu nahe gekommen? Waren sie zu tüchtig gewesen? Mussten jetzt alle Häuser, die im Schatten eines Hangs lagen, an anderem Ort neu gebaut werden? War der Gedanke vorschnell oder überlegt?

Dann stand er vor der Höhle, in der Jonathan und Esther bestattet worden waren. Ein großer, weiß getünchter Stein war davor gerollt worden. Wie gerne hätte er ihn beiseite gerollt.

Ach, Jonathan.

Ach, Esther.

Eine Wunde, die zwar verschorfte, aber nie heilen würde.

Er war so bedürftig nach Freundschaft.

So freundschaftshungrig.

HIEBFEST

Auch der Hunger nach Trost blieb.
Jonathan und Esther lagen jetzt hinter einem weiß gekalkten Stein. In weißen Leinentüchern eingewickelt. Auf einer kalten Bank. Aber Seite an Seite.
Er hatte ihre Leichen nicht gesehen. Er hatte nicht Abschied genommen. Er konnte nicht einmal sicher sein, dass sie wirklich tot waren. Und seine Augen waren ausgeweint. Seine Stimme abgenutzt vom Klagen. Noch immer aß er beinahe nichts. Er wollte nur den Namen Jonathan in seinem Mund haben. Und den Namen Esther. In seinem Gepäck führte er jetzt immer ein kleines Öllämpchen mit sich. Von Jonathan vor vielen Jahren getöpfert. Seine Hand hatte es aus dem Regal genommen, bevor er erneut nach Sepphoris aufgebrochen war. In einer Decke bruchsicher verwahrt. Seine Mutter hatte es gesehen, war zu ihm geeilt, hatte sich kurz in seiner Armbeuge ausgeruht.
Stehen etwa die Schatten auf, um dein Lob zu verkünden?
Seine Mutter tat ihm gut.
Wie sie ihn mit ihrer warmen Gegenwart tröstete. Er war erwachsen. Ja. Aber er fühlte sich wunderbar schüchtern wie ein kleiner Junge, wenn sie seine Nähe suchte. Wenn er sie doch auf dem Rücken mit sich tragen dürfte. Sie flüsterten kurz. Tauschten die Gedanken. Wie lange konnte man den Zeitpunkt des Aufbruchs hinauszögern? Warum vermochte er nicht den Lauf der Sonne aufzuhalten? Seine Kopfhaut zog sich zusammen, als er sich ganz vorsichtig entwand.
Erzählt man etwa im Grab von deiner Freundlichkeit?
Der Gesprenkelte tat ihm gut.
Ja. Doch. Er tat ihm gut. Sogar das Ächzen, das mit jeder Tagesstunde stärker wurde. Sogar der bittere Schweißfilm, der sein Gesicht und seine Arme überzog. Sogar der leicht gereizte Tonfall, der seine stetige Ungeduld verriet. Sogar die verschämte Geste, mit der er spät abends einen zweiten Becher Wein bestellte. Sogar sein Lachen, das plötzlich aus ihm herausstürmte, wenn abends ein Gast einen Witz erzählte. Sogar

die Eitelkeit, mit der er jedes Lob für sich einheimste. Ja. Auch die Eitelkeit.
Erzählt man von deiner Treue im Totenreich?
Sepphoris tat ihm gut. Wenn der Hammer sicher in der Hand lag. Wenn der Beitel im Holz nach Ornamenten fahndete. Wenn die Putzkelle übermütig über die Wände reiste. Wenn Nüsse seinen Hunger überlisteten. Wenn der Rabbi ihn immer vertrauter mit der Torah, den Schriften der Weisheit und den Propheten machte. Wenn er seine Trauer für zwei Stunden abends im Geplänkel mit den Gefährten wegsperren konnte. Wenn Sepphoris oft mit lärmenden Verheißungen lockte.
Werden deine Wunder in der Finsternis bekannt?
Er wurde von einem Pulk von Menschen mitgespült, plötzlich und unerwartet, vielleicht war es zunächst nur das angenehme Gefühl, angerempelt zu werden, das ihn davon abhielt, sich dagegen zu stemmen, mitgerissen zu werden, flüchtige Grüße von Bekannten streiften ihn, erwartungshungrige Gesichter zog es nach vorne, Wortfetzen, die auf ein Spektakel auf dem großen Markt verwiesen, nahmen seine Ohren auf. Immer mehr Menschen drängten von hinten zum Markt, der offenbar längst überfüllt war, denn die Massen stauten sich, er stand eingeklemmt zwischen zwei Steinmetzen, die er flüchtig kannte. Vor ihm sprangen die Menschen hoch, um einen Blick zu erhaschen. Auch Jeschua verschaffte sich Platz und sprang zwei Mal hoch, seine Augen tauchten aber nur kurz auf aus dem Meer von Köpfen, ohne etwas zu entdecken. Er zwängte sich durch die Reihen hinter ihm, umlief die Menschentraube, kletterte auf ein Gerüst, das vor dem Gerichtsgebäude an der neu verputzten Außenwand stand. Jetzt hatte er einen idealen Überblick. Noch niemand anderes hatte diesen Platz erobert.

Die Händler hatten den Marktplatz, der jetzt mit Menschen überfüllt war, längst geräumt. An die vierzig Soldaten umstellten ein Podest, auf dem breitbeinig ein nur mit einem Schurz bekleideter dicker Mann stand, die Hände vor dem Bauch gefesselt. Zwei Soldaten tänzelten um ihn herum, verbeugten sich vor ihm und lachten dabei aus voller Brust. Ein weiterer Soldat trat hinzu und hing einen purpurnen Rock um die Schultern des Mannes. Wieder verbeugten sich die Soldaten, einer berührte den Rock, als würde er die Qualität prüfen und verzog dabei das Gesicht. Nur wenige Zuschauer lachten, einige schimpften laut. Ein vierter Soldat warf sich auf den Boden, robbte sich heran und küsste die Füße des Gebundenen. Zwei Soldaten nahmen sich in den Arm, verbeugten sich und rülpsten. Sie drehten sich um, entblößten ihr Gesäß und furzten laut. Als seien die Fürze das Zeichen gewesen, fing die ganze Menge an zu schimpfen und Verwünschungen zu schreien.

Eine Fanfare erklang. Ein Hauptmann trat mit festem Tritt auf und verlas ein Urteil. Jeschua verstand nur Bruchstücke, weil die Wut der Masse sich von Augenblick zu Augenblick steigerte. Aufwiegler und Aufrührer, verstand er. Dolchträger und Mörder, verstand er. Dem römischen Kaiser die Ehre verweigert, verstand er. Waffen gehortet, verstand er. Verurteilt zu 20 Geißelschlägen, danach Überstellung nach Jerusalem, Anklage vor dem Gerichtshof, verstand er. Bei Schuldspruch Kreuzigung, verstand er.

Erste Steine flogen, die Soldaten senkten auf einen Befehl hin ihre Speere. Ein Name wurde gerufen. Pinchas. Und dann immer lauter.

Pinchas!

Pinchas!

Pinchas!

Und jetzt erkannte Jeschua ihn wieder. Pinchas mit den Esauarmen. Ihn hatte er an jenem Tag getroffen, als er zum ersten Mal mit dem Gesprenkelten in Sepphoris eingetroffen war. Seitdem machten oft Gerüchte über Pinchas die Runde, sogar der Gesprenkelte sollte auf dem kleinen Markt laut mit ihm gezankt haben, Jeschua aber hatte er sich nie wieder genähert.

Noch mehr Soldaten marschierten auf und drängten die Menge mit ihren Schilden zurück. Auf der anderen Seite des Marktes erschienen Soldaten zu Pferd. Dann wurde der Befehl gegeben, die Strafe zu vollziehen. Die Masse schrie jetzt aus allen Kehlen, deshalb waren die Schläge nicht zu hören. Blut spritze. Aber das Lächeln auf dem Gesicht des Pinchas wurde nicht schwächer. Jeschua glaubte zu erkennen, dass er einmal kurz den Kopf wand und zu ihm hochschaute. Dann wurde er abgeführt und die Soldaten zogen sich zurück. Das Schauspiel war zu Ende.

Jeschua legte den Kopf schief. Warum blieb sein Mund geschlossen? Warum brüllte er nicht mit den anderen? Sein Körper konnte und wollte es nicht vergessen: Es war ein römischer Hauptmann gewesen, der ihn damals gerettet hatte. Vielleicht nicht dieser Hauptmann, aber ein Hauptmann mit seinen Soldaten.

Aber war sein Jonathan nicht auch manchmal sehr hitzig gewesen? Hatte ihm diese Hitzigkeit nicht auch gefallen?

Der Allmächtige will Liebe, hieß es beim Propheten. Seit Monaten ging ihm dieser Satz im Kopf herum. Musste man also auch seine Feinde lieben? Hatte Pinchas, der so duldsam leiden konnte, etwas falsch verstanden? Worin bestand die Gerechtigkeit des Allmächtigen? Entstammten nicht alle Menschen dem Mutterschoß Evas? Waren nicht alle Menschen miteinander verwandt? Ließ sich Liebe mit dem Schwert erkaufen? Gab es nicht auch gute Könige, wie Salomon einer war, der den Allmächtigen bei seiner Thronbesteigung um ein hörendes Herz bat? Salomon – kein Herodes Antipas, nicht der Kaiser in Rom.

Ich aber, Allmächtiger, ich rufe zu dir.

Schenke mir ein hörendes Herz, murmelte er.

Der Marktplatz hatte sich geleert. Nur vereinzelt standen noch Menschen beieinander und redeten und ballten die Fäuste. Erste Händler breiteten erneut ihre Waren aus.

Komm herunter, Jeschua. Beeil dich! Im Haus der Witwe wartet ein Schmaus auf uns.

Jeschua schaute überrascht nach unten.

Der Arm des Gesprenkelten winkte nach ihm.

Mirjam hilf

Jeschua legte oft einen linken Arm in den Rücken, das gab ihm das Gefühl umfasst zu werden. Eine Erinnerung an die Umarmung seiner Mutter überfiel ihn. Er hustete den Kopf frei. Sein Magen verkrampfte kurz. Er machte zwei schnelle Schritte nach vorne, um der Wolke der Unsicherheit, die ihn noch immer einhüllte, zu entgehen. Er durfte nicht nachgeben. Nicht dem Druck ihrer Zuneigung. Nicht den erwartungsvollen Blicken, die in seinen Kopf einbrachen.

Wie sollte er es ihr erklären! Eine Weitensehnsucht, die er lange unterdrückt hatte, machte sich in ihm breit. Kapharnaum. Sogar die leichte Seekrankheit, die ihn damals überfallen hatte, kam ihm jetzt wie ein Versprechen vor. Wenn der Boden Wellen warf. Wenn man mit den eigenen Beinen wie ein Gaukler jonglieren musste. Oder wenn ein leichter Wind das Wasser ribbelte.

Er liebte das Wasser. Er liebte es, wenn man lebendiges Silber in die Schiffe zog. Hände, die sich gemeinsam um ein starkes Tau legten. Wie die Sonne abends in die Mikwe des See Gennesareth untertauchte und ganz rein am nächsten Morgen wieder erschien.

Er liebte dieses große Dorf, in dem die Häuser nicht neidisch aufeinander waren. Wie anders als Sepphoris war dieses Kapharnaum. Und wie anders als Nazareth.

Und wie stark und zugewandt die Menschen.

Kapharnaum tat ihm gut.

HERZSCHULE

Der Gesprenkelte tat ihm gut.
Die Sonne war an diesem Tag sehr streng gewesen. Als Jeschua den Gesprenkelten etwas ungeschickt zur Nacht küsste, lag noch immer ein leichter Schweißfilm auf seinen Wangen.
Jeschua setzte sich mit der Öllampe ans Fenster, damit der Gesprenkelte schlafen konnte.
Wie bekam man ein hörendes Herz? Und wie gewann man das Herz der anderen Menschen?
Jeschua betete leise einen Psalm. Sofort schnaubte der Gesprenkelte ganz friedlich. Jeschua liebte diese Geräusche der Behaglichkeit. Dann zerrten das Heimweh und das Fernweh weniger an ihm.
Er wischte sich den Schweiß am Hals mit einem Ärmel ab.
Der Allmächtige ist langmütig, hatte Rabbi Ascher immer wieder gesagt! Wie viel Trost lag in diesem Satz! Wie viel Trost lag darin, dass der Allmächtige sogar einmal eine Hure, die Hure Rahab, in seine Dienste genommen hatte! Niemand war ohne Schuld und Verfehlung! Jakob nicht. Noah nicht. Lot nicht. Sogar David nicht, der den Mann seiner Bathseba hinterhältig in den Tod schickte, um sie heiraten zu können. Wie tröstlich es war, dass der Allmächtige nichts verloren gab!
Jeschua stand auf und ging auf Zehenspitzen, als wünschte er dem Himmel näher zu sein.
In jedem Menschen, auch den Kranken, Einsamen, Armen, Fremden einen Nächsten wiederzuerkennen, bestand nicht darin ein hörendes Herz?
Er fächerte sich mit der Hand Luft zu. Umkreiste die Sandalen des Gesprenkelten, die mitten im Zimmer standen.
Aber wie konnte man die Herzen der anderen Menschen aufschließen? Die Menschen liebten Geschichten. War das der Weg?
Jeschua deckte den Gesprenkelten, der auch in den heißen Nächten, sobald er schlief, zu frieren schien, mit einer Decke zu. Wieder das behagliche Schnauben.
Liebten die Menschen nicht die Geschichten deshalb, weil

sie sich in den Geschichten wiedererkennen konnten? Musste er nicht auch Geschichten erzählen, einfache Geschichten, die jeder verstand? Einfache Gleichnisse? Musste er künftig als Geschichtenerzähler umherziehen, so wie die Schauspieler von Ort zu Ort umherzogen? Bestand darin seine Sendung? Durfte er Rabbi Ascher bitten, ihn darin zu unterrichten?

Jeschua nickte.

Sprach der Rabbi Ascher nicht immer häufiger vom Königreich des Allmächtigen, das sich zeige, wenn man den Nächsten wie sich selbst liebe? Musste er zum Geschichtenerzähler werden, damit die anderen Menschen erkannten, wer ihr Nächster war?

Jeschua stand vor dem Gesprenkelten.

Auch dieser hier war sein Nächster.

Das sagte ihm sein Herz. Er konnte es nicht missverstehen. Dieser hier war ein Fremder. Und ein Freund.

LEIHARBEITER

Die Sonne war seine Freundin. Nie brannte seine Haut, obgleich er sich der Sonne oft stundenlang aussetzte, als wollte er sich mit ihr messen. Während der Mittagszeit, wenn alle Handwerker auf der Baustelle in den Schatten flohen und für zwei Stunden die Arbeiten ruhen ließen, hockte sich Jeschua nur der Geselligkeit wegen zu ihnen. Ein Geruch nach Reinheit hing in seinen Kleidern, wenn er lange durch die Sonne gewandert war. *Die Sonne scheint in den Winkel und wird doch nicht schmutzig*, hatte der seltsame Fremde vor zwei Sommern zu ihm gesagt. Diesen Satz trug er jetzt immer mit sich herum.

Wenn die Sonne ihn beschien, dann schlossen sich alle kleinen Wunden, die er sich auf der Baustelle zugezogen hatte, und er genoss dieses herrliche Kribbeln, wenn die Haut so plötzlich heilte. Mehrfach hatte er sich dabei ertappt, wie er absichtsvoll unaufmerksam kleine Wunden riskierte, um dann dieses Kribbeln zu feiern.

Gib acht, Jeschua, die Haut vergisst nichts, hatte der Gesprenkelte gesagt, als er eines Abends auf seinem Unterarm viele Risse und Schründe entdeckte. Kleine, blasse Narben zeugten von seinem Zwiegespräch mit der Sonne. Manchmal glaubte er mit ihr sprechen zu können.

Jetzt ging Jeschua durch die Mittagshitze und er tat es, als wäre es sein geheimer Wunsch, schwer beladen, auf jeder Schulter Marschgepäck, durch die Lande zu ziehen. Vielleicht hätten die Soldaten, die hinter ihm gingen, das Lächeln auf seinen Lippen als Aufsässigkeit gedeutet. Vielleicht hätten sie ihm auch noch einen Schild oder beide Schilde aufgehalst. Und Jeschua hätte nur genickt. Und wäre vorwiegend heiter weitergewandert.

Aus der Ferne hatte er diese Männer, die ihm jetzt mühsam folgten, zunächst für zwei Händler gehalten, die sich im Schatten eines Gebüsches auf dem Weg zum nächsten Markt ausruhten, deshalb hing Jeschua weiterhin sorglos seinen Gedanken nach. Erst als sie ihn plötzlich ansprachen, zuckte Jeschua kurz hoch und blickte überrascht in das Gesicht zweier Soldaten.

Dich schickt Himmel, euer Gott auserwählt dich, zu tragen Gepäck für brave Soldaten, kicherte der kleinere von beiden und präsentierte dabei die lückenhafte Mauer seiner Zähne.

So lückenhaft wie die Mauer seiner Zähne war das Griechisch, das er sprach. Kurz nur stieg von den Knöcheln aufwärts Angst in Jeschua hoch, denn er hielt die Soldaten für syrische Legionäre, die alle Juden hassten und keine Milde kannten. Ganz wenig zog Jeschua den Kopf ein. Er musste auf der Hut sein.

Lobpreise deine Gott, du sein Muli für uns, kicherte der andere Soldat, der, als er sich ächzend hochgequält hatte, so groß und breit war, dass er Jeschua im Schatten stehen ließ, als er ihm sein Marschgepäck auf die rechte Schultern hievte und nachdrückte, als müsse er einen Tragegurt in die Schulter einpassen. Ein gemeiner Kniff in den Oberarm. Jeschua lächelte und hielt ihm den anderen Arm hin, als sei der Kniff ein alltägliches Begrüßungsritual. Der Syrer ließ sich nicht zwei Mal bitten, lachte, fluchte, spuckte aus, hinterließ ein zweites brennendes Mal. Wie riesig die Nasenlöcher waren, in die Jeschua starrte, ohne eine Miene zu verziehen!

Das Marschgepäck des Kleineren, dessen Augen so dicht beieinander standen, als wünschten sie zu einem Auge zusammenzuwachsen, kam Jeschua noch schwerer vor. Jeschua leckte sich kurz die Lippen, taumelte die ersten Schritte, dann fand er das Gleichgewicht, tat so, als gehörten die zwei Höcker auf seinem Rücken seit Geburt zu ihm.

Brüllende Sonne?

Nein, nicht für Jeschua. Seine Füße fanden auf dem schmalen, ausgetretenen Pfad, den die Soldaten nach einer halben Meile anwiesen, einen sicheren Halt. Seine Füße bewegten sich, als gehörten sie gar nicht zu seinem Leib. Hinter ihm feixten und grölten die Soldaten, polterten ein Spottlied auf die Juden, Jeschua antwortete, indem er leise ein aramäisches Volkslied sang: Ein Lämmchen, ein Lämmchen, das mein Vater für zwei Münzen gekauft hat; ein Lämmchen, ein Lämmchen. Dann kam das Kätzchen und fraß das Lämmchen, das mein Vater für zwei Münzen gekauft hat; ein Lämmchen, ein Lämmchen. Da kam das Hündchen und biss das Kätzchen, das das Lämmchen fraß, das mein Vater für zwei Münzen gekauft hat; ein Lämmchen, ein Lämmchen. Da kam das Stöckchen und schlug das Hündchen ... Weiter kam er nicht, weil die Soldaten hinter ihm befahlen zu halten, sie nestelten unwirsch am Marschgepäck, tranken gierig wie Verdurstende aus ihren Feldflaschen. Dann gaben sie ihm Fußtritte, nannten ihn einen Hurensohn und stinkenden Judenlümmel, und schubsten ihn voran.

Jeschua aber ging immer schneller und der Abstand zwischen ihm und den Soldaten wurde ständig größer und sein Lied immer lauter. Nach etwa zwei Meilen riefen sie ihm, hörbar erschöpft zu, nun sei es an der Zeit zu rasten, er habe sich lange genug als Muli verdingt, aber obwohl das Marschgepäck Jeschuas Schultern wund scheuerte, rief er nach hinten, Kapharnaum sei nur noch lächerliche zwei Meilen entfernt, dort gebe es köstlich frisches Wasser und gepökelten Fisch und frische Datteln. Und er zwang seinen Füßen einen noch schnelleren Rhythmus auf, und trotz der Rufe und Verwünschungen, die ihn im Nacken trafen, drehte er sich nicht um und ging eilig weiter gen Kapharnaum.

Als Kapharnaum ihn bereits anlächelte, wurden die heiseren Rufe wieder lauter und Steine flogen nah an ihm vorbei. Sobald er auf die ersten Einwohner traf, die verwundert stehen blieben, wartete er, bis die Soldaten zu ihm aufschlossen. Immer mehr Menschen umringten sie. Der Kleine und der Große wischten sich den Schweiß ab, versuchten ihre Tunika zu richten, fluchten leise, nahmen Jeschua unwirsch das Gepäck ab. Inzwischen hatten sie viele Menschen eingekesselt. Der Kleine und der Große standen Rücken an Rücken und gaben ein ziemlich lächerliches Bild ab. Als der Große sich plötzlich bückte, stieß er den Kleinen an, der prompt in die Menschentraube stolperte. Einige der Vielen fingen an, ihn zu verhöhnen. Inzwischen hatte der Große aus seinem Marschgepäck eine riesige Nuss, die von einem haarigen Kleid umgeben war, hervorgekramt und hielt sie wie eine Opfergabe hoch.

Pax, Pax, stammelte er. Hier Geschenk für Muli, habe mitgebracht aus ferne Länder. Mache Geschenk. Mache Geschenk.

Ein älterer Mann, der neben Jeschua stand, nahm die Riesennuss, prüfte sie, schüttelte sie, schaute verwundert.

Innen Milch und süß, nickte der Große. Lecker. Lecker. Und rieb sich den Bauch.

Ihm und dem Kleinen wurde eine Gasse freigemacht, durch die sie sich davonstahlen.

Im Hause des Alten, der ein Verwandter des Simon Kephas war, sägte Jeschua ganz vorsichtig die Nuss entzwei. Jeder der Anwesenden tauchte einen Finger hinein, probierte die Milch und schmatzte anerkennend. Das Fruchtfleisch der Riesennuss war weißer als weiß. Vielleicht so weiß wie das Licht des Engels, das Maria angelockt hatte. Und wenn man sich die Geduld nahm und das Fruchtfleisch behutsam kaute, dann schmeckte es himmlisch süß.

Sprüche Jesu

Nicht nur die Augen sind zum Sehen bestimmt.

Wer ein hörendes Herz hat, übersieht nicht die Not des Nächsten.

Die silberne Haut der Fische ist der Spiegel des Allmächtigen.

Einer erlegt den Löwen, und fortan fürchtet er kein Bellen der Hunde.

Der Freund ist die lichte Seite des Lebens.

MAGDA CARTA

Magda kniff oft die Augen zusammen, als würde sie nicht gut sehen, deshalb musste man Geduld aufbringen, wollte man ihre grünen Augen bewundern, die sie wie ein Geheimnis hinter den langen Augenwimpern verbarg. Ihre Stimme klang vorsichtig, oft ein wenig verletzlich, wirkte tastend und achtsam, als könne sie sich notfalls sofort zurückziehen. Sie ging leicht gebückt, als würde sie sich für ihre Größe schämen, überragte sie doch beinahe jeden Mann.

Tamar schien gar keine Augenlider zu besitzen, so groß waren ihre immer weit aufgerissenen Augen, wie bei einem Kind, das ein Geschenk von den Eltern erhofft. Ihre helle Stimme wartete offenbar den ganzen Tag darauf, endlich in Jubelgeschrei ausbrechen zu können. Ihre Hände suchten immer Magdas Nähe, die ihr um einige Jahre voran war, umgriffen oft ihre Handgelenke und schüttelten sie leicht, als müsse sie Magda aus ihrer Versunkenheit aufrütteln.

Zunächst hatte der Gesprenkelte mit Unmut reagiert, es gehöre sich nicht, in ein Haus von zwei älteren Schwestern einzukehren, wo doch die eine im Rufe stehe, ein vorlautes Frauenzimmer zu sein, von der anderen heiße es, sie verberge unter ihrem Gewand einen hässlichen und ansteckenden Aussatz, beide seien am gleichen Tag in die Witwenschaft eingetreten, so ginge das Gerücht, lebten nicht unbescheiden von ihren offenbar prächtigen Brautschätzen, die die Witwenschaft durchaus erträglich machten, niemand könne ihren Akzent richtig deuten, man wisse nicht, woher sie stammten, oft habe man den Anschein, sie würden mit den Akzenten spielen, um die Menschen zu verwirren, als kämen sie aus aller Herren Länder auf einmal, nicht immer, so sagte man, befolgten sie streng alle Gesetze der Torah, fürwahr, sie verstünden es zuweilen, einsam und bejammernswert zu erscheinen, aber Mitleid sei falsch angebracht, ebenso wenig dürfe man in die Fänge ihrer Großzügigkeit geraten, der schöngesichtigen Magda sage man tadelnd nach, sie ginge zuweilen barhäuptig auf die Straße, wie es manchmal die Römerinnen machten, er also warne davor, das Haus, das für zwei Schwestern zudem viel zu weitläufig sei, zu betreten.

Wohl möglich, antwortete Jeschua mit geschlossenen Augen, aber auf Gerüchte, die hier die Runde machen, geben wir doch nichts, wie oft haben wir erleben müssen, wie Neid der Vater eines Gerüchtes war, zudem sind wir im Haus der Schwestern nicht allein, immer sind, wie ich hörte, ältere Frauen und Männer zugegen. Es ist demnach nicht unschicklich, der Einladung zu folgen.

Tamar war Zeuge geworden, wie Jeschua auf dem Marktplatz in Nain, wo sie für einige Wochen Arbeit an dem neuen Stadttor gefunden hatten, mit einem Essener in einen kleinen Wortstreit geriet, ob es der Wille des Allmächtigen sei, sich abzusondern, oder ob es der Wille des Allmächtigen sei, sich um den Nächsten zu sorgen, sie war ihm nachgegangen und hatte ihn dann mit ihren weitaufgerissenen Augen angesprochen und gefragt, ob er mit seinem Gefolge in ihr Haus einkehren wolle.

Jeschua wusste nicht mehr, warum er an jenem Tag sofort nickte, vielleicht weil der Akzent, mit dem sie sprach, verlangte, mehr zu erfahren, vielleicht auch, weil das Wort Gefolge in ihm jenen Freundschaftshunger weckte, der nach Nahrung schrie.

Seit einem Monat kehrten sie jetzt wöchentlich bei den Schwestern ein. Jede Woche gab es gepökelten Fisch. Jeschua liebte diese Stunden, wenn er in den biblischen Erzählungen laut spazieren ging, sich darin nie verlief, immer wieder herausfand, wenn die Köpfe von Magda und der anderen sich ihm zuneigten, wenn Magda ihm einen kurzen Blick ihrer grünen Augen gönnte, wenn Tamar, die während des Essens aufgeregt herumlief und die Bediensteten anwies, sich endlich hinhockte und auch sie ihren Kopf neigte. In diesen Stunden gewann Jeschua an Sicherheit, er traute seiner Stimme, die weniger angestrengt wirkte als in den Gesprächen mit Rabbi Ascher. Er vertraute stärker seinen Talenten. Die Dunkelheit in seinem Innern lichtete sich. Er sprach in diesen Stunden auch für Jonathan, dessen Bild immer vor seinen Augen hing.

Ach, Jonathan!

Sage Er uns eins seiner Gleichnisse! Überall erzählt man sich, wie geschickt Er darin ist, Gleichnisse zu erzählen.

Die weit aufgerissenen Augen von Tamar. Ein neuer, fremdländischer Akzent.

Jeschua streckte kurz den Rücken. Ein Gleichnis. Ja. Wie schwer es war, ein Gleichnis zu erdenken. Nächtelang lag er oft wach, probierte immer neue Wendungen aus, strich jedes unnötige Wort. Alles Ornamentale, für das er unter den Bauleuten und Hausbauern geschätzt war, hatte in den Gleichnissen keinen Platz. Hier empfand er das Ornament als Verbrechen. Die Erwartung drückte auf seine Brust, er räusperte sich. Er schloss die Augen für ein kurzes Gebet. Speichel sammelte sich in seinem Mund, er blickte den Gesprenkelten an, der seinen zweiten Becher Wein trank. Er öffnete seine Lippen. Auf seinen Lippen hockte Überzeugungskraft.

Ein guter König besaß einen Weinkeller und setzte über diesen Weinkeller Wächter, die einen waren Nasiräer, denen es verboten ist, Wein zu trinken, die anderen aber Trunkenbolde. Am Abend kehrte der König zurück, ging zu seinem Weinkeller, um den Wächtern den Lohn auszuzahlen. Zweimal soviel Lohn wie den Nasiräern gab er den Trunkenbolden. Die Nasiräer aber waren verstimmt und beklagten sich: König, so sagten sie, haben wir nicht die gleiche Arbeit geleistet? Warum also gibst du uns nur einen Teil des Lohns, den du jenen gegeben hast? Der König schaute sie an und sagte: Wohlan, jene sind Trunkenbolde, sie pflegen jeden Tag überreichlich Wein zu trinken und sind oft eine Plage für die anderen. Und dennoch haben sie den Wein behütet und keinen Schluck getrunken. Euch aber, die ihr überhaupt keinen Wein trinkt, gebe ich weniger, ihr seid heilig, aber jene, über die zuweilen ein böser Dämon regiert, haben sich als heilig erwiesen. Darüber ist die Freude in meinem Herzen groß.

Jeschua schaute reihum in alle Gesichter. Alle nickten. Auch der Gesprenkelte. Er kratzte sich an einem Ellbogen und sagte: Auch ich war für hundert Tage ein Nasiräer, hernach lernt man die Früchte des Weinstocks im rechten Maß zu genießen und den Dämon, sofern er denn in einem haust, zu übertölpeln.

Alle wandten sich kurz zu ihm um, ein alter Mann nickte wissend.

Magda neigte ihren Kopf noch stärker zu ihm und flüsterte beinahe mit ihrem dünnen Atem: Heißt das, Meister, so wie die Kranken einen Arzt benötigen und nicht die Gesunden, so kümmert sich ein guter König, auf den wir alle hoffen, um die Schwachen?

Er legte Magdas warme Hand zwischen seine und drückte sie: So ist auch unser liebender Vater im Himmel, der sich freut, wenn ein verlorenes Schaf zurückfindet. Höre, Magda, das Reich des Allmächtigen ist für jene, die arm sind, arm an Schätzen, arm an Freude, arm an Gesundheit, arm an Freunden, das Reich des Allmächtigen ist nicht für diejenigen, die raffen und habgierig sind, die ihre Nächsten übervorteilen, mit Gewalt regieren und den Geber aller Gaben vergessen.

Zum ersten Mal hatte Jeschua die Wörter *Königreich des Allmächtigen* benutzt. Es waren mächtige Wörter, die der Rabbi Ascher immer vorsichtig aussprach, weil überall Spione des Königs lauerten und der Weckruf Königreich des Allmächtigen leicht missverstanden werden konnte. Klang es nicht in den Ohren der Gierigen, der falschen Könige und der falschen Kaiser zu Recht nach einem Fanal zum Aufruhr?

Jeschua zog seine Hand zurück, hob den Becher: Der Allmächtige will, dass wir alle Leben in Fülle haben!

Alle prosteten sich zu.

Gefolge.

Ein kleiner, angenehmer Schwindel lief sein Rückgrat hinunter. Besaß er die Macht, Menschen an sich zu binden?

Menschenfischer. Dieses Wort durchzuckte ihn.

War er ein Menschenfischer?

Hatte der Allmächtige ihn dazu auserwählt? Wurde er zu den Armen, Einsamen und Kranken geschickt?

Gefolge.

Sie versprachen, wieder zu kommen, als sie nach sechs Wochen Nain in Richtung Sepphoris verließen.

Bestand darin also seine Sendung, herumzuwandern, um von der Nächstenliebe zu predigen?

Wäre es nicht schön, überall in Galiläa Freunde und Gefolge zu haben?

Gefolge.

Ein tröstendes Wort.

NISCHENWISSEN

Können Buchrollen trösten?
Tröstend war es, wenn die Hand über eine geschlossene Pergamentrolle strich. Heute schien es ihm, als würde der ganze Text über die Hand, den Oberarm und die Brust direkt ins Herz wandern und dort bewahrt werden. Als wäre sein Herz prall gefüllt mit Buchrollen. Eine Herz-Bibliothek.

Der Ernst zog sich aus seinem Gesicht zurück, sobald er mit der Truhe der Buchrollen allein war. Die Lippen, die er tagelang zu einer Linie zusammengepresst hatte, entdeckten ein Lächeln. Er weitete die Augen, als dürfe er nichts verpassen. Tagelang hatte die Haltung seines Körpers verraten, wie niedergeschlagen er sich fühlte. Zwei Jahre war es jetzt her, dass Jonathan gestorben war. Er mochte sich nicht an einen anderen Freund hängen, er hätte es als Verrat empfunden.

Und für eine Frau konnte er sich immer noch nicht entscheiden, obwohl er nächstens bereits achtundzwanzig Jahre zählte. Magda. Er schaute kurz hoch. Magda. Ja. Die Wimpernreiche. Aber durfte er sie aus der schwesterlichen Freundschaft mit Tamar herauslösen? Durfte er sich zwischen sie stellen? Fühlte er sich nicht auch zu Tamar gleichermaßen hingezogen? Würde er nicht gerne nächtelang ihre Handgelenke umgreifen? Und ihre Taille? Und ihre großen, schmalen Füße massieren? Seine Nase hatte den Duft ihrer Haut gespeichert, aber auch den Nardenduft von Magdas Haaren. Jetzt spürte er den Finger, den die Schauspielerin unter sein Kinn gelegt hatte. Wie mochte es ihr ergangen sein?

Er wedelte mit den Händen, als wolle er Fliegen vertreiben.

Aufs glücklichste fühlte er sich ausgesucht. Ein Bauherr, mit magerem Gesicht und mageren Haaren, der im Auftrag des Königs Herodes Antipas den Bau der Rennbahn in Tiberias beaufsichtigte und selten in Sepphoris weilte, hatte ihm in hastenden Worten mitgeteilt, man habe auf ihn hingewiesen, er sei von allen, die er gefragt habe, gleichermaßen als Liebhaber der Schrift und geübter Bauhandwerker genannt worden, deshalb weise er ihn an, eine Bibliothek zu errichten.

Das muss in Eile geschehen, denn ich gedenke die achtzig Buchrollen bald zu überstellen. Diese benötigen einen geschützten Ort, andernfalls verderben sie.

Er war zwei Runden in dem ehemaligen Schlafgemach mit ausholenden Schritten kurzatmig herumgegangen, und war dann grußlos hinausgestürzt.

Hin und wieder kam es vor, dass einige wenige Nischen in Wänden verlangt wurden, in die man Buchrollen einstellen konnte, aber eine ganze Bibliothek hatte bisher kein Bauherr in Auftrag gegeben. Neunzig Nischen sparte Jeschua aus. Als er gerade prüfte, ob der Putz trocken sei, schleppten zwei Bedienstete eine riesige Truhe mit Buchrollen herein. Jeschua schickte sie hinaus. Er wollte mit den Buchrollen allein sein. Immer wieder wanderten seine Augen zu der Truhe, dann folgten ihnen gehorsam die Füße. Eine schwere Truhe. Eine sehr gute Tischlerarbeit. Seine Hände öffneten den Deckel mit einem Ruck. Er beugte sich über die Rollen, nahm andächtig eine erste heraus, strich über ihren Rücken, rollte sie ein Stück weit aus, stutzte kurz, weil er aus Gewohnheit heraus damit gerechnet hatte einen hebräischen Text vorzufinden, befahl seinen Augen von links nach rechts zu lesen, las den Titel, den Namen des Autors und die ersten Zeilen, rollte sie dann vorsichtig zusammen und legte sie achtsam in eine der Nischen. Beinahe keinen der Autoren kannte er, nur ein Name, ein Philosoph namens Zenon, kam ihm leidlich vertraut vor. Die vorletzte Rolle barg dann eine große Überraschung: Aristophanes, las er. Die Vögel, stand dort. Er las sich fest. Hier, hier war die Stelle, an die er sich genau erinnerte.

Peisetairos
Zahlen die Götter nicht, gibt's keinen Opferdampf.
Sie werden jämmerlich verhungern.
Wiedehopf
Iuh, Iuh! Juchhe!
Welch wirkungsvolle Schlingen, Fallen, Netze,
stellst du uns mit deinem Plan in Aussicht!
Das ist die herrlichste Idee, die mir je zu Ohren kam!
Auf geht's: Gemeinsam gründen wir die Stadt!
Auch alle anderen Vögel werden sich anschließen!

Aristophanes also hieß der Autor. Jeschua rollte den Text vorsichtig zusammen und platzierte ihn in einer Nische auf Augenhöhe.

Er schüttelte den Kopf, um die aufsteigende Erinnerung an die namenslose Schauspielerin zu vertreiben.

Die letzte Rolle enthielt einen Text mit römischen Buchstaben, die er noch immer nicht zu lesen verstand. Er klappte den Deckel der Truhe zu. Seine erste Bibliothek. Wärme kroch in ihm hoch, deshalb verließ er rückwärts gehend eilig den Raum, verabschiedete sich vom Gesprenkelten, der sich mit einem Steinmetz im Innenhof unterhielt, und eilte zum Haus des Rabbis.

Mein verlorener Sohn, seit Tagen macht er sich rar! Welchen Vergnügungen hat er sich überlassen? Oder weilte er wieder mit dem Türsetzer an anderem Ort?

Rabbi Ascher faltete seinen Gebetsmantel zusammen, blickte ihn dabei nicht an.

Auf mich war das Los gefallen, Meister, eine Bibliothek zu bauen, so hör Er doch, mit neunzig Nischen, ein Auftrag, der keinen Aufschub duldete, weil die Buchrollen, in einer Truhe verwahrt, andernfalls hätten Schaden leiden können.

Du verkehrst mit reichen Bauherren, Jeschua, für neunzig Buchrollen zahlt dein Gönner ein kleines Vermögen.

Aristophanes, Meister, das Lustspiel *Die Vögel* findet sich unter den Rollen. Es war einmal Gegenstand unseres Gespräches.

Jetzt endlich schaute der Rabbi ihn an.

Setze dich erst einmal hin. Du hast ganz rote Ohren vor Aufregung. Ja, ich erinnere mich, wir hatten damals draußen im Garten, als du mir halfst, Gemüse zu ziehen, eine sehr schöne Erkenntnis davongetragen.

Der Allmächtige will Liebe, nicht Schlachtopfer und Erkenntnis statt Brandopfer, beeilte sich Jeschua zu sagen.

Dein Mund vergisst nicht, Jeschua.

Jetzt machte der Rabbi eine seiner Pausen, die in Jeschua ein angenehmes Verlangen auslöste, noch weiter im Lernen voranzuschreiten.

Liebe, Jeschua, verlangt gute Taten.

Ja, Meister.

Reicht es also hin, alle Buchrollen der Welt auswendig zu lernen und alle Weisheit zu kennen?

Nein, Meister.

Wie oft habe ich dich über die eitlen Sadduzäer schelten hören, die viel Gesetz gelernt haben, aber es an der Liebe zu den Menschen mit ihren versteinerten Herzen oft fehlen lassen! Ach, und auch wir Pharisäer, zumindest einige von uns, gehen manchmal in die Irre und setzen zuweilen die Liebe zur Torah der Liebe zu den Menschen voran. Bei dem großen Hillel hätten sie lernen können, wie es sich richtig verhält. Wie also verhält sich das Gesetz zu den guten Taten? Reicht es hin, bloß zu lernen?

Nein, Meister.

Der Rabbi verminderte die Stärke seiner Stimme.

Jeschua, oft übst du dich in Gleichnissen, wohlan, zeige mir, dass du verstanden hast, wie es sich mit den guten Taten und dem Lernen des Gesetzes verhält.

Jeschua kniff die Augen zusammen, schluckte seine Aufregung hinunter, rutschte hin und her, horchte in sich hinein, fühlte sich beklommen, hüstelte zwei Mal und ließ dann seine Stimme frei, ohne sich ein einziges Mal zu versprechen.

So geht das Gleichnis, Meister: Ein Mensch, der gute Taten getan und viel Gesetz gelernt hat, der gleicht einem Menschen, der zuerst Steine und dann Ziegel aufbaut. Kommt viel Wasser, so lösen sie die Steine nicht auf. Dieser Mensch gleicht einem Baum, dessen Zweige spärlich, aber dessen Wurzeln reichlich sind. Selbst alle Winde der Welt können ihn nicht von seinem Platz verrücken. Ein Mensch aber, der keine guten Taten getan und viel Gesetz gelernt hat, der gleicht einem Menschen, der zuerst Ziegel und dann Steine aufbaut. Sogar wenn nur wenig Wasser kommt, gleich stürzen sie um. Oder er gleicht einem Baum, dessen Zweige reichlich, aber dessen Wurzeln spärlich sind, sobald ein starker Wind kommt, fällt er um.

Gut und verständig geredet, Jeschua, aber unterlass es mit deinem Verstand zu prahlen. Wo ein Bild genügt, da verwendest du hier zwei. Triff eine Entscheidung, verwende das Bild vom Baum oder vom Haus, die Wirkung wird mächtiger sein, wenn du dich bescheidest.

Jeschua biss sich auf die Lippen. Warum war er seit Wochen so bedürftig, glänzen zu wollen?

Ja, Meister.

Sei ein Mann der Tat, Jeschua. Das Königreich des Allmächtigen wird nahe herbeikommen, wenn wir Taten der Liebe üben und der Gerechtigkeit des Allmächtigen folgen.

Jeschua starrte auf die Druckstellen, die der Gebetsriemen auf den Armen des Rabbis hinterlassen hatte. Ihn packte ein heftiger Drang zu weinen, dem er aber nicht nachgab.

Ja, Meister.

Sein Stolz ging in Deckung. Er zitterte etwas. Schüchtern schaute er hoch. Der Rabbi hatte die Augen fest geschlossen. Sein Atem ging so ruhig, als würde er schlafen.

Jeschua wartete zehn Minuten, dann stand er leise auf, sein linker Fuß war taub, leicht hinkend verließ er den Rabbi und ging hinaus in die Nacht.

BELLA MARTHA

Sein Mund ging auf, als würde eine Knospe in Windeseile erblühen. So lustvoll müde war er. Zum Gähnen gesellte sich eine angenehme Schwere in den Armen. In sechs Tagen hatte er alle Wände in einem mächtigen Raum in Marmor verwandelt. Sein Marmor verzückte die Bauherren häufig stärker als echter Marmor es vermochte. Nie musste er eine Litanei über sich ergehen lassen, wie nachlässig er seine Aufträge ausführe. Nie schaute er in missbilligende Gesichter. Sogar das übliche Feilschen schrumpfte auf ein Mindestmaß, das den Anstand nicht verletzte.

Das Gezänk, das vom nahen Markt herüber schallte, störte ihn. Er wünschte sich, heute würden alle mit einer Sabbathzunge sprechen, obwohl kein Sabbath war. Auch der Gesprenkelte hatte vorhin nicht mit einer Sabbathzunge geredet. Jeschua hatte verletzt geschwiegen und geradeaus gestarrt, als der Gesprenkelte ihm vorgeschlagen hatte, seine Hände seien so geschickt, er könne doch auch lernen Gold zu malen, um im Tempel in Jerusalem die Arbeiten endlich voranzutreiben. Erst als der Gesprenkelte ergänzte, für das eingesparte Geld müsse dann die Armenkasse aufgefüllt werden, huschte ein Lächeln über Jeschuas Gesicht.

Er rollte den Kopf. Marmortäuscher, Goldtäuscher. Ja. Er war nicht gefeit vor Lob. Bediente er nicht doch die Habgier der Menschen, die reich scheinen wollten? Aber dann erinnerte er sich an das Strahlen in den Augen seiner Mutter, als er ihr bei dem letzten Besuch in Nazareth eine wertvolle Gemme schenkte. Die Freude, die seine Mutter zeigte, war in ihn hinein geschlendert, hatte sich festgesetzt und konnte, wann immer er es wünschte, wieder hervorgeholt werden, diese Freude machte seine Gegenwart weit und hell.

Und hatte nicht der Allmächtige Menschen geschaffen, die sich putzen und Freude zeigen durften? Um der Freude und des Lobes willen. Das ja. Ohne den Gedanken an Habgier und Besitzerstolz.

Sein schweifender Blick fiel auf eine tief verschleierte Frau, die neben dem großen Brunnen ganz langsam in die Knie ging, als habe ein Puppenspieler seine Fäden aus der Hand gleiten lassen. Jeschua sperrte seine Gedanken weg, er konnte von dem Anblick nicht lassen, erhob sich und ging ihr entgegen. Je näher er kam, je stärker schien sie in sich zu versinken. Niemand war bisher auf sie aufmerksam geworden. Jeschua schaute sich um, überlegte, ob es unstatthaft war, sich ihr so weit zu nähern, schüttelte dann ärgerlich den Kopf, vertrieb den leichten Schwindel unter seinen Füßen, beugte sich über sie.

Was ist mit dir, meine Schwester?

Das Bündel vor ihm erschrak, stammelte eine Antwort: Mir, mir schwanden die Kräfte, meine Knie, mein Atem, ein Schmerz durchbohrt mich. So lass Er mich.

Früher hätten diese Sätze seinen Mut versengt, aber jetzt spürte er eine Kraft in sich, diese Frau anzurühren.

Jeschua wartete, bis sich Haut zeigte und sich der Kopf der Frau nach oben kämpfte.

Kräftige Augenbrauen.

Lange Wimpern.

Eine schmale Nase.

Ein erschöpfter Mund.

Ein zierliches Kinn.

Ihre Lippen schienen gelähmt zu sein, so langsam formten sie Worte: Ich bin es nicht wert, dass Er sich meiner erbarmt.

Jeschua sah, wie seine Hand über die Schulter der Frau strich, wie ihre Augen zitterten, wie ihre zarte Schulter sich seiner Hand hungrig entgegenstreckte.

Vertrau mir, hörte er sich sagen, lass uns den Schmerz teilen.

Wie tapfer sie jetzt gegen die Lähmung ihrer Lippen ankämpfte: Der Allmächtige hat meine Gebete nicht erhört, die Kammern meines Leibes blieben unbewohnt. Ich grämte mich so sehr, dass ich meine anderen Pflichten vernachlässigte, nicht mehr für Ordnung sorgte, das Essen missriet mir beinahe täglich, bis der die Geduld meines Mannes erschöpft und der Groll übermächtig wurde.

Ihr Kopf fiel wieder nach vorne, ein Zittern ergriff ihren ganzen Körper.

Jeschua ließ seine Hand auf ihrer Schulter und leitete das Zittern auf sich um.

Und nun hat dein Mann – half Jeschua ihr weiter.

Ja. Nun hat mein Mann mir den Scheidebrief ausgestellt und mich zum Haus meines Vaters zurückgeschickt.

Noch immer dieser ölige Schmerz in ihrer Stimme.

Jeschua wartete, bis das Zittern weniger wurde, stand auf, schöpfte Wasser und gab ihr zu trinken. Sie nippte mehrfach, schüttelte dann den Kopf. Jeschua half ihr vorsichtig hoch, klopfte ihr den Staub von der Kleidung.

Ich werde dich begleiten, wenn du die Richtung angibst.

Sie nickte nur. Langsam, leise summend ging er neben ihr her. Sie wechselten kein Wort mehr miteinander. Am äußersten Rand von Sepphoris, auf halben Weg den Hang hinunter Richtung Nazareth, erreichten sie das Haus ihres Vaters – ein schmales, sich wegduckendes Haus. Jeschua klopfte und ihm wurde aufgetan.

Ein gebrechlicher, auf einen Stock gestützter Mann stand in der Tür.

Höre, Alter, sagte Jeschua freundlich, ich bringe dir deine Tochter zurück, ihr Mann hat ihr den Scheidebrief ausgestellt, aber glaube mir, ich kann keine Schuld und kein Fehl an deiner Tochter finden.

Die Frau huschte an ihrem Vater vorbei ins Haus.

Mit weit aufgerissenen Augen schaute der Alte ihn an, verbeugte sich dann knapp und schloss leise die Tür.

Jeschua rieb sich den Nacken.

Er wollte nicht länger ein Marmortäuscher sein.

Aber da war noch dieses wütende Brennen auf den dummen Ehemann.

KLEINER MANN

Was nun, dachte Jeschua, auf den Zehen wippend, wie sollte er auf diesen so zart vorgetragenen Wunsch, der zugleich ein Befehl war, reagieren?

Neben ihm stand ein klitzekleiner aber doch gewichtig scheinender Mann, der ihm nur bis zu den Kniekehlen reichte, die Arme verschränkt, den kugelrunden, kahlen Kopf stolz zurück geworfen, seit Minuten sein Lächeln verschwendend ohne einen dürren Satz zu sagen. Aber dieses Lächeln war so zuversichtlich und zog ganz langsam in Jeschua ein und machte ihn ruhig.

Ihm gegenüber, nein, ihn überragend, stand eine Frau, die alle Männer, die Jeschua bisher gesehen hatte, den Rabbi eingeschlossen, um mindestens Haupteslänge überragte, zunächst hielt Jeschua diese Riesin mit den ebenmäßigen Gesichtszügen, dem gespielten Stolz und den hellblonden Haaren für eine Fremde, erst als er einen Schritt zurück trat, erkannte er in dieser Frau jene wieder, die ihn einst hatte verführen wollen, nur war sie seltsam in die Höhe geschossen, als habe der reichliche Genuss des Honigs nochmals das Wachstum befördert. Sein ganzer Körper roch sie und erkannte sie wieder. Immer wieder äugte Jeschua zu dem kleinen Mann hinunter, um nicht zurück zu weichen.

Wenn er denn der neue Elija sei, dann könne er nicht nur Feuer vom Himmel regnen, sondern, und dabei war ein Kinderlachen aus ihrem Mund auf ihn herabgerieselt, auch in der Dürrezeit Schnee vom Himmel fallen lassen, Schnee, wie liebe sie den Schnee, der alles so lieblich verziere, bereits drei Mal habe sie in ihrem Leben mit verzauberten Augen Schnee gesehen, wenn Jeschua also vermöge, Schnee vom Himmel auf ihr Haus fallen zu lassen, dann glaube sie auch gegen ihren Onkel, den frommen Sadduzäer, an das Leben im Himmelreich.

Schnee, hatte sie geflüstert, Schnee, und sich zu ihm herunter gebeugt. Schnee! Bitte! Bitte! Schnee!

Kurz nur sehnte sich Jeschuas Haut nach einer Berührung, dann hatte er sich wieder in der Gewalt, hatte sehr energisch den Kopf geschüttelt und genuschelt, er sei kein Zauberer, man dürfe nicht den Namen des Allmächtigen unnütz im Munde führen, aber plötzlich spürte er, wie der kleine Mann ihn am Rock zupfte und mit einer Stimme, die die Jahrhunderte mühelos durchtönte, sagte, sie möge morgen zur gleichen Stunde erneut erscheinen.

Als die große Frau, milde verspätet, vor sie trat, warteten Jeschua und der kleine Mann bereits ungeduldig auf sie und überreichten ihr ein Geschenk, das mit einem Tuch bedeckt war. Sie zog die Augenbraue hoch, bedankte sich knapp, nahm sehr vorsichtig mit Vorfreude auf dem Gesicht das Tuch ab und staunte. Unter dem Tuch verborgen war ein gläsernes Trinkgefäß. In dem Trinkgefäß erkannte die Frau ein kleines, aus Holz geschnitztes Haus, das ihrem glich. Auf das Glas hatte Jeschua rundum Gärten gemalt. Das Trinkgefäß war mit einem Deckel aus Glas fest verschlossen und mit Wasser gefüllt.

Von großem Geschick zeuge die kleine Arbeit, lobte die Riesin, gleichwohl fehle der Schnee, den sie doch so liebe.

Der kleine Mann deutete mit einer Handbewegung an, die große Frau möge das Trinkgefäß schütteln. Als sie der Aufforderung folgte, gerieten die Grießkörner, die auf dem Boden lagen in eine große Bewegung und es fing an zu schneien mitten in der Dürrezeit. Wie ein kleines Kind konnte sich die Riesin nicht sattsehen, musste immer wieder das Gefäß schütteln und den Schnee herbeizwingen.

Als Jeschua mit einem Lacher erwachte, lag kalter Schweiß auf seinem ganzen Körper.

BLITZGESCHEIT

Ein Strang von Geräuschen brannte in seinen Ohren, trippelnde Schritte, dann ein leichtes Ächzen, ein kleiner Lacher wehte zu ihm herüber, Sekunden später entlud sich ein Hassgefühl über den unebenen Weg und über die eigensinnigen Füße, die nicht gehorchen wollten. Jeschua atmete erleichtert auf, nein, es war nicht der Gesprenkelte, der jetzt als Schatten an ihm vorbeitorkelte, ihn beinahe anrempelte, die Hände wie zur Entschuldigung anhob und dann die Dunkelheit vor sich herschob. In seinem Rücken wurde es kurz heller.

Die Szene wiederholte sich noch drei Mal. Irgendwo musste ein fröhliches Fest zu Ende gehen. In Sepphoris ging jede Nacht irgendwo ein lautes Fest zu Ende, das sich um die Sperrstunden der Römer nicht scherte. Dreimal wurde die Dunkelheit von torkelnden Gestalten weggeschoben, dann schloss sie sich ganz um Jeschua.

Oft verschmutzte die Dunkelheit seine Gedanken. Er musste sie dann lesend wieder säubern, aber heute Nacht war ihm das Öl für die Lampe ausgegangen, mitten in der Lektüre des Propheten Ezechiel.

Ich schenke euch ein neues Herz und lege einen neuen Geist in euch. Ich nehme das Herz von Stein aus eurer Brust und gebe euch ein Herz von Fleisch. Ich lege meinen Geist in euch und bewirke, dass ihr meinen Gesetzen folgt und auf meine Gebote achtet und sie erfüllt.

Wie kraftvoll dieses Buch war. Und wie schwierig auch. Und wie leicht es ihm durch die Nacht und die zerbrechliche Stille half. Als würden diese Worte seine Schultern tätscheln und jede Verspannung, die sich zwischen den Schulterblättern gebildet hatte, lösen.

Jeschua knetete mit der Linken die Nackenmuskeln, wollte wieder in das Haus hineingehen, um noch einige Stunden zu ruhen, als seine Augen plötzlich von einem Schauspiel am Himmel angezogen und gefangen gehalten wurden. Zunächst hielt er die Himmelserscheinung für einen gewöhnlichen Blitz, aber diese

Erscheinung glich eher einem Feuer, das auf die Erde zuraste, entschwand dann seinem Blickfeld. Jeschuas Füße glaubten eine kräftige Erschütterung wahrzunehmen, aber seine Ohren registrierten keinen Donner. Das hier war kein gewöhnlicher Blitz. Es fehlte die falsche Helligkeit, es fehlte das Krachen des Himmels. Und auch kein Regen, den alle erhofften, setzte ein.

Jeschua spürte, wie sein Kiefer schmerzte, so weit hatte er den Mund aufgerissen. Er bekam seine Sinne nicht in den Griff. Ein Zittern überfiel ihn, er zitterte so wie der Gesprenkelte vor Jahren tagelang gezittert hatte, als er wegen des Gelübdes auf den Alkohol verzichten musste. Mit der zitternden Linken versuchte Jeschua seine zitternde Rechte zu beruhigen, aber das Zittern verlagerte sich nur in die Beine. Er tastete sich zwei Schritte zurück und lehnte sich an die Mauer, um Halt zu finden. Mit den Fingerspitzen beider Hände massierte er sich dann die Schläfen, schloss kurz die Augen, öffnete sie dann wieder und suchte den Nachthimmel nach Spuren ab. Schwärze. Nur Schwärze. Der Himmel schien narbenfrei verheilt.

Wessen Zeuge war er geworden? Welchen Blitz hatte er gesehen? Welchem Zeichen hatte er beigewohnt?

Er schüttelte den Kopf. Wischte sich über den Mund. Löste sich von der Wand und machte drei Schritte nach vorn, torkelte, als habe er sich bei den Betrunkenen angesteckt. Suchte noch einmal den Himmel ab. Nichts. Er entdeckte niemanden in der Nähe, der diesem Schauspiel auch beigewohnt hatte.

So eine Erscheinung hatte er noch nie gesehen! Etwas war aus dem Himmel auf die Erde gefallen und hatte sie erschüttert.

Er schüttelte noch einmal ungläubig den Kopf, schleppte sich verwirrt ins Haus zurück, seine Hand berührte bereits ganz sacht den Arm des Gesprenkelten, um ihn zu wecken, aber dann zog er sie zurück. Er war überreizt! Er war seit Tagen überreizt. Er sollte besser den Morgen abwarten.

Aber auch am anderen Tag kühlte sich das Erlebnis nicht ab. Mürrisch hatte sich der Gesprenkelte erhoben. Jeschua roch seinen schlechten Atem, offenbar machte ihm der Magen wieder zu schaffen, deshalb entschied er sich, das Geschehen der Nacht dem Gesprenkelten nicht zu erzählen.

Alles schien Jeschua falsch an diesem Morgen. Sogar die Vögel sangen falsch. Und sein Kiefer, den er vor Schreck ganz weit aufgerissen hatte, schmerzte noch immer. Jeschua quälte sich durch den Tag, so, wie er sich auch durch die Nacht gequält hatte. Der Rabbi. Der Rabbi würde Rat wissen.

Der Rabbi verlangte von Jeschua, die Himmelserscheinung in immer neue Worte zu kleiden.

Wie ein Feuerball.

Wie ein brennender Morgenstern.

Wie ein Stern, der auf die Erde fällt.

Wie die riesige Flamme eines Feuerspeiers auf dem Markt.

Jedesmal nickte der Rabbi, verlagerte dabei sein Gewicht, als müsse er die Worte, die in seine Ohren Einlass gefunden hatten, abwiegen, schwieg dann lange.

Vielleicht war es der Satan, Jeschua, der wie ein Blitz vom Himmel fiel. Vielleicht ist das Ende nah. Vielleicht ist der Kampf im Himmel schon entschieden. Vielleicht werden wir, du und ich, noch Zeugen des Endes sein. Es ist an uns, den Kampf gegen das Böse hier auf Erden zu bestehen. Wir müssen die Liebe in die Welt tragen, denn gegen die Liebe kann das Böse nicht triumphieren, Jeschua. Dessen bin ich gewiss.

Jeschua widerstand der Versuchung nachzufragen, was seine Aufgabe sei. Wenn doch in seinen Gedanken endlich Klarheit herrschte.

Mater dolorosa

Die Wärme seiner Gedanken konnte in der Regenzeit oft ein ganzes Zimmer aufheizen. Sein Blick machte sie früher wehrlos, jetzt schienen ihr seine Augäpfel trocken, sein Blick farblos, er versteckte sich häufig, wie er es früher zuweilen getan hatte, hinter seinen Lidern. Eine große Müdigkeit war in seine Haut gekrochen, die den Glanz seiner Haut stumpf machte. Wie stolz war sie immer auf seine starken nussbraunen Haare gewesen, aber sie hingen ihm jetzt vom Kopf als würden sie hungern. Sein Lächeln erstarb stets nach kurzer Zeit im rechten Mundwinkel. Abwesend strich er sich oft über den Bart. Mied jede Berührung. Nicht einmal sein Geruch streifte sie. Vom Geruch des Gesprenkelten fühlte sie sich oft bedrängt, aber der Geruch ihres Jeschua konnte so tief in sie hinein gleiten, als würde sie innerlich gewaschen.

Mager. Ja. Er war mager geworden. Sie erkannte in ihm nicht mehr den Löwenbezwinger von einst, er wirkte zerbrechlich, aufgerieben, sogar mutlos. Sie saß wie angewachsen neben ihm, suchte in sich die Kraft, um sich hochzustemmen oder sich wenigstens zu ihm zu schieben. Sie wollte ihre Finger zwingen, seine Schläfen zu massieren, um die falschen Gedanken herauszuziehen. Aber sie gehorchten ihr nicht.

Was war ihm zugestoßen?
Was hatte ihn weggerissen aus der Gegenwart?
Was zwang ihn nieder?
War es eine Prüfung?
Prüfte der Allmächtige ihn? Und prüfte der Allmächtige nicht damit auch sie?
War ihr Sohn der Messias?
Oder wenigstens ein Prophet?
Wenigstens ein kleiner Prophet?
Wie lange noch mussten sie beide warten, bis der Allmächtige sich offenbarte?
Und warum fing Jeschua jetzt an, den Namen dieses Johannes ganz ehrfurchtsvoll zu nennen, Johannes, diesen Mamser, den

eine entfernte Verwandte nahezu zeitglich wie sie ihren Jeschua auf die Welt gebracht hatte. Stets hatte sie verstanden die Gespräche umzuleiten, wenn der Name Johannes fiel, ihr Jeschua sollte nichts mit ihm zu schaffen bekommen, mit diesem Johannes, der immer aufsässig und aufbrausend war und der jetzt, wie die Rede ging, nur mit einem Mantel seine Scham bedeckend in der Nähe des Jordans junge Männer zum Betteln verführte! Gebe der Allmächtige, dass Jeschua nicht auch noch in die Fänge dieses Mamsers geriet. Die Zeit der Entscheidung stand bevor. Sie spürte es, wie nur eine Mutter es spüren konnte.

Ihre Kräfte schwanden bereits. Mit großer Inbrunst betete sie jeden Tag, der Allmächtige möge ihr endlich ein Zeichen geben. Aber der Allmächtige schwieg.

Und auch Jeschua schwieg häufig. Zwar bewegte er zuweilen den Mund, aber die Wörter fanden nicht mehr den Weg zu ihrem Ohr.

Morgen wollte Jeschua bereits erneut nach Sepphoris aufbrechen und dann für Wochen in Kapharnaum weilen. Was suchte er in Kapharnaum? Von einem neuen Bauauftrag war ihr nichts bekannt.

Jetzt öffnete Jeschua das linke Augenlid. Das rechte Augenlid war fauler. Der Blick schlenkerte an ihr vorbei.

Ihr Schmerz wollte dem Blick folgen, verlor sich dann aber im feuchten Licht des Nachmittags.

Mirjam hilf

Wie seltsam feucht seine Aussprache war.
Das Ende ist nah!
Sein Satz stand kurz im Raum und stahl sich dann leise davon.
Er schlug nicht so hart ein, wie der Teufel, der vom Himmel gefallen war. Seine Sätze erschütterten nicht.
Sein eigener Körper log, er stand ganz aufrecht, aber er fühlte sich geknickt. Die Sätze, obwohl er sie laut hinausposaunte, klangen, als würden sie sich schämen.
Das Ende ist nah!
Wie oft hatte er den Satz in Sepphoris gehört! Er riskierte einen Blick in das Gesicht des Gesprenkelten, vor dem er sich aufgebaut hatte, um eine Rede zu üben. Sogar der Gesprenkelte hörte nicht richtig hin, hielt zwar scheinbar aufmerksam seinen Kopf geneigt, aber er wohnte nicht in seinem Gesicht, schien in Gedanken spazieren zu gehen.
Das Ende ist nah!
Eine innere Hitze drückte Schweiß nach draußen. Unsicherheit band die Gedanken. Jeschua war von der Kraftlosigkeit der eigenen Worte überrascht, leckte sich über die Lippen, hielt aber den Mund geschlossen.
Ihm fehlte die zweite Stimme, die aufrüttelnde Tiefe und der dunkle Unterton, den er bei den anderen Umkehrpropheten und Wanderphilosophen herausgehört und auch immer ein wenig bewundert hatte.
Er fuchtelte und stotterte jetzt mit den Händen. Seine Zunge aber schwieg beharrlich. Ein plötzlicher Kopfschmerz legte sich wie ein Eisenring um seine Schläfen.
Er schloss kurz die Augen, rieb sich den Hals, öffnete die Augen erneut und lächelte verlegen.
Ihm fehlte die zweite Stimme.
Konnte er die zweite Stimme lernen? Oder hatte der Allmächtige mit ihm etwas anderes vor?
Der Kopf des Gesprenkelten war auf die Knie gesunken.

ESSEN AUF RÄDERN

Jeschuas linke Hand tastete seinen Körper entlang: Beine, Knie, Scham, Bauch, die rechte Hand, der Hals, der Nacken, das Kinn, der Mund, die Nase, die Augen, die Augenbrauen, die Schläfen, die Haare. Er wollte sicher sein, ob jeder Körperteil am rechten Fleck saß. Ein nervöses Lachen, weil alles offenbar seine Ordnung hatte. Seine Angst war heute durchsichtig. Er konnte sie nicht richtig verorten.

Wochenlang hatte er jeden Abend den Himmel abgesucht, aber ihm war nichts Verdächtiges aufgefallen. Die Sterne strahlten heute matt, seltsam verausgabt. Prompt hatte sich der Mond, dem die eine Hälfte fehlte, schamhaft und traurig hinter eine Wolke zurückgezogen und auch Jeschua hatte sich hingelegt. Er war einsam und verwirrt. Seine Kopfhaut fühlte sich kalt an, trotz der Hitze, die im Raum herrschte und trotz des Schweißes auf seinen Oberarmen. In seiner Kehle blieb ein Lied stecken, das er leise angestimmt hatte. Wo blieb die gut gepolsterte Heiterkeit, auf der er sich doch oft ausruhen konnte? Das Ende war nah, und er lag hier herum und suchte nach seiner Kraft, die aus ihm heraussickerte. Er fühlte sich wie ein lieblos ausgewähltes und leicht beschädigtes Geschenk.

Seit über acht Jahren lebte er während der Arbeitswochen, wenn er mit dem Gesprenkelten nicht auswärts einen Bauauftrag ausführte, in diesem schmalen Raum im Haus der Witwe, aber der Raum war ihm immer noch fremd, starrte ihn jeden Abend abweisend an. Nur wenn er abweisend zurückstarrte, gaben die Wände langsam nach und machten Platz. Erst seitdem er das Öllämpchen, das noch aus Jonathans Werkstatt stammte, neben seine Schlafstatt platziert hatte, spürte er manchmal Geborgenheit in dem kahlen Raum.

Seine Zunge. Seine Zunge erspürte in seinem rechten Mundwinkel einen Krümel des Fladenbrotes, das er mit dem Rabbi vor Stunden zusammen verspeist hatte. Dieser Krümel spendete augenblicklich Trost. Er ließ ihn auf der Zunge zergehen und alle Öffnungen in seinem Körper begannen sich zu schließen. Dieser Krümel, diese Winzigkeit, schmeckte nach Zuversicht, nach Hoffnung, nach metallischer Stärke. Vielleicht war der Krümel auch nur die Vorhut für den großen Gast gewesen, denn der nahm, durch ein leichtes Säuseln angekündigt, wieder in ihm Wohnung. Und seine Gefühle erlaubten sich sofort, sich wohl zu fühlen. Er war wieder bewohnt. Nicht länger einsam, ängstlich, verkrustet. Vielleicht sollte er dem großen Gast endlich einen Namen geben, damit er ihm nicht wieder entglitt. Wer mit einem Namen angerufen werden konnte, der fühlte sich willkommen. Als der Traum an sein Bett trat und ihn zudeckte, machte er sich keine Sorgen und hieß den Schlaf mit einem warmen Lächeln willkommen.

Ein riesiger Tisch. Das war das erste Bild, das sich in ihm ausbreitete. Der Tisch stand in einem sehr großen Raum, in dem von allen Seiten Licht hineinflutete, als bestünde der Raum nicht aus Mauern, sondern sei ganz aus Glas. Ein Tablett, das von Flügelrädern angeschoben wurde, hielt vor jedem Gast, der sich von dem Wein und dem sommerwarm duftenden Obst – Trauben aller Art, Datteln, Granatäpfel erkannte Jeschua – nach Belieben bedienen konnte. Auf dem Fußboden standen hunderte von Schalen, in denen Pflanzen und sogar kleine Bäume gezogen wurden, Pflanzen von einer satten Farbigkeit, die harzige Süße verströmten, und kleine Bäume mit schrundigen Rinden, als hätten sie bereits Hunderte von Jahren jedem Wetter getrotzt. Hier versammelte sich der Geruch und Geschmack nach unbeschwerten und nahezu harmlosen Kindheitstagen. Er war in der Gärtnerei des Allmächtigen. Der Allmächtige war also ein Gärtner. Jeschua musste so laut lachen, dass das Glas erzitterte und er vor Schreck die Hand vor den Mund schlug. Töpfer und Gärtner in einer Person!

Um den Tisch lagerten viele Menschen, einige wurden auf Jeschua aufmerksam. An einem Kopfende thronte der nackte Philosoph und prostete ihm zu. Zu seinen Füßen ruhten drei Hunde. Er flüsterte: Auch die Sonne scheint in die Winkel und wird doch nicht schmutzig. Neben ihm lag ein alter Sadduzäer, den Jeschua einmal in einem heftigen Disput mit seinem Rabbi angetroffen hatte, als es um die Hoffnung der Auferstehung ging. Er nickte gleichermaßen vornehm und freundlich. Manches ist höher als alle Vernunft, nuschelte er mit schief gelegtem Kopf. Pinchas mit den Esauarmen winkte ihn zu sich und bot ihm einen feurig glänzenden Granatapfel an. Hitzigkeit ist ein schlechter Ratgeber der Tugend, sagte er mit vollem Mund. Eine dröhnende Stimme zur Seite erinnerte ihn an den römischen Hauptmann, der sich seiner damals angenommen hatte, aber Jeschua hatte ihm nie in die Augen geblickt. Barmherzigkeit ist stärker als Milde, Schalom, schallte es ihm entgegen. Pax vobiscum, antwortete Jeschua mit sicherer Stimme.

Zuerst war es nur der Atem, der ihn im Nacken traf, aber sofort war Jeschua sich ganz sicher. Er wirbelte herum. Jonathan. Es war Jonathan, der Esther an der Hand hielt und mit der anderen Hand ihn drückte. Sie herzten sich lange. Jeschua legte dann die Fingerspitzen in die verheilten Wunden und konnte sich nicht sattsehen an seinem Glück. Das Tafeln wollte kein Ende nehmen.

So nimm und koste diese Frucht, auch wenn ihre Schale an Aussatz erinnert, so wächst sie doch hier am Lebensbaum in der Mitte des Gartens und schmeichelt dem Gaumen! Jeschua schaute in die Augen seiner Schwester und durch sie in die Welt hinaus.

Die Sonne hatte sich bereits über den Horizont gekämpft, als Jeschua die Augen öffnete. Die Angst und der Schmerz hatten ihn für Stunden verlassen.

IN GESTALT EINES EBERS

Sein Knie schmerzte. Sein Körper demütigte ihn. Ruhige und glückliche Wochen in Kapharnaum lagen hinter ihm, bis er übermütig geworden war, bis er sich mit seiner Doppelflöte am Ufer des Sees Gennesareth aufgebaut und geflötet hatte, bis die Fische getanzt hatten und alle ins Netz gingen, bis alle lachend die überladenden Netze ans Ufer zogen und Jeschua auf den glitschigen Steinen ausrutschte und hinschlug. Die Schwiegermutter des Simon Kephas, ihr Gesicht war magerer geworden während der letzten drei Jahre, hatte seine Wunde am linken Knie verarztet, sie riet zur Schonung des Knies, aber Jeschua hatte darauf bestanden aufzubrechen, er könne den Gesprenkelten, der nicht mehr schwer heben könne, nicht so lange allein in Sepphoris arbeiten lassen, er hatte seine Hände aus den Händen der Schwiegermutter entwinden müssen, hatte sie beruhigend auf die Stirn geküsst.

Der Nachduft ihrer Sorge begleitete ihn.

Nur langsam blieb Kapharnaum unter ihm zurück. Vielleicht war er durch den Schmerz abgelenkt, abgelenkt durch das leichten Brennen, das sich das Bein hinaufarbeitete, durch den Schweiß, der von der Stirn in seine Augen rann, deshalb fuhr ihm ein solcher Schreck in die Glieder, als plötzlich ein Mann schreiend vor ihm stand. Jeschua bekam zunächst den Blick nicht scharf, trat hinkend zwei Schritte zurück, wischte sich den Schweiß aus den Augen, dann erst gewann die Person vor ihm Konturen: ein nur mit einem Schurz bekleideter Mann, wahrscheinlich nicht deutlich älter als er selbst, stand vor ihm, an den Gelenken zerrissene Fesseln, mit Händen, die ihm nicht gehorchten, mit Augen, die immer wieder brachen, Schleim floss aus seinem Mund, sein ganzer Körper war übersät mit blauen Flecken und verschorften Wunden, seine Stimme gellte in den Ohren, er raufte sich die Haare, riss an seinem Schurz, der fleckig und blutig war, kam einen Schritt näher gesprungen, torkelte dann einen Schritt zurück, drohte ihn anzufallen, die Muskeln zum Sprung angespannt.

Jeschuas Nerven flirrten, Angst kauerte zwischen den Schulterblättern, er kaute auf der Unterlippe, kurz dachte er an Flucht, aber dann erinnerte er sich an den Satz des Rabbis, jede Tat der Liebe, die man dem Geringsten tue, die tue man für das Königreich des Allmächtigen, deshalb riskierte Jeschua einen Blick in die Augen des Mannes. Es jammerte ihn, wie dieser Mann, den vielleicht auch eine Mutter liebend aufgezogen hatte, dort vor ihm stand. Er erkannte in jenem Mann einen Menschen wieder, der doch auch zu den Geschöpfen des Allmächtigen zählte. Jeschua pumpte seine Lungen auf, blickte zum Himmel.

Dämon, der du diesen Mann besitzt, wie heißt du?, hörte er sich mit fester Stimme fragen.

Der Mann vor ihm schaute verwirrt, ging langsam in die Knie, seine Hände verschränkten sich über seiner Scham, er senkte seinen Kopf. Die Schultern wurden geschüttelt, dann öffnete sich der Mund und in einem dunklen, gequälten Tonfall hörte Jeschua: Mein Name ist Legion.

Jeschuas Zehen in den Sandalen verkrampften sich, weil er nicht zurückweichen wollte, es war dieses Wort, *Legion*, das ihn den Kopf drehen ließ, sein Blick fiel auf die Kaserne der römischen Legion mit ihrer flatternden Fahne, darauf das Bild eines Ebers, dann wandte sich sein Kopf erneut und er entdeckte in der Ferne eine Herde Schweine. Seine Stimme eroberte eine plötzliche Härte und Schwere.

Legion der Dämonen, ich befehle euch im Namen des Allmächtigen, fahrt aus diesem Menschen aus und fahrt in die Schweineherde dort drüben.

Da war plötzlich ein Rauschen wie bei einem Sturm vor dem Gewitter, eine fette Wolke verschluckte die Sonne, die Schweine in der Ferne grunzten verschreckt, liefen wild durcheinander, und stürzten sich dann einen Abhang hinunter in eine Schlucht.

Der Mann vor ihm musterte verwirrt seine Hände, tastete seinen Körper ab, strich sich vorsichtig über das Gesicht, probierte seine Stimme.

Wie ist mir, Herr?

Deine Dämonen haben dich verlassen, du bist geheilt. Steh auf!

Weil der Kopf des Mannes sich seinen Füßen näherte, trat Jeschua einen Schritt zurück.

Steh auf, mein Freund, geh den Hirten entgegen, erzähle ihnen, was geschehen ist, vermache ihnen dein Ehrenwort, du würdest den Wert für die toten Schweine entrichten, sobald du wieder zu Kräften gekommen bist und Arbeit gefunden hast. Und schweige darüber, wer dir geholfen hat. Wasche dich, kehre heim zu deiner Familie, dankt dem Allmächtigen und feiert gemeinsam ein fröhliches Fest.

Jeschua umarmte den Mann, küsste ihn auf die Stirn und hinkte weiter.

Er lobte den Allmächtigen, aber sein Verstand hinkte etwas hinterher.

Sprüche Jesu

Wer im Geringsten den Blutsverwandten erkennt,
lobt den Allmächtigen.

Wer Mut hat zu folgen, wendet sich nicht um.

Jede Macht stammt vom Allmächtigen. Nicht jede Machttat
führt in sein Reich.

BOCKSGESANG

Das Hinken ließ nach.
Sein linker Fuß wurde fleißiger, je näher er Sepphoris kam.
Je fleißiger sein Fuß wurde, je weniger drängend wurden die Fragen, die er wie schweres Gepäck mit sich herumtrug. Besaß er Macht über Dämonen? Gehorchten sie seinem Wort? Woraus hatte sich der Mut gespeist, sich dem Besessenen, der sich ihm in den Weg gestellt hatte, zu helfen? Wer war er? Worin bestand sein Auftrag? Wann herrschte endlich Klarheit?
Klarheit!
Eifrig wurden die Füße, als Jeschuas Ohren Geräusche aufnahmen, die sie nicht genau zu deuten wussten. Er konnte nicht mit Sicherheit sagen, ob Gelächter oder Schreie des Entsetzens an sein Ohr drangen. Aber der linke Fuß machte keinen Unterschied, zwang jetzt dem rechten Fuß einen eisernen Rhythmus auf, als sei Jeschua dem römischen Heer beigetreten und übe das schnelle Marschieren. Eins, zwei. Eins, zwei. Eins, zwei.
Jetzt glaubte er, ein aus vielen Kehlen geformtes Lachen zu erkennen. Das Theater. Die Schauspieler waren zurück! Ein heftiger Stich fuhr ihm in das rechte Bein und ließ ihn für zwei Schritte erneut hinken.
Aber die Luft, die die Geräusche zu ihm trug, war unzuverlässig, denn nur wenige Schritte später schien es ihm doch eher, als stiegen wütende Klagen und Schreie des Entsetzens aus vielen Mündern auf und würden zu ihm getragen. Ließen die Römer auf dem großen Marktplatz einen Aufwiegler auspeitschen? Einen zweiten Pinchas?
Kurz nur waren die Füße eingeschnappt und kamen aus dem Rhythmus. Dann ein neues Versprechen, das sich ihm wie ein warmer Wickel um die Brust legte. Schreie des Entsetzens ja, aber keine Geräusche, die auf eine Menge schließen ließen, die sich insgeheim gegen das Schauspiel auflehnte. Eine innere Hitze stieg ihm ins Gesicht, sein Körper wusste bereits die Antwort, bevor die Gedanken alles säuberlich abgewogen hatten:

Auf dem Theater wurde kein Lustspiel gegeben, sondern ein Trauerspiel.

Theater!

Als sei das Wort Theater Signal für einen Angriff gewesen, so fing Jeschua jetzt an zu rennen, überholte Gruppen vor ihm, rempelte einige an, denjenigen, die ihm hinterherriefen, was denn in ihn gefahren sei, gab er keine Antwort, er verließ dann die Straße, um querfeldein noch schneller das Theater zu erreichen, rannte alle Stufen bis nach ganz unten und drängelte sich in die erste Reihe, einige Köpfe fuhren ärgerlich herum, er zwang seinen Atem zur Ruhe, strich sich das Haar glatt, feuchtete die Fingerspitzen an und säuberte sein Gesicht, massierte sich kurz die Waden, war dann ganz Auge, ganz Ohr.

Dort. Dort war sie wieder. Die Namenlose. Ganz unverändert. Ihre makellose Haut. Wie stolz sie sprach. Wie sicher. Wie anmutig. Wie sie mit den Augen lächelte. Wie einzigartig.

Ein König, mit einer großen Härte in der Stimme und vor der Brust verschränkten Armen, sprach mit ihr:

Nie ist der Feind, auch wenn er tot ist, Freund!

Heftiger Applaus, begleitet von zustimmenden Rufen, die vorwitzig waren, denn jetzt hob seine Namenlose den Kopf, rief mit zarter, fast durchscheinender Stimme:

Aber gewiss. Zum Hasse nicht, zur Liebe bin ich.

Jeschua hielt ihren Blick fest. Sie hatte ihn erkannt. Ihre Augen winkten ihm zu.

Ein Raunen ging durch die Reihen, beschämte jede Hand, die vorher applaudierte.

Der König drehte sich halb weg, rief hämisch, mit einer wegwerfenden Handbewegung hinterher:

So geh hinunter, wenn du lieben willst,
Und liebe dort, mir herrscht kein Weib im Leben.

Als habe die Namenlose auf ihn, auf Jeschua aus Nazareth, gewartet, um ihm diese Szene vorzuspielen. Er rieb sich mit der Hand übers Gesicht, weil er nicht glauben konnte, was er hier hörte. Sein langes Warten, sein Hoffen wurde belohnt.

So geh hinunter, wenn du lieben willst.

Jeschua nickte ganz energisch. So dachten die Griechen, ja,

verächtlich wurde die Liebe ins Totenreich abgeschoben und verbannt.

Stehen etwa die Schatten auf, um dein Lob zu verkünden?, murmelte er den Vers eines Klagepsalms.

Nein, auf Erden und im Leben musste diese Liebe siegen, dann war das Himmelreich ganz nahe herbeigekommen.

Aufgeregt, erneut ganz außer Atem, verfolgte Jeschua das Stück, dessen Fortgang er sich ausmalen konnte. Seine Namenlose war verloren, Liebe war gefährlich für die Mächtigen, die sich mit Gewalt ihr Recht verschafften.

Als die Namenlose einmal auf die Bühne niedersank und schluchzte, als ihr Tränen über die Wange liefen, wäre er am liebsten aufgesprungen, zu ihr geeilt, hätte am liebsten ihre Tränen getrocknet, ihre Haare zurückgestrichen, mit einer Hand ihren Nacken umspannt, mit der anderen Hand die Schulter umgriffen und sie sicher beschützt.

Zum Hasse nicht, zur Liebe bin ich.

Aber in dieser Welt voll Gier durfte die Liebe nicht siegen.

Und doch stockte sein Herz kurz, als ein Bote verkündigte, die Namenlose, die in diesem Stück auf den Namen Antigone hörte, habe sich erhängt.

Erhängt.

Ein Murren ging durch die Reihen. Das Gute sollte siegen. Er wollte weinen. Weinen über diesen unnötigen Tod. Ihm wurde kurz schwindelig, der Boden unter ihm bebte, sein Magen hüpfte. Wie groß der Zorn war über diesen schlechten König.

Mir herrscht kein Weib im Leben.

Nur langsam wurde der Applaus lauter, plätscherte zunächst, weil alle sich erst die Augen wischen und den Zorn hinunterschlucken mussten.

Der König wurde ausgebuht, ihr lag man zu Füßen.

Noch immer tränten die Augen, als sie vor ihm stand.

Mein junger Prinz, sagte sie, spät kamt Ihr, und dabei fuhren ihre Finger unter seine Augen und um das Kinn. Morgen, wenn die Sonne am höchsten steht, mache ich Besorgungen auf dem Markt, vielleicht kann Er mir meine Körbe tragen? Auf den Namen Phasaelis höre ich.

Dann war sie weitergegangen. Er aber hatte vergessen, ihr Schekel in die Tasche zu legen.

Er schreckte auf, als ihm sein Nachbar heftig auf die Schulter schlug. Erst als seine Augen die obszöne Geste entdeckten, die sein Nachbar machte, wusste er, wozu man ihn beglückwünschte.

Als er ganz langsam zum Haus der Witwe zurückging, glaubte er im äußeren Blickfeld ihre Gestalt zu erkennen, wie sie sich am Arm eines anderen lachend auf den Weg machte.

Noch nie hatten die Finger einer Frau sein Kinn umspielt.

So geh hinunter, wenn du lieben willst.

ABSCHIEDSSPIEL

Er ging bereits früh morgens hinunter zum Rabbi. Der Rabbi schien ihm geschrumpft und seltsam verändert. Er grüßte nur nickend, schwieg, rieb sich den Nacken, deutete mit beiden Händen an, Jeschua solle sich setzen, hielt dann die Hände weiter auf als erwarte er, Jeschua möge seine Stimme dort hineinlegen und die Stille nicht verraten. Der ganze Raum krümmte sich, machte sich klein und zwang Jeschua auf den Boden. Ein Sonnenstrahl huschte am Fenster vorbei. Das war offenbar ein Zeichen. Der Rabbi legte die Hände auf beide Oberschenkel. Jeschua entdeckte blonde Härchen auf der Handoberfläche des Rabbis. Blonde Härchen, er war für Augenblicke verwirrt, wo war die Farbe seiner Härchen geblieben? Jeschua starrte auf die Härchen, als könne er sie wieder schwarz einfärben. Die blonde Farbe zitterte, aber veränderte sich nicht. Jeschuas Freude wurde steif wie sein Nacken. Ein Zittern erreichte die Schulterblätter. Er schüttelte energisch den Kopf, endlich konnten sich die Augen von den blonden Härchen lösen, kletterten am Rabbi hoch, der die Augen geschlossen hielt. Seine Wangen. Seine Backentaschen schienen prall gefüllt, als würde er dort Anisbrot für eine lange Reise horten. Jeschuas Herzschlag wurde unruhig, fing an zu stolpern. Die Stille des Rabbis sog seine Hände an, er musste nichts machen, keine Sehne anspannen, ganz leicht berührten sie die Schultern des Rabbis, der Rabbi blinzelte mit einem Auge, lächelte verwirrt mit einem Mundwinkel, das Lächeln wurde kassiert, das zweite Auge geöffnet, eine ernste Miene erschien.

Dein erster Weg in Sepphoris, nachdem du von deiner Reise aus Kapharnaum zurück warst, führte dich nicht zu mir, sondern ohne Umweg ins Theater, Jeschua!

Dieser Satz schnitt eine tiefe Wunde. Jeschua presste eine Hand auf den Oberarm und verzog kurz das Gesicht. Dort hatte ihn der Satz getroffen. Der Schmerz ließ keinen Gedanken zu. Seine Zunge schob eine jämmerliche Antwort nach draußen.

Ja, Meister, es wurde eine Tragödie gegeben. Es war bereits

spät, als ich Sepphoris erreichte, und dann war da der Lärm der Vielen, der mich anzog.

Jeschua antwortete mit einer so dünnen Stimme, als habe er noch keine Barthaare.

Diese Antwort löschte alle Freude der vergangenen Nacht. Ein giftig schmeckender Film überzog die Lippen. Jeschua fuhr vorsichtig mit einem Fingernagel über die Scheidezähne, um sie zu reinigen. Er traute sich nicht, die andere Hand vom Oberarm zu nehmen.

Immer mehr Leben zog in den Rabbi ein. Die Lippen zuckten, als würden sie den Text vorsprechen. Jeschua duckte sich. Der Rabbi berührte ihn aufmunternd leicht am Arm, aber der Arm leitete die Nachricht nicht nach oben weiter.

Tragödie, das bedeutet Gesang beim Opfer eines Bocks, Jeschua, so hör doch, denn vor Zeiten stand ein Altar des heidnischen Gottes Dionysos im Theater, ihm wurde geopfert, die Zuschauer, die der Tragödie folgten, wohnten also einem Kult der Heiden bei.

Jeschua schaute so verwirrt, als habe er sich verlaufen.

Will der Allmächtige Brandopfer, Jeschua?

Nein, Rabbi, der Allmächtige will kein Geplärr der Lieder und keine Brandopfer.

Die Wunde verschorfte mit dieser schnell aus dem Mund beförderten Antwort.

Gut geredet, Jeschua. Es wird reichlich gestorben in den Tragödien, Jeschua. Hat dich, als du dem Treiben im Theater beiwohntest, ein Schaudern ergriffen?

Das Zittern in den Schulterblättern wurde wieder stärker. Jeschua duckte sich noch tiefer. Ihm wurde etwas übel.

Ein Schaudern, Meister? Ein Schaudern über das Leid der Menschen?

Wie streng und prüfend ihn der Rabbi jetzt musterte.

Ja, ein Schaudern darüber, wie das blinde Schicksal ohne Erbarmen zuschlägt und die guten Menschen ins Verderben reißt.

In Jeschuas Kopf trommelten einige Finger.

Die Freude überwog, Meister.

Mit dieser Antwort entspannte sich das Gesicht des Rabbis. Seine Stimme wurde auf einen Schlag weicher.

Sag an, Jeschua, Freude? Hast du gelacht, als wärst du in einer Komödie?

Die erwartungsvollen Augen des Rabbis sogen die Antwort heraus.

Ich habe in meinem Herzen gelacht, Meister, weil wir Juden den Allmächtigen kennen, der sich um die Menschen wie ein guter König kümmert, uns droht kein blindes Schicksal, das uns herumwirft.

Jetzt tätschelten die Hände des Rabbis seine linke Hand, und die Hand leitete die Botschaft weiter, denn seine Gesichtsmuskeln spannten sich und Jeschua lächelte.

Gut geredet, Jeschua, ich kenne nichts Ärmeres unter der Sonne als diese fremden Götter, der Allmächtige aber ist Liebe, und deshalb will er auch, dass wir, als seine Geschöpfe, Liebe üben und die Tränen der Verlorenen abwischen. Dann ist das Himmelreich, das Königreich des Höchsten, nahe herbeigekommen. Wir sollen den Armen und den Leidenden unser Gehör und unser Herz schenken. So lautet der Wille des Allmächtigen.

Zum Hasse nicht, zur Liebe bin ich, nuschelte Jeschua.

Plötzlich lachte der Rabbi aus vollem Hals.

Der Allmächtige macht sogar die heidnischen Dichter zu Dienern seiner Herrlichkeit! Welch köstlicher Humor! Vergiss mir dein Lebtag diesen Humor nicht, mein Jeschua. Auch du hast Talent zum feinen Humor. Für uns Juden wird, sofern ein jeder von uns mit hörendem Herzen im Theater sitzt, selbst ein Trauerspiel Anlass für ein erlöstes Lachen.

Der Rabbi lauschte seinen Worten nach. Jeschua nahm vorsichtig seine Hand vom Oberarm. Der Arm schmerzte nicht länger. Die Wunde war verheilt.

Jetzt will auch ich dir ein Gleichnis sagen, Jeschua.

Mit der Schule verhält es sich wie mit einem Sämann, der auf ein Feld ging, um seinen Samen zu sähen. Als er säte, fiel ein Teil der Körner auf den Weg, sie wurden zertreten und die Vögel des Himmels fraßen sie. Ein anderer Teil fiel auf Felsen und als die Saat aufging, verdorrte sie, weil es ihr an Feuchtigkeit fehlte. Wieder ein anderer Teil fiel mitten in die Dornen und die Dornen wuchsen zusammen mit der Saat hoch und erstickten sie. Ein anderer Teil schließlich fiel auf guten Boden, ging auf und brachte hundertfach Frucht.

Jeschuas Augen bettelten um eine Auslegung.

Bei dir ist die Saat aufgegangen, Jeschua. Meine Worte haben dein Herz erreicht, das macht mich froh und zufrieden und tröstet mich. Ich gehe leichten Herzens, Jeschua, in der Frühe des kommenden Tages breche ich auf, verlasse Sepphoris und begebe mich nach Jerusalem, um dort der Torahschule vorzustehen. Du aber sei fruchtbar im Formen neuer Gleichnisse, die den Menschen den Weg weisen und zu guten Taten anleiten. Erhalte dein feines und auf Liebe zielendes hörendes Herz. Zur Liebe bist du bestimmt, mein Jeschua.

Jeschua spürte, wie das ganze Blut aus dem Kopf in die Beine sank und ihn schwer machte. Er glaubte seinen Kopf mit beiden Händen stützen zu müssen. Ein giftiger Stich fuhr ihm in die Nieren. Sein Blick schlingerte durch den Raum.

Was, was wird aus mir, Meister?, stammelte Jeschua. Darf ich Ihn begleiten?

Nein, Jeschua, auf diesem Weg sollst du mir nicht folgen, du bedarfst meiner nicht mehr. Was ich dich lehren konnte, das habe ich dich gelehrt. Du bist ein Pharisäer, wie der große Rabbi Hillel ihn sich gewünscht hätte. Dessen sei gewiss. Wenn du aber noch zweifelst und letzte Rüstung brauchst, dann mache dich auf und gehe zu Johannes, mit dem du doch versippt bist. Auch Johannes ist wie viele von uns erfüllt vom Reich des Allmächtigen, du findest ihn am Ufer des Jordans, wo er die Menschen, die ihm in großer Zahl nachfolgen, tauft. Rüste dich dort, übernimm von ihm, was dir zusagt und dann mache dich auf, um den Menschen die frohe Botschaft von der Nähe des Reiches des Allmächtigen zu verkündigen.

Der Rabbi beugte sich vor, legte beide Hände auf seinen Kopf und segnete ihn.

Dann küsste er ihn auf beide Wangen, legte einen Mantel um seine Schultern.

Geh jetzt, Jeschua. Es ist alles gesagt. Der Friede des Allmächtigen sei mit dir.

Ein starker Wind trieb Jeschua durch die Straße von Sepphoris.

Zwei Gefühle kämpften in seiner Brust.

Sollte er lachen oder weinen?

Würde er Phasaelis überreden können, ihn zu begleiten?

Musste er also seine Mutter verlassen?

Und warum hatte er dem Rabbi nichts von der Heilung auf dem Weg nach Sepphoris erzählt?

Der Geschmack eines neuen Lebens lag in seinem Mund. Er musste sich erst langsam daran gewöhnen.

Bitterkraut und Honig.

MUTTERKORN

Die honiggelbe Vorfreude.
Sein neues Gewand kratzte auf seiner Haut. Das Kratzen setzte sich in der Nase fort, erreichte nur wenig später den Hals. Er fuhr sich mit der Zunge über die Schneidezähne, als wäre es ein tauglicher Versuch, vom Kratzen abzulenken, steckte seine Nase zwischen zwei gekrümmte Finger und massierte sie, weitete die Augen, weil sie anfingen zu jucken. Mit beiden Handflächen schlug er sich auf die Wangen, machte Kaubewegungen, spuckte aus, schaute dann in die Luft, schloss die Augen.
Sei bei der Sache, schalt er sich selbst. Noch mal ganz von vorn! Von vorn!
Hatte ihre Stimme falsch geklungen, als sie ihm zuraunte, sie würden sich auf dem Marktplatz treffen? Sein Gehör tastete immer wieder ab, wie ihre Stimme geklungen hatte, aber je öfter er die Stimme ablauschte, je ehrlicher, beinahe dringlicher schien sie ihm. Vier Mal hatte er den kleinen und den großen Marktplatz vergeblich abgesucht. Hatte er sich vielleicht verhört?
Und warum hatte sie ihm plötzlich ihren Namen genannt? Auf den Namen Phasaelis höre ich, hatte sie geflüstert und ihn dabei ein wenig verlegen angeblickt. Phasaelis. Hieß so nicht auch die Frau vom König Herodes Antipas? Schämte sie sich vielleicht, weil sie den gleichen Namen wie die Frau dieses schlechten Königs, der sein Volk ausbluten ließ, trug? War sie vielleicht auch eine Nabatäerin? Hatte er sie nicht für eine Hasmonäerin gehalten? Hatte er nicht insgeheim gehofft, sie würde zu seinem Volk gehören? Durfte er sich in eine Nabatäerin verlieben?
Die Sonne war früher erschöpft als gewöhnlich. Es dämmerte bereits, aber Jeschua wollte nicht aufgeben. Er zwang seinem Gesicht einen feierlichen Ausdruck auf, denn sollte er ihr doch begegnen, musste zumindest sein Gesicht vorbereitet sein. Unruhig zog er durch die Straßen, seine Augen suchten jede Gasse und jeden Winkel ab, schaute sogar im verwaisten Theater vorbei, dann entdeckte er, zunehmend entmutigt, den römischen Beamten, der ein Anrecht auf Phasaelis zu haben schien, dort,

im Schatten des Gerichts, er lief ihm nach, vernachlässigte, weil die Hoffnung ihn unvorsichtig machte, seine Deckung, der andere spürte, wie ihm ein Schatten folgte, schlug einen Haken und war verschwunden.

Zwischen lärmenden Gestalten, die ihn, als er sich ihnen nicht anschließen wollte, anpöbelten, ihn aufzogen, verspotteten und sein Gewand beschmutzten, kämpfte er sich zurück.

Wo konnte sie sein, wenn der Beamte allein seinen Geschäften nachging? Er konnte niemanden fragen. Bevor er zurück in das Haus der Witwe schlich, drehte er sich noch einmal um. Das Wunder blieb aus. Der Gesprenkelte schlief und schnarchte laut. Ganz früh erhob Jeschua sich von seinem Lager, er glaubte einen Ruf zu vernehmen, ging durch die schlafenden Straßen, dann hörte er plötzlich ein schwaches Wimmern wie von einem Hund, der geschlagen worden war, dann beugte er sich bereits über sie.

Ist Sie überfallen worden, so rede Sie doch! Hat man Sie verletzt, hat man Ihr Leid angetan?

Er legte eine Hand unter ihren Kopf und hob ihn sacht an.

Kann Sie sprechen? Hört Sie mich?

Er ist es, flüsterte sie mit halber Stimme. Mein treuer Besucher und Beschützer! Nein, nein, so bitte ich Ihn, rühr Er mich nicht an, ich bin unrein und überall voller Blut, nein, so hör Er doch, ich, ich bin eine ehemalige Sklavin und nie ganz frei geworden von den Mächtigen. Überlass Er mich meinem traurigen Schicksal. Ich habe es nicht anders verdient.

Bei dem letzten Wort trug er sie bereits auf seinen Armen.

Ein Betrunkener stellte sich ihnen plötzlich in den Weg.

Welches Täubchen hat mein junger Freund denn hier aufgelesen? Er scheint mir nicht sehr wählerisch zu sein.

Weiter kam der Betrunkene nicht. Zwei Bettler nahmen sich seiner an.

Dorthin! Bring Er mich in das Gasthaus dort drüben, dort warten die Meinigen. Sie sind sicher schon in Unruhe. Bereits morgen wird es mir besser gehen, junger Freund, es ist nicht das erste Mal, dass es mir widerfährt.

Der Leiter der Schauspieltruppe war bereits auf, lief sofort auf ihn zu, als er beide erkannte. Er fluchte in einer Sprache, die Jeschua nicht verstand, nahm sie ihm ab, nannte sie beim Namen, Phasaelis, arme, arme Phasaelis, fluchte noch einmal, drehte sich zu Jeschua um: Mach Er sich keine Sorgen, sie wird es auch dieses Mal überstehen, sich erholen und zu Kräften kommen. Sie kennt sich aus mit den geheimen Kräutern und Körnern. Wir brauchen Verbündete unter den Beamten, um spielen zu dürfen. Das hat seinen Preis. Und das Los ist auf sie gefallen. Sie, unsere zarte Phasaelis, hat den Preis zu zahlen.

Phasaelis schaute Jeschua nicht mehr an, als sie in einen hinteren Raum getragen wurde. Jeschua blieb noch eine Weile dort stehen, kniff sich, um einen Schmerz zu lindern, dann ging er zurück, fand den ganzen Tag keinen aufheiternden Gedanken in seinem Kopf. Als Jeschua gegen Mittag im Gasthaus nachfragte, wurde ihm vom Wirt beschieden, das Gesindel sei Hals über Kopf abgereist, alles sei mit Blut besudelt gewesen, er vermiete seine Räume künftig nur an ehrliche und reinliche Gäste.

Abends aß Jeschua mit dem Gesprenkelten. Das Brot in seinem Mund wurde durch das Kauen nicht kleiner. Er war so unendlich müde.

Sepphoris.

Spätestens in einer Woche würde er aufbrechen.

Zum Hasse nicht, zur Liebe bin ich.

Er würde nie wieder einen Fuß in Sepphoris setzen.

JOHANNESMONAT

Mit jedem Schritt ließ er Sepphoris und sein altes Leben hinter sich zurück. Nur wenige Stunden ruhte er nachts. Seine Füße wussten die Richtung. Niemanden musste er fragen. Als Jeschua zum Jordan kam, lief er direkt auf Johannes zu.

Jeschua und Johannes umarmten sich etwas unbeholfen. Sie umarmten sich, als sei der jeweils andere ein kleines Kind, das man verletzen würde, wenn man zu ungestüm seiner Freude Ausdruck verlieh. Sie schauten sich auch nicht direkt ins Gesicht, lachten nur mit geschlossenen Augen, suchten dann den Himmel ab, als erwarteten sie ein aufziehendes Gewitter.

Jeschuas Verstand war damit beschäftigt, das Gefühl zu deuten, was es hieß, einen Menschen zu umarmen, der nur einen Kamelhaarmantel trug. Verlumpte Bettler hatte er umarmt, verschwitzte Bauleute, einen Essener mit einem fadenscheinigen, verschlissenen Rock, aber niemals einen Menschen, der nur mit einem Kamelhaarmantel, der von einem breiten Gürtel zusammengehalten wurde, bekleidet war. Hatten so Adam und Eva ausgesehen, nachdem der Allmächtige sie aus dem Paradies vertrieben und mit Fellen ihre Scham bedeckt hatte?

Aber erinnerte dieser Johannes nicht auch an den Philosophen, der sich vor ihm nackt ausgezogen hatte?

Johannes Atem roch süßlich. Wie der Atem seiner Mutter. Aber über seine Mutter sprachen sie in diesen Wochen nie.

Rabbi Ascher hat mir dein Kommen ausrichten lassen. Auch du seist vom Gedanken der Nächstenliebe und Gerechtigkeit durchdrungen und verstündest die Menschen durch die Leimrute der Gleichnisse zu fangen. Wohlan denn, vielleicht können wir voneinander lernen.

An diesem ersten Abend, an dem die Gespräche häufig stockten, und an allen folgenden Abenden legte sich Jeschua mit knurrendem Magen in einer einfachen Hütte, die tagsüber Schatten spendete, schlafen, denn Johannes ernährte sich nur von Beeren und wildem Honig und mied den Wein. Jeschua traute sich nicht ihn zu fragen, ob er ein Nasiräer von Geburt sei. Er aber war kein Nasiräer. Er taugte nicht zum Hungerkünstler.

Morgens, nach einem langen Gebet, gingen sie an das Ufer des Jordans, der ruhig und verschlafen in seinem Bett lag und reinigten sich. Sie redeten wenig. Als Jeschua einmal die Sprache auf das Theater brachte, schaute Johannes ihn lange durchdringend an, sagte aber kein einziges Wort. Nur die Erscheinung am Himmel, die Jeschua geschaut hatte, ließ er sich, genauso wie Rabbi Ascher es gehalten hatte, mehrfach erzählen, nickte dann: Im Himmel ist der Kampf bereits geführt und entschieden worden. Jetzt liegt es an uns, Jeschua.

Dann hatten sie gemeinsam gebetet.

Noch vor dem Hochstand der Sonne war der Platz mit Menschen angefüllt. Jeschua hockte sich dann immer zu zwei Männern am Rande, die auf die Namen Andreas und Philippus hörten und zu den Schülern des Johannes rechneten.

Von einer wundersamen Anziehungskraft war Johannes Stimme, drängend, manchmal eine Spur zu drängend und aufbrausend vielleicht, wenn er seine Gemeinde zur Gerechtigkeit gegeneinander und zur Frömmigkeit gegen den Allmächtigen aufforderte und wenn er davon sprach, die Axt sei bereits an die Wurzel der Bäume gelegt. Er stockte nie, musste offenbar nur den Mund öffnen, damit die richtigen Worte den Weg zu seinen Zuhörern fanden, die ihm flach atmend folgten. Alterslos wirkten seine großen Augen, die manchmal freudig, dann auch zornig aufblitzten. Immer wieder warf Johannes einen zuckenden Blick zu Jeschua, als wolle er auch bei ihm die Wirkung seiner Worte testen.

Der Böse wird gefangen in seinen eigenen falschen Worten, aber der Gerechte entgeht der Angst! Nun, denn, liebe Brüder, wer Taten der Liebe getan und erlebt hat, wessen Seele durch Gerechtigkeit gereinigt wurde, darf zu mir kommen und im Wasser untertauchen, um auch den Leib zu heilen. Dann auch ist dem Allmächtigen die Taufe angenehm.

Nicht ein Mensch blieb sitzen, alle drängelten nach vorn und ließen sich der Reihe nach ganz untertauchen und danach von Johannes segnen. Jeschua schaute in die Augen der Menschen, die, von Johannes mit einem Friedensgruß und der Ermahnung zu fasten verabschiedet, an ihm vorbeigingen. Gelöst schauten sie aus, zuversichtlich, ohne Angst im Blick.

Am dritten Tag bat Johannes nach einer sehr zornigen Predigt plötzlich Jeschua, ein Gleichnis zu erzählen. Mit einem Schlag ging Jeschuas Atem sehr schnell, er musste sich mit aller Macht hochstemmen, weil sein Hintern am Fußboden festzukleben schien, musste sich selbst anschieben, um nach vorne zu gehen, wusste zunächst nicht wohin mit seinem Händen, aber dann zog eine große Ruhe in ihn ein. Er trug mit sicherer Stimme sein Gleichnis über die Nasiräer und die Trunkenbolde als Hüter eines Weinkellers vor. Alle schwiegen und nickten. Einige drückten die Hände ihrer Nachbarn. Zwei ältere Männer schüttelten Tränen ab.

Am nächsten Tag war die Menge der Menschen noch stärker angewachsen. Und wieder erzählte Jeschua ein Gleichnis. Jeden Tag fanden mehr Menschen den Weg zum Jordan und lauschten Jeschua und ließen sich von Johannes taufen.

Nach etwa einem Monat schaute Johannes Jeschua sehr lange prüfend ins Gesicht.

Ich, den man Johannes den Täufer nennt, verstehe nur zu predigen, aber an deinen Lippen hängen die Menschen, Jeschua, wenn du ihnen ein Gleichnis erzählst. Vielleicht führen die Gleichnisse auf einem noch breiteren Weg zu den Taten der Liebe als meine aufrüttelnde Predigt es vermag. Nun denn, im Haus des Allmächtigen sind viele Wohnungen. Geh du, Jeschua, denn die Zeit drängt, hinaus in die Welt und verkündige das nahende Königreich des Allmächtigen, gehe zu den Ausgestoßenen und Bedrückten in Galiläa und lade sie ein, iss und trinke mit ihnen, damit sie bereits hier auf Erden das himmlische Festmahl schmecken. Ich aber ermahne alle, die im Schatten des reichen Jerusalems und in Samaria leben, dass man nicht von Brot und Wein allein lebt, sondern vom Wort des Allmächtigen, der Liebe und Gerechtigkeit fordert. Die einen werden sagen, Johannes der Täufer trinkt keinen Wein und isst kein Brot und ist von einem Dämon besessen, die anderen werden sagen, Jeschua ist ein Säufer und Fresser und hat Umgang mit Zöllnern und Huren. Und doch erfüllt sich die Weisheit des Allmächtigen durch uns beide.

Dann hatte Johannes ihn an die Hand genommen, war zum nahen Ufer gegangen und hatte Jeschua ganz untergetaucht.

Eine seltsame Klarheit war um ihn gewesen, nachdem Jeschua aus dem Wasser aufgetaucht war. *Du bist mein Sohn. Heute habe ich dich gezeugt.* Das war der erste Satz, der ihm durch den Kopf fuhr. Es war jener Satz, mit dem ein Hohepriester einen König in Israel im Namen des Allmächtigen salbte. Die Klarheit verdunkelte sich wieder, als er später auf seiner Reise über diesen Satz nachdachte.

Zum Abschied hatten Johannes und Jeschua sich umarmt.

Wie zwei Erwachsene.

Jeschua besaß keine Jüngerzunge.

Sprüche und Gleichnisse Jesu

Wer sich selbst kräftig liebt,
liebt auch kräftig den Nächsten.

Wer viel liebt, vergibt viel, wer aber wenig vergibt,
der liebt wenig.

Wer sich selbst schenkt, wird reichlich beschenkt.

Zum Hasse nicht, zur Liebe bin ich in die Welt gesandt.

Ein Mann übergab seiner Frau einen Scheidebrief, weil ihr das Essen häufig missriet. Es begab sich aber, dass der Mann seine Schulden bei seinem Herrn nicht bezahlen konnte und er ins Gefängnis geworfen wurde. Seine Frau, der er den Scheidebrief ausgestellt hatte, brachte ihm jeden Tag sein Essen ins Gefängnis. Und obgleich sie in der Kunst des Kochens nicht zugenommen hatte, schmeckte es ihm köstlich.

Eine Frau übergab ihrem Mann einen Scheidebrief, weil sie den Gestank seiner Arbeit nicht ertrug, denn er war ein Gerber. Alsbald erkrankte die Frau und ihr ganzer Körper wurde mit Geschwüren bedeckt. Ihr Mann aber, dem sie den Scheidebrief ausgestellt hatte, holte sie ins Haus und pflegte sie. Seine Mutter schallt ihn und erhob ein großes Geschrei, er aber antwortete: Wenn sie gesundet, wird ihr mein Geruch wie Nardenöl sein.

Da war eine Frau, die wurde nicht schwanger, obgleich sie sich jede Nacht zu ihrem Ehemann legte. Sie aber schämte sich vor ihren Freundinnen und vor ihrem Mann und ging des Nachts in die Wüste. Dort vernahm sie nach Tagen des Hungers und Durstes eine Stimme, die sie hieß, sich zu einem Markt in einem Nachbarort zu begeben. Dort aber kam ihr der Ehemann mit offenen Armen entgegen. In meinen Augen, so sagte er, stehst du über allen anderen Frauen, auch wenn du mir keine Kinder gebierst. Wer von den Waisen im Dorf sich zu uns gesellt, der sei uns Sohn oder Tochter.

Es war ein Mann, der verließ seine Eltern und folgte einem Rabbi nach. Da führte ein Oheim Klage über sein schändliches Verhalten. Der Mann aber antwortete ihm: Mein Erstgeburtsrecht habe ich meinem Bruder geschenkt, damit er Sorge trage um meine Eltern. Ich aber arbeite im Weinberg des Herrn, denn das Himmelreich ist nahe. Dort ist jetzt meine Familie.

Mirjam hilf

Seine Füße machten einen riesigen Bogen um Nazareth.
Wie gerne hätte er seine Mutter auf die Stirn geküsst. Wie gerne sich in ihre pelzige Stimme gekuschelt. Wie gerne ihren neugierwarmen Atem gespürt.
Immer wieder hatte er seinen Füßen eine andere Richtung aufgezwungen, wenn die sich gen Nazareth ausrichteten. Ein nervöses Zucken unter seinem linken Augenlid machte sich dann für Stunden bemerkbar.
Aber er ging weiter.
An einer juckenden Stelle an seinem Unterarm kratzte er sich so heftig, dass sich die Haut ablöste.
Aber er ging weiter.
Seine Stimme lag wie ein modriges Stück Holz in seinem Mund, er sagte sich einen Satz vor, hörte aber nur sein eigenes Echo.
Aber er ging weiter.
Die Luft schien ihn zurückzudrängen, er machte sich schmal, um nicht so viel Widerstand zu bieten, aber er ging weiter Richtung Kapharnaum.
Er spürte Heimweh.
Heimweh nach seiner Mutter, die ihm beim letzten Besuch kränklich vorgekommen war, ihre Haut schien nicht mehr richtig zu passen, schien ihm zu groß für den immer schmaler werdenden Körper. Und hatten nicht die vielen Tränen die Farbe ihrer Augen ausgewaschen? Wie knotig die Gelenke an ihren Händen geworden waren. Alles Gewicht schien sich in ihren Händen versammelt zu haben. Ihre Hände hatten ihn nicht gehen lassen wollen, hatten gebettelt, er möge bleiben, wenigstens für Stunden, für Minuten, bitte!
Er spürte Heimweh.
Heimweh nach dem Gesprenkelten und seinem Krächzen. Wie mochte es ihm gehen? Seine Hände wurden das Zittern nicht los, wie lange er sie auch schüttelte. Und wie fahl seine Flecken geworden waren! Es gab Tage, da sah seine Haut fleckenlos rein aus.

Er spürte zugleich Fernweh.

Johannes hatte ihn nach Galiläa geschickt, als habe er gewusst, wie lieb Jeschua Kapharnaum war. Rabbi Ascher hatte recht gehabt, auch dieser Johannes war erfüllt von der Botschaft des nahenden Königreiches des Allmächtigen. Sie waren nicht allein. Und vielleicht würden Andreas und Philippus, mit denen er sich in diesen wenigen Wochen angefreundet hatte, ihm nachreisen. Und vielleicht könnte er mit ihnen herumziehen. Und mit Simon Kephas und dessen Bruder Jakobus. Und vielleicht würde einst auch sein eigener Bruder Jakobus nachreisen. Und vielleicht würden sich ihnen auch Frauen anschließen. Auch Magda vielleicht.

Er, Jeschua, wusste jetzt um seine Aufgabe. Und er wusste auch, wie gefährlich sie war. Herodes Antipas, dieser Fuchs, und seine Günstlinge und die anderen Könige würden nicht tatenlos zusehen, sollte seine Botschaft Erfolg zeitigen. Auf Gehässigkeit, Täuschung, Verrat und Verleumdung musste er gefasst sein.

Auf einen gewaltsamen Tod auch.

Wie gerne wäre er noch einmal nach Nazareth gegangen, um sich zu rüsten. Er lechzte nach Zuspruch, nach Anteilnahme, nach Fürsorge.

Er blieb noch einmal stehen.

Abba, lieber Vater, nicht mein Wille, sondern dein Wille geschehe.

Dann ging er mit mächtig ausholenden Schritten weiter Richtung Kapharnaum.

Diesen Weg musste er ohne seine Mutter gehen. Es würde kein leichter sein. Sie würde es nicht verstehen.

Nazareth ließ er links liegen.

Mater dolorosa

Verrückt.
Er war verrückt geworden.
Von Sinnen!
Ihr Jeschua!
Ihr ein und alles!
Mein Süßkind!
Witwen mit Hitze folgten ihm nach!
Und Huren!
Elias, Jonathans Vater, hatte es ihr erzählt, nachdem er von einer Reise nach Kapharnaum zurückgekehrt war, unwillig und schüchtern zunächst, mit seiner schläfrigen Stimme, aber dann nahm der Ekel in der Stimme immer mehr zu, er wurde grimmig, schob wiederholt seine Unterlippe vor und verzog schließlich sein Gesicht, als müsse er ausspeien. Er bellte die letzten zwei Sätze.

Mirjam schrumpfte mit jedem Satz, wäre am liebsten im Erdboden verschwunden, so schämte sie sich, zog für Stunden aus ihrem Körper aus.

Jeschua, ihr Jeschua!
Ihr ein und alles!
Mein Süßkind!
Witwen mit Hitze folgten ihm nach!
Und Huren!
Er ziehe mit einer Horde von Jüngern umher, starke, wohlgeformte Männer mit ehrbaren Berufen, die er listig dazu verführt habe, Vater und Mutter, Frauen und Kinder zu verlassen, die wahrscheinlich jetzt alle darben und Hunger leiden müssten, weil ihre Söhne, Ehemänner und Väter Jeschua nachfolgten für einen Himmelslohn, den Jeschua ihnen verspreche. Ein riesiger Haufen begleite sie, Kranke, Aussätzige, ehemalige Sklaven, auch viele Weiber seien darunter, deren Leumund nicht der beste sei, Huren und Witwen mit Hitze, er verkehre mit Zöllnern und Steuereintreibern, diesen Blutsaugern, diesem Otterngezücht, er setze den Fuß in Häuser römischer Soldaten, die das jüdische Volk, das wisse doch bereits jedes Dorfkind, knechteten, paktie-

re mit den Feinden, die man, hört, hört, lieben müsse, er zanke mit den hoch ehrbaren Sadduzäern, die sich von allem Unreinen fern hielten, halte die ehernen Gebote des Sabbaths nicht ein, heile und raufe Ähren auch am Sabbath, predige, das Himmelreich sei nahe herbeigekommen, und dieser Haufen der Schiefen glaube ihm, glaube seinem Geschwätz von Liebe, die sich erweise in dem, was man den Geringsten tue, dem Geschmeiß, das mit der Mildtätigkeit doch kundig zu spielen verstehe. Pfui. Er sei gekommen, so gehe seine Predigt, die verlorenen Schafe Israels zu retten, als sei er der Messias der Schiefen.

Ein Messias der Schiefen, Mirjam, so hör doch!

O ja, Jeschua verstehe es, fein gedrechselte Geschichten zu erzählen, Gleichnisse über das Himmelreich, künftig bekomme derjenige unter den Arbeitern, der nur eine Minute im Weinberg arbeite so viel Lohn vom Herrn des Weinbergs wie ein redlicher Tagelöhner, der früh morgens seine Arbeit beginne – von dieser Gerechtigkeit träume wahrlich jeder Faule, dieses Gesindel, mit denen er, Elias der Töpfer, keinen Umgang pflege. Pfui. Jeschua stelle alles auf den Kopf, kitzle die Missgunst hervor und den Neid, nenne es schamlos die Gerechtigkeit des Allmächtigen, als sei der Allmächtige, der Name des Herrn sei gepriesen, ein Tölpel.

Ein Tölpel, Mirjam! So versündigt er sich Tag für Tag, Mirjam. Er ist von Sinnen. Toll geworden. Ich habe mich abseits gehalten, damit er mich nicht erkennt. Wenn Jonathan noch leben würde, er könnte ihn zu Verstand bringen, er könnte das Schiefe wieder geradebiegen. Altklug, ja, altklug war dein Jeschua immer, aber jetzt hat sich alles verhärtet, jetzt scheint er mir ein Gehilfe des Teufels zu sein.

Lass gut sein, Elias, lass gut sein!

Sie drängte ein Weinen zurück.

Sein Verstand ist aufgerissen, so wollte es mir bereits bei seinem letzten Besuch scheinen, aber ich habe geschwiegen, des Andenkens Jonathans wegen, dessen Freund er doch war.

Lass gut sein, Elias, lass gut sein! Ich flehe dich an, halt inne!

Elias holte scharf Luft, sein Doppelkinn schwappte hin und her, so stark schüttelte er verächtlich den Kopf. Die letzten Sätze formulierte er übertrieben deutlich.

So hör doch! Jeden Abend kehrt er irgendwo in ein Haus ein, jeder Schiefe schmückt sich mit seinem Besuch, er lässt sich einladen und genießt überreichlich, so geht die Kunde, vom süßen Wein. Er ist doch noch zum Zecher geworden. Wie der Gesprenkelte! Wie der Vater, so der Sohn! Pah!

Die letzten Sätze, die Elias wie Pfeile abschoss, durchbohrten Mirjams Hände und Füße. Wundmale am ganzen Körper.

Ihr Jeschua!

Ihr ein und alles.

Mein Süßkind!

Witwen mit Hitze.

Ein Zecher und Fresser.

Elias, der Krumme, bog sein Rückgrat durch, als er sich erhob. Mit kalter, vernichtender Stimme wiederholte er den Satz.

Wie der Vater, so der Sohn!

Er hatte sich schon zum Gehen gewandt, als er sich noch einmal zu ihr umdrehte. Sein Mund stand offen, als suche er nach einem tröstlichen Satz zum Abschied. In Sekunden hatte sich seine Stimme geändert, wirkte jetzt schwermütig und traurig.

Jonathan, mein Jonathan, hätte das Schiefe bei Jeschua geraderücken können. Dessen bin ich gewiss.

Dann war er gebückt davon geschlurft.

Mirjam schluchzte kurz auf, presste sich die Hand vor den Mund, trat dann vor die Tür, blickte in den vom Wind blankgefegten Himmel. Dort stand auch keine Antwort. Sie schlich zurück, hockte sich hin und lehnte sich mit der Schulter an das Regal mit dem Geschirr, löste das Kopftuch, drehte eine Haarlocke um einen Finger und zog so kräftig, bis die Kopfhaut schmerzte.

Johannes war er nicht auf den Leim gegangen, aber Witwen mit Hitze folgen ihm nach!

Von Sinnen!

Ein Zecher und Fresser!

Mein Süßkind!

Wie konnte das nur geschehen?

Hatte der Allmächtige Jeschua verstoßen?

Oder hatte sie ihr ganzes Leben lang einem gefallenen Engel

geglaubt, der sie vor Zeiten täuschte und hinterging, als er ihr sagte, der Allmächtige habe Großes mit ihrem Jeschua vor?

Warum hatte sie nicht die Zeichen erkannt?

Warum hatte Jeschua sich ihr nicht offenbart?

Warum hatte er nicht gesagt, wie es um ihn stand?

Als er vor etlichen Monaten zum letzten Mal in Nazareth weilte, hatten sie es nicht ein einziges Mal geschafft, sich in den Arm zu nehmen. Seine Wangen waren noch stärker eingefallen als beim letzten Besuch. Seine Haut am Ellbogen schälte sich, und an eine unreine Stelle am Unterarm, wo die Haut faltig und ohne Spannkraft schien, erinnerte sie sich auch. Er nagte, wenn er sich unbeobachtet wähnte, Fingernägel ab, was er bisher nie getan hatte – wie stolz war er immer auf seine langen, schlanken Hände mit den starken Nägeln gewesen. Seine Stimme schien verzögert, als wäre sie aus Sepphoris verspätet nachgereist.

Er schenkte mir nicht eine Berührung, murmelte sie, ich versuchte ihn festzuhalten, aber er erwiderte mein Ansinnen nicht.

Hätte ich ihn doch nur einmal in den Armen wiegen können, vielleicht wäre dann alles gut geworden.

Als er ging, hatte er ausladend gewinkt.

Sofort nachdem er weg war, hatte ein leichter Schmerz eingesetzt, den sie nicht genau hatte verorten können.

Sie zog noch stärker an ihren Haaren.

Wie fange ich's an?

Wie fange ich's an?

Von Sinnen!

Wahnsinnig geworden!

Mir fährt ein Schwert durch die Seele!

Mein Süßkind.

Witwen mit Hitze folgen ihm nach.

Jakobus muss mich begleiten, jetzt, da dem Gesprenkelten die Kräfte so plötzlich versagen.

Ja. Jakobus muss mich begleiten.

Dieser falsche Ruhm!

Ein Messias der Schiefen!

Dafür habe ich mich nicht geopfert.

Heimholen.

Ich werde Jeschua heimholen.
Mir wird er vertrauen.
Auf mich wird er hören.
Ich bin doch seine Mutter!

So endete der eine Teil der Geschichte.
Und so fing der andere Tel der Geschichte an.

DANK

Aus der riesigen Bibliothek zu Jesus von Nazareth haben mir folgende Bücher besonders gute Dienste geleistet:

Jens Schröter: Jesus von Nazaret, 3. Auflage, Leipzig 2010.
Wolfgang Stegemann: Jesus und seine Zeit, Biblische Enzyklopädie, Bd. 10, Stuttgart 2010.
Martin Ebner: Jesus von Nazaret. Was wir von ihm wissen können, Stuttgart 2007.
Gert Theißen, Annette Merz: Der historische Jesus. Ein Lehrbuch, 3. Auflage, Göttingen 2001.
Horst Klaus Berg, Ulrike Weber: So lebten die Menschen zur Zeit Jesu, Stuttgart 1996.
Kurt Erlemann, Karl Leo Noethlichs, Klaus Scherberich, Jürgen Zangenberg (Hgg.): Neues Testament und Antike Kultur, Gesamtausgabe in 5 Bänden, Neukirchen 2011.
Walter Homolka: Jesus von Nazareth im Spiegel jüdischer Forschung, Berlin 2010.
Christoph Markschies: Das antike Christentum. Frömmigkeit, Lebensformen, Institutionen, München 2006.
David Flusser: Die rabbinischen Gleichnisse und der Gleichniserzähler Jesus, Bern, Frankfurt am Main, Las Vegas 1981.
Nahum N. Glatzer: Hillel. Repräsentant des klassischen Judentums, Frankfurt am Main 1966.
Wilhelm Schneemelcher: Neutestamentliche Apokryphen, I. Band, Evangelien, Tübingen 1990.
Aristophanes: Vögel. Deutsche Textfassung von Ulrich Sinn, Würzburg 2011. Um des besseren Verständnisses willen formuliert Sinn oft etwas ausführlicher als im Text des Aristophanes. Ich folge seinen Vorschlägen.
Sophokles: Antigone. Deutsche Textfassung von Friedrich Hölderlin, München u.a, 1996.

Einige für die Zeit Jesu geschilderten Bräuche haben sich vermutlich erst im Mittelalter durchgesetzt. Verwandte Vorläufertraditionen wird es gegeben haben.

Wichtige Begriffe aus der Lebenswelt Jesu, die im Roman vorkommen:

1 *Schekel* = (ca.) 12 g
60 *Schekel* = 1 *Mine*
60 *Minen* = 1 *Talent* = (ca.) 41 kg
Handbreit = 7,6 cm
Elle = etwa 45 cm
1 jüdischer *Schekel* = 4 griechische *Drachmen*, 4 römische *Denare*; ein Denar war etwa der Tageslohn eines Arbeiters, ein Lamm kostete 3-4 Denare.
Mesusa: kleines Kästchen, das am Türpfosten angebracht wird. In dem Kästchen befinden sich heilige Texte, etwa das Sch^{e}ma Jisrael, das Bekenntnis zum Allmächtigen. Gut sichtbar muss ein hebräischer Buchstabe angebracht sein, das Schin als Abkürzung für Schaddaj, Allmächtiger.
Tallit = Gebetsmantel
Zizijot = Schaufäden, Quasten
Tefillin = Gebetsriemen mit Kapseln, die kleine Pergamentröllchen mit Texten der Torah enthalten
Sch^{e}mon Esre = 18-Bitten-Gebet
L^{e}cha Dodi = Begrüßungslied für den Sabbath
Kiddusch = Segenswunsch eines Vorbeters/Vaters über Brot und Wein
Bessamin-Büchse = Büchse mit duftenden Kräutern, dessen Geruch das Ende des Sabbaths erleichtern soll
Pessach = Erntedankfest, zugleich Erinnerungsfest an die Befreiung aus Ägypten
Sukkoth = Laubhüttenfest, Erinnerung an die Zeit, als die Israeliten nach der Vertreibung aus Ägypten in der Wüste in Zelten oder Hütten wohnten
Simchat Torah = Fest der Torahfreude
Purim-Fest = fröhliches Fest, das auf eine Errettung während der Perserzeit zurückgeht (Buch Esther). Ein persischer Minister, Hamann, verlangte, dass alle Juden getötet werden. Per Los (pur) wurde der Tag der Hinrichtung bestimmt. Die Frau des Königs, eine Jüdin, wendete den Untergang ab. Wenn im

Gottesdienst am Purimstag während der Lesung der Name Hamann fällt, klopfen die Männer und Jungen mit Hämmern und Rasseln (Hamann-Klopfen). Zu Purim werden Hamanntaschen, mit Obst gefüllte Teigtaschen, gebacken. Ihre dreieckige Form soll an die Hut des Ministers Hamann erinnern.

Bar Mizwa (Sohn der Pflicht) = Aufnahme des Jungen in die Gemeinde, oft mit 13 Jahren

Chuppa = Baldachin, unter dem das Brautpaar den Segen des Rabbis empfängt

Ketubah = Ehevertrag

Mikwe = rituelles Tauchbad

Pharisäer = wörtlich etwa, die Bedeutung ist nicht ganz sicher: die genau Unterscheidenden (auch die Lesart: abgesondert, Spalter findet sich), die ein frommes, buchstabengetreues Leben nach der Torah und den mündlichen Auslegungen führten. Wahrscheinlich gab es zur Zeit Jesu 6000 Pharisäer in Galiläa, die sich häufig aus der Mittelschicht, aus Kaufleuten und Handwerkern rekrutierten. Würde ganz Israel nur einmal den Sabbath vollkommen halten, so ihre Einschätzung, dann würde der Messias kommen. Berühmt waren sie für ihre mündlichen Auslegungen der Torah. Durch die neutestamentlichen Texte werden die Pharisäer oft in ein sehr schlechtes Licht gerückt. Historisch korrekter ist es, die Pharisäer als Volksfrömmigkeitsbewegung zu deuten. Unter den Pharisäer gab es sehr aufgeklärte Köpfe, mit deren Gedankenwelt Jeschua von Nazareth offenbar vertraut war, deshalb verzichtet der Roman vollständig auf das neutestamentliche Pharisäer-Bashing. Der berühmte Rabbiner Hillel (bis ca. 9 n.Chr.) etwa war ein Pharisäer. Der historische Jesus unterscheidet sich von Pharisäern der Hillel-Schule durch seine ausgeprägte Gleichniskunst.

Sadduzäer = rekrutierten sich aus dem Priesteradel – ihr Name geht wohl nicht, wie immer wieder behauptet, auf den Hohepriester zur Zeit Davids, Zadok, zurück. Die Sadduzäer gehörten wahrscheinlich zu einem weniger berühmten Adelsgeschlecht. Sie waren die Netzwerker der Antike, die auch zu den Römern engen Kontakt hielten. Sie glaubten zum Beispiel nicht an die Auferstehung, lehnten jede mündliche Ergänzung der Torah ab, verstanden sich als Gegner der Pharisäer und des historischen Jesus.

Rabbiner = Schriftgelehrter oder Weiser, Mitglied einer Berufsgruppe, keine religiöse Gruppierung. Sie erhielten oft eine Ausbildung in Torahschulen, gingen für die Bestreitung des Lebensunterhalts meistens einem weltlichen Beruf nach. Erst in den Genrationen nach Jesus wurde der Rabbi zum ›akademischen Grad‹.

Essener = Bewegung gesetzestreuer Juden (ab ca. 100 v.Chr.), die Kritik am Tempelkult in Jerusalem und am Priestertum übten und als radikale Splittergruppen in klosterähnlichen Gemeinschaften (Qumran) lebten. Wahrscheinlich war der Anführer (Lehrer der Gerechtigkeit) ein aus dem Amt vertriebener Hohepriester. Man schätzt die Größe der Ordensgemeinschaft auf etwa 4000 Mitglieder. Sie verstanden sich als heiliger Rest Israels, praktizierten ein mönchähnliches Leben mit Gütergemeinschaft, gemeinsamem Mahl und täglichen Tauchbädern.

Zeloten = Eiferer, die einen auch bewaffneten Kampf gegen die römischen Besatzer anstrebten, um die Gottesherrschaft notfalls gewaltsam einzuläuten. Die zelotischen Anführer zettelten nach Meinung des jüdischen Historikers Josephus 66 n.Chr. den jüdisch-römischen Krieg an, der 70 n.Chr. mit der katastrophalen Niederlage und der Zerstörung des Tempels endete.

Kyniker (Kyon = Hund) ist eine philosophische Schule, die durch Diogenes in der Tonne (Hund war sein Spitzname) berühmt wurde und Bedürfnislosigkeit und Schamlosigkeit lehrte. Zur Zeit Jesu waren kynische Wander- oder Bettelphilosophen häufig anzutreffen. Antisthenes von Athen (ca. 445-365), ein Schüler des Sophisten Gorgias, gilt als Schulgründer. Starken Einfluss hatte der Kynismus auf die Stoa. Die Überlieferung besteht zum großen Teil aus Anekdoten, die die kynischen Lebensform, die sich an Autarkie und Apathie ausrichtet, illustrieren.